AF422874

RIXE

*

Adélaïde :
Tome VII

*

Philippe Rosenberger

Personnages :

Le Club des Damnés

Le Club des Damnés a été reconstruit ailleurs ! Découvrant avec joie neuf mois après l'incendie que Phileas avait investi la cathédrale abandonnée, les membres tout aussi bien que les Reines furent informés de sa réouverture. Le nouveau lieu, consacré et immense, fit tout d'abord regretter le précédent. Mais avec le temps et des aménagements continus, le mystère reprit de plus belle. Rien n'avait changé donc, si ce n'est un nouveau décor et une nouvelle magie des plus enivrantes.

Adélaïde

Adélaïde était une jeune étudiante comme les autres jusqu'à ce qu'elle réponde à une annonce et rejoigne le Club des Damnés. Après des débuts difficiles, de la peine et de la tristesse, elle devint néanmoins sous le nom de Méphala l'une des Reines les plus épanouies et les plus appréciées par ses consœurs et par les Cavaliers. Elle fut également l'une des plus sollicitées par les membres. Le Club lui apporta beaucoup. De la confiance en elle, un épanouissement sexuel, mais aussi et surtout l'amour en la personne de son directeur, Phileas, dont elle tomba éperdument amoureuse. Après la construction du second club, Phileas et elle se revirent et elle tomba enceinte. Dans le même laps de temps, elle découvrit qu'il était agent secret, et finit par le rejoindre au sein du *Service*. À la mort de *D*, la directrice, elle en devint la cheffe avant de finalement accoucher de ses premiers enfants, des jumeaux ; Adrien et Jean. Mais en représailles de ses ingérences dans leurs affaires, l'*Organisation* fit enlever les nourrissons, et depuis Adélaïde, Phileas et le *Service* les recherchent activement.

Phileas

Personnage obscur appelé Phileas ou Léopold, simple mais intrigant, il est à l'origine du Club des Damnés, bien que personne ne sache vraiment ni quand ni comment il l'a créé. Les rumeurs et les légendes circulant à son propos sont légions, et il serait pour certains un personnage séculaire, un envoyé du diable ou n'importe quoi qui pourrait justifier son influence. La vérité est pourtant toute autre, car Phileas est en réalité un multimilliardaire qui a notamment réactivé un vieux service secret chargé de stopper des menaces échappant à la justice. Mais il s'évertue surtout à démanteler une *Organisation* aussi dangereuse que mystérieuse. Après s'être fait tirer dessus, il apprit qu'Adélaïde, qu'il aimait et qui avait découvert son secret, avait été nommée agente secrète par *D*. Lorsque celle-ci mourut, il la désigna pour la remplacer. Phileas est père de trois enfants. Wanda, la fille qu'il a eue à l'âge de seize ans, et Adrien et Jean, les jumeaux qu'il a eus avec Adélaïde… et qui viennent de leur être enlevés.

Chloé

Première Reine qu'elle ait rencontrée, Chloé est devenue la meilleure amie d'Adélaïde.

Les deux femmes se sont quasiment tout de suite attachées l'une à l'autre et sont depuis deux amies complices et solidaires. Leur histoire ne s'arrête cependant pas qu'à leur amitié sans faille. En effet entraînées par la tension sexuelle qui régnait constamment au Club des Damnés, elles sont devenues à plusieurs occasions amantes avant qu'Adélaïde ne sorte avec Phileas, tissant entre elles un lien qui ne s'effilera jamais. Reine d'Or du Club, Chloé est une alliée fidèle et une figure de proue pour les Damnés. Les cheveux d'un blond caramel et le visage angélique, elle est une femme agréable et chaleureuse ouverte aux nouvelles amitiés et qui n'aime pas se prendre la tête pour un rien.

Jean

Jean, Reine Rouge ou Reine de Sang du Club des Damnés était la meilleure amie de Chloé et d'Adélaïde. Tuée par l'*Organisation* que combat Phileas, celui-ci garda sa mort secrète jusqu'à ce que la vérité éclate d'elle-même. Personne ne sait vraiment quel lien les unissait, mais Jean restera dans le cœur des Reines et des Cavaliers comme une amie très chère perdue trop tôt.

Wanda

Wanda est la fille ainée de Phileas. Italienne fière et arrogante aux premiers abords, elle est en réalité une jeune femme déboussolée vivant difficilement sa situation. Sa mère étant morte très tôt, elle vécut seule avec son père et appréhendait mal, malgré son confort luxurieux, sa fausse vie de conte italien et surtout ses absences à répétitions. Elle alla jusqu'à créer des tensions avec Adélaïde avant de finalement faire la paix avec elle-même et son père, et d'accepter sa vie d'agent secret telle qu'elle était. Chagrinée par la disparition de son petit frère et de sa petite sœur, Wanda décida d'intégrer le *Service* contre la volonté de son père, et entreprit des entraînements plus poussés avec ses agents.

Alfred

Cavalier confident d'Adélaïde, Alfred est un ancien agent de la DGSE, serviable, poli, loyal et toujours là pour prêter main-forte. Considéré par beaucoup comme le chef des Cavaliers, il est officieusement le bras droit de Phileas. C'est aussi lui qui a poussé Adélaïde à lui déclarer sa flamme. Après qu'elle ait découvert des mois plus tard la vraie nature de ses activités, elle apprit la nature de leur lien : Alfred est le père de Phileas, et par conséquent le grand-père de Wanda, d'Adrien et de Jean. Comme tout le monde, très touché par l'enlèvement des jumeaux, il s'est montré très actif dans leurs recherches, allant même jusqu'à recontacter ses anciens collègues des services secrets français.

Jean & Adrien

Jumeaux d'Adélaïde et Phileas, Jean et Adrien ont été enlevés à la demeure familiale de Bretignolles-sur-Mer. D'abord cachés par leurs ravisseurs pendant plus d'un mois, ils ont ensuite été remis à l'*Organisation* qui paya pour le rapt. Phileas et Adélaïde furent très marqués par cet événement, car en plus de la peine et de l'incertitude concernant leurs enfants, ils étaient à deux doigts de les sauver, d'abord le jour de l'enlèvement, puis quand la transaction entre les ravisseurs et l'*Organisation* eut lieu. Toujours déterminés à les retrouver, amers et revanchards, les deux parents remuent ciel et terre pour les retrouver.

Les Reines

Les Reines du Club des Damnés sont des créatures de rêves dans un lieu propice aux plaisirs et aux mystères. Chacune unique, chacune délicieuse, chacune pouvant être conquise... mais aucune acquise. Depuis la création du Club des Rodiers, le nombre de Reines n'a fait qu'évoluer. Bien qu'il n'y ait jamais eu à ce jour un seul instant où toutes furent réunies au club, il est rare que le nombre d'actives soit inférieur à une vingtaine. Il y a donc à chaque instant passé dans les lieux de délices, autant de visages que de désirs. Exotisme, fraîcheur, maturité… Il y a une Reine pour chaque goût.

Les Cavaliers

Vous désirez un verre ? Une collation chaude ou froide, une soupe de chocolat, un bouillon de légumes ? Vous aimeriez rejoindre une Reine dans une loge ou une salle de bain ? Vous vous êtes perdus dans les méandres du Club ? Demandez votre chemin, demandez un renseignement. Ces hommes en redingotes toujours serviables, toujours là, sont vos plus fidèles amis. Mais n'oubliez pas, un mot de leur part à l'oreille de ces dames et vous serez châtié.

Le Service

Le *Service* est un organisme secret agissant sans reconnaissance officielle et chargé d'appréhender ou à défaut d'éliminer toutes personnes échappant à la justice. Son fondement est basé sur la légitimité et non la loi, dans un souci de faire respecter les droits de l'Homme. Totalement officieux, il est la réincarnation du *Syndicat*, un groupuscule créé dans les années 40 et réunissant des représentants de chaque nation, de chaque ethnie, de chaque religion et des deux sexes. Utopistes, ces gens voulaient créer un monde meilleur et plus juste, mais au lendemain de la Seconde Guerre mondiale, se rendant compte que l'argent avait gangrené le monde et que les gouvernements ne se souciaient plus de leurs citoyens, ils décidèrent que la seule façon de rendre le monde un tant soit peu plus juste était de mettre hors d'état de nuire les gens échappant au système pénal officiel. De rêveurs, ils étaient devenus des agents secrets impitoyables.

D

D est l'ancienne cheffe du *Service*. Femme de caractère âgée d'une soixantaine d'années, elle voyait d'abord l'arrivée d'Adélaïde dans la vie de Phileas d'un mauvais œil, mais au fil du temps elle se montra plus douce. Lorsque Phileas se fit tirer dessus et oscilla entre la vie et la mort, elle intervint pour arrêter Adélaïde qui avait tué son agresseur, puis la nomma membre du *Service*. *D* fut abattue sous les yeux de Phileas quelque temps plus tard par le chef de l'*Organisation*.

Bella

Bella est l'agente *Quatre* du *Service*, autorisée tout comme Phileas à tuer. Apparue d'abord aux yeux d'Adélaïde comme une rivale, la jolie brune ayant eu une aventure en mission avec le maître des Reines des années plus tôt, elle finit par devenir une collègue qu'elle respecte grandement.

Peu de temps après l'enlèvement des jumeaux, Bella devint un personnage prépondérant dans la vie des deux parents pour avoir participé avec eux à la mission *Margate*, des plus macabres.

C'est également au cours de cette mission qu'Adélaïde chercha du réconfort auprès d'elle, les rapprochant intimement. Toutefois gênée de ce dernier point la jeune femme marqua ses distances avec Phileas et elle.

Billy Daniels

L'agent Daniels du *Service* fut l'assistant de *D* durant les cinq dernières années de sa vie, puis est devenu à sa mort celui d'Adélaïde. Fidèle, observateur, et dévoué corps et âme à la tâche, il est un allié essentiel des deux parents, car il fait la liaison avec tous les agents dispatchés à travers le monde. Billy est un agent de bureau. Il n'aime pas particulièrement aller sur le terrain, et la seule fois où il le fit, sur la demande d'Adélaïde, cela fut tragique. Participant à l'enquête sur le docteur Sandre, supposé membre de l'*Organisation*, il se lia instantanément d'amitié avec une jeune Anglaise nommée Maggie, mais eut l'horreur le soir même de découvrir avec les autres que le fameux docteur la leur avait servie en repas. Daniels fut le seul à avoir commencé à en manger… Profondément choqué par cette affaire, où de vengeance il martela de coups Sandre, il sombra peu à peu dans la déprime. Quelque temps plus tard en dépit de sa peine il regagna malgré tout son poste, encore plus décidé à arrêter l'*Organisation*.

L'Organisation

L'*Organisation* fut découverte lors de la mort de Jean. Personne ne sait vraiment grand-chose sur elle, si ce n'est qu'il s'agit d'un groupement organisé et bien plus dangereux que n'importe quelle organisation du crime. Après s'être rendu compte qu'elle avait infiltré la plupart des gouvernements et des services secrets, le *Service* a fait sa priorité numéro une d'arrêter ses exactions… et en représailles, elle a enlevé les enfants d'Adélaïde et Phileas.

Le Docteur Dru

Ce personnage est inconnu… Mais alors qu'Adélaïde et Phileas croyaient toutes les pistes perdues concernant leurs enfants, un agent du *Service* basé en Italie leur fit parvenir une information capitale, un nom qui leur apprit beaucoup : le docteur Eugène Timothy Dru est le chef de l'*Organisation*.

Prélude 1

Samedi 29 juin 2013, 21h49.

Phileas et Adélaïde étaient allongés dans leur lit. Étendus l'un derrière l'autre, ils étaient nus, la jeune femme dans les bras de son époux. Ils ne disaient rien, ils étaient juste accolés ensemble, le visage côte à côte, calmes et amorphes, distraits et sans joie.

Cela faisait soixante-deux jours, deux longs mois, que leurs enfants avaient été enlevés.

Et la peine ne disparaissait pas. Tout juste maintenant âgés de cinq mois, Adrien et Jean leur manquaient toujours autant. Où étaient-ils ? Étaient-ils bien traités ? Quelle éducation leur donnerait-on ? Ils ne savaient pas… La seule chose dont ils étaient sûrs, c'est qu'ils étaient vivants. Car on avait payé cher pour les enlever.

Mais ce n'était pas assez pour rassurer des parents, loin de là.

Phileas sortit de son apathie. Dans une quête d'un peu de tendresse, il passa sa main par-dessus le corps d'Adélaïde et caressa amoureusement son sein gauche.

— Ta main est froide, formula sèchement celle-ci.

— Et tes seins chauds, lui répondit-il en caressant encore sa chair.

La jeune femme expira de tristesse et interrompant le contact, se retourna vers son époux. Tirant les couvertures pour se recouvrir, elle le regarda dans les yeux.

— Je vais tuer cette ordure, annonça-t-elle avec conviction.

En l'entendant prononcer ces mots, Phileas ne put retenir un sourire.

— Non, tu dégaines moins vite que moi, alors je l'abattrai avant.

Adélaïde eut un minuscule rictus à cette remarque. Le premier depuis longtemps… Puis cherchant à nouveau à être rassurée, elle lui reposa la même question qu'à chaque fois qu'ils évoquaient le sujet.

— Tu crois qu'ils sont encore vivants ?

Phileas remit une de ses mèches en place et contempla sa beauté, admiratif. Puis il la regarda dans le blanc des yeux. Il la réconforta encore une fois, en utilisant simplement des mots différents des fois précédentes.

— Ce serait une erreur de les tuer, annonça-t-il avec sérénité. S'il le fait, il n'aura plus jamais le moyen de marchander avec nous s'il est vaincu. Crois-moi, il est intelligent, il ne le fera pas. Il ne peut pas sciemment risquer de nous voir devenir enragés, prêts à le torturer juste pour le plaisir.

— Mais je vais le torturer juste pour le plaisir ! s'exclama Adélaïde.

— Pas autant que s'il nous les enlève définitivement, lui suggéra Phileas dubitatif.

La jeune Reine réfléchit quelques instants, estimant la viabilité de cette stratégie, et hocha de la tête pour signifier son approbation. Elle se laissait convaincre.

— Oui, tu as raison.

La conversation s'éteignit d'elle-même aussi rapidement qu'elle avait commencé, perdue dans le bruit assourdissant du silence. La jeune femme observa le visage de son époux. Ils n'avaient plus fait l'amour depuis si longtemps, cela lui manquait… Elle s'avança vers ses lèvres pour l'embrasser affectueusement. Puis elle s'endormit dans ses bras.

Prélude 2

Emma Xavier

Lundi 1ᵉʳ juillet 2013, 13h37 heure locale.

— *« Rappelle-moi où tu es ? »* demanda Adélaïde à travers le combiné du téléphone.

Phileas posa un pied sur le rivage et s'avança sur la plage ensoleillée.

— Je vais voir une ancienne amie, qui peut peut-être nous aider, annonça-t-il.

— *« Et tu la connais d'où cette Emma Xavier ? »* l'interrogea la jeune femme.

— Une fille avec qui j'étais à l'université.

— *« Tu n'étais pas à l'orphelinat quand tu étais petit ? »*

— Si, mais j'étais un orphelin riche.

— *« Explique-moi alors, car là je suis perdue. »*

— Bien, commença l'homme du club. À seize ans j'ai eu Wanda, mais Clara l'a élevée avec Antony donc je suis resté à l'orphelinat, car je n'y avais aucune contrainte. Quand j'ai eu dix-huit ans, j'en suis toutefois parti pour entrer à l'université, et dans la foulée j'ai adopté Wanda.

— *« Vu que ses parents sont morts et que tu es son vrai père… Okay, ça, je le sais. Mais tu es resté à l'Université alors que tu avais un enfant de deux ans à charge ? »*

— Les nourrices, ça existe, tu sais…

— *« Soit. Et donc tu as rencontré cette Emma Xavier ? »* reprit Adélaïde.

— Exactement. On était dans le même amphi en cours. On se plaisait bien, et je lui ai parlé de mes idées. J'avais déjà commencé à concevoir le Club des Damnés à l'époque. J'avais acheté les bâtiments en 1993.

— *« Attends… en 93 tu avais 15 ans ! »* s'exclama Adélaïde.

— Oui. J'avais à l'époque dans l'idée d'aménager les lieux, j'avais eu un coup de foudre, et j'avais les moyens… Mais je n'ai recruté ma première Reine qu'à 19 ans, deux mois avant de vraiment ouvrir le Club.

— *« D'accord… Et donc ? »*

— Donc, j'ai parlé de mes idées à Emma, et elle était compréhensive…

— *« Et qu'est-ce qui s'est passé ? »* le coupa Adélaïde.

— Tu vas arrêter de m'interrompre oui ? rouspéta Phileas.

— *« Désolée chéri, pardon. Donc, vas-y, je t'écoute. »*

— Donc, comme je le disais, Emma approuvait l'idée, bien que réticente, mais dans l'année un autre type de la classe lui a fait du gringue, et ils sont sortis ensemble. Seulement ce type a couché avec sa colocataire un soir alors qu'elle n'était pas encore rentrée. Folle de rage elle est partie de l'université, a tout plaqué, et a repris mon idée.

— *« L'idée du club ? »* demanda Adélaïde.

— Non l'idée de justice… Et alors que moi j'ai refondé le *Service*, elle s'est conçu une petite armée privée basée sur une île du pacifique.

— *« Je vois. Et imaginant la chose, je suppose que c'est une armée de femmes ? »*

— Oui… Et je sais déjà que je vais devoir me battre si je veux pouvoir lui adresser la parole.

— *« D'accord. »*

— Je te tiens au courant, conclut Phileas peu rassuré.

— *« D'accord, prends bien soin de toi. Et Wanda t'embrasse. »*

— Merci…

Adélaïde raccrocha et Phileas rangea son portable. Il continua à avancer à l'intérieur des terres, vigilant. Il n'était pas à l'aise à l'idée d'être ici. Cela dit étant un homme, c'était tout à fait normal, il encourait un grand danger. De ce qu'il savait, en plus d'être profondément « anti-hommes », elles étaient des plus… susceptibles et territoriales.

Phileas se devait pourtant de venir en personne. Envoyer une alliée aurait été une erreur préjudiciable. Emma était devenue tellement paranoïaque qu'il ne voulait pas prendre le risque d'un quiproquo. Et elle le connaissait, ou du moins l'avait connu, ce qui était un plus non négligeable !

L'homme du club se fraya un chemin parmi les hautes herbes et se dirigea toujours vers ce qu'il savait être son *temple*. De ce qu'il savait, Emma n'avait cessé de bâtir son petit empire perso depuis l'époque de l'université. Cette île en était à tel point devenu sa forteresse qu'elle pouvait maintenant sans problème vivre en autarcie, et ce tout en continuant d'offrir ses services de vengeance à toutes les femmes du monde. Il allait donc falloir qu'il la joue avec doigté. Il pourrait très bien mourir avant même d'avoir vu son ancienne amie…

Mais Phileas continua surtout d'avancer en tentant de garder sa rancœur pour lui plutôt qu'en pensant à sa sécurité. À chaque fois qu'il y avait repensé, il avait extrêmement été contrarié de voir son idée pervertie au féminisme, et là cela atteignait son paroxysme. Non pas que de vouloir protéger les femmes bafouées, battues, ou perdues soit une mauvaise chose, mais beaucoup des talents de ces *dames* aurait pu être employés à en faire de même pour aider et sauver des hommes et des enfants ! Surtout qu'elle lui avait volé l'équivalent de plusieurs millions d'euros pour en arriver là !

Philéas s'approcha de plus en plus des bâtisses qu'il voyait au loin, mais il n'avait toujours croisé personne. Était-ce un bon signe ? Un mauvais ? Remarquant non loin de lui une mine terrestre, il réévalua ses chances de réussite. Sa veste était doublée de Kevlar, ses vêtements étaient ignifugés et cachaient un gilet par balle, et il avait deux ou trois atouts sur lui… mais il savait que cela ne suffirait pas. Il pourrait aisément les prendre une à une au corps à corps, mais pas toutes en même temps. Et il n'était pas à l'abri d'un sniper, ou plutôt d'une snipeuse…

Bon sang, cela allait être une dure journée.

Philéas marcha encore une dizaine de minutes parmi les palmiers et les fougères avant d'enfin tomber sur des constructions humaines et de rencontrer du monde. Observant ces femmes soldates afférées à leurs affaires, discrètement caché derrière un cocotier, il tâcha rapidement de réfléchir à la meilleure façon de s'y prendre pour atteindre son objectif. Le mieux était encore de réussir à se faire respecter. Cela ne durerait certes pas, car aussi belles et intelligentes qu'elles fussent, il savait qu'elles ne tarderaient pas à faire la queue derrière lui pour lui trancher la gorge. Mais c'était la seule solution. Cela dit il était un intrus mâle sur leur territoire, et c'était un affront qu'il comprenait. Il fallait donc qu'il dure assez longtemps… et cela ne fonctionnerait qu'en comptant sur l'idée de croiser Emma avant qu'elles ne le tuent.

Phileas souffla de façon pondérée.

Sachant que s'il se faisait repérer en fouinant en cachette il se ferait tuer, et que s'il débarquait en mentant il se ferait également tuer, il décida de jouer la carte du culot. Reprenant donc sa marche, un sourire narquois aux lèvres, il passa simplement entre les arches de pierre et rejoignit ces dames.

Déambulant sous leurs yeux hagards alors qu'elles bricolaient des voitures et des motos, rangeaient des armes, ou s'entraînaient au combat, il se rendit comme si de rien n'était vers l'entrée du *temple*. Du moins il essaya.

— Plus un geste ! s'écria une voix.

Phileas s'arrêta net et leva les mains en l'air en regardant cette belle brune qui lui adressait la parole. Habillée d'un bleu de travail intégral juste assez ouvert pour révéler un haut de maillot de bain coloré, il ne put s'empêcher de la trouver séduisante.

— Je suis venu voir Emma, s'exclama-t-il en lui adressant un sourire.

— Tu ne la verras pas, répondit immédiatement la demoiselle, catégorique.

Phileas ne répondit pas tout de suite. Il regarda autour de lui… Elles étaient neuf. Même si elles n'utilisaient pas d'armes à feu, c'était risqué, voire simplement stupide.

— Emmenez-moi à elle et elle en décidera. Sinon relâchez-moi, rétorqua-t-il.

— Tu rêves mon gars, tu connais cette île, répliqua une autre fille, probablement roumaine et à priori tout juste âgée de 17 ans.

— Je la connaissais avant de vous croiser, me tuer ne changera rien, j'avais déjà l'info, lui rappela-t-il intelligemment.

Les jeunes femmes se regardèrent tour à tour, hésitantes. On aurait presque dit qu'elles s'interrogeaient sur la marche à suivre. Phileas crut aisément en deviner l'origine : il n'avait sûrement rien à voir avec les innombrables machos qu'elles voyaient essayer de débarquer ici pour les massacrer ou tenter de s'amuser. De leur point de vue il avait peut-être même probablement l'air intelligent et honnête. Un gars du genre à venir demander un truc et repartir sans causer de problèmes. Mais il était arrivé ici sans permission, en passant leurs sécurités, très pauvres, et en se montrant arrogant… Certes cela ne jouait pas en sa faveur.

Phileas expira fortement en attendant qu'elles se décident. Les mains toujours en l'air, il commençait à se lasser.

Un nouveau sourire aux lèvres, il repensa à leur autarcie et leur aversion pour le genre masculin. Cela l'amusa soudain. Ces femmes soi-disant enfin libres étaient habillées avec élégance et maquillées avec goût. Se faire belle juste pour le plaisir… alors que personne ne les voyait ?

— Bien, je suppose que je dois passer par la case combat alors ? déclara finalement l'homme du club pour couper court à leurs réflexions.

La belle brune en bleu de travail s'avança vers lui et afficha un rictus sournois.

— Tout juste l'ami ! lui rétorqua-t-elle.

— Le premier coup aux dames ?

Phileas et les demoiselles se regardèrent encore quelques secondes dans les yeux. Puis une fille postée derrière lui tenta de lui porter un premier coup de pied ! Mais l'homme du club l'avait pressenti et se retournant rapidement, il saisit sa jambe tendue et s'en servit pour la faire basculer avec élan.

Le combat commença alors, et ni elles ni lui ne prirent de gants. Phileas évita juste de laisser des séquelles telles que des dents cassées ou des fractures, mais il en profita avec un plaisir coupable pour se défouler : il frappa à la tête et dans les tibias, tordit des poignets, donna des coups au milieu de la poitrine pour leur couper le souffle et fit même une manchette. Bien sûr, il passa aussi beaucoup de temps à parer leurs attaques… Mais force était de reconnaître qu'il leur était supérieur, expert en la matière, et qu'il dominait ses adversaires… du moins jusqu'à ce qu'elles comprennent qu'il était plus fort et qu'il fallait vraiment le maîtriser. Là seulement, elles attaquèrent de manière coordonnée, agissant comme un seul corps, chacune anticipant les attaques des autres pour placer son coup au bon moment et au bon endroit. Même lui reconnut la beauté de leur art… et comme il était prévisible de l'envisager, au bout d'un moment il ne réussit plus à tenir face à elles et se fit rétamer. Couvertes d'ecchymose et en sang, elles le dominèrent alors au sol avant de sortir leurs armes et de le tenir en joue.

— On t'a eu beau gosse, s'exclama la brune en prenant le leadership et appuyant sur son cou avec sa chaussure.

— Quelle argumentation… fais-moi plaisir je déteste ce genre de discours… alors la ferme…

La jeune femme lui donna un coup de pied dans le visage, n'acceptant visiblement pas la remarque, puis lui appuya de nouveau sur la gorge. Phileas se laissa faire et ne rétorqua plus, mais il sortit alors tout fier un détonateur de sa poche.

— Il y a une belle grosse bombe sur mon bateau… le genre qui fera se coller tes dents dans le crâne de ton amie à côté de toi… tu veux goûter ? sourit-il la bouche pleine de sang.

— Tu bluffes ! s'exclama une blonde qui cacha mal sa frayeur.

— Tu crois… ? Tu veux finir en kebab ou en confiture ? Faisons le pari…

Cinq minutes plus tard, l'arcade et la lèvre ouvertes, des courbatures partout et des fourmis dans les membres, Phileas se retrouva devant son ancienne amie Emma. Assise sur un siège luxueux au milieu du *temple*, elle le fixa de haut, hautaine et arrogante. Trouvant cela de plus en plus décevant, il la regarda en retour avec amusement et consternation. La mégalomanie qui l'habitait avait pris des proportions titanesques et cette situation lui paraissait de plus en plus ridicule. Tout ça à cause d'un cœur brisé…

— Que veux-tu Phileas ? demanda Emma Xavier inquisitrice, surprise de sa visite.

— J'ai besoin d'un service, s'exclama-t-il simplement en retour.

L'ancienne camarade d'université de l'agent le regarda dans les yeux et répondit d'une voix monocorde.

— Les services cela se paye.

Le maître des Reines souffla, dubitatif. Forcément. Comme si de se faire molester par neuf filles n'était pas suffisant comme tarif.

— Que veux-tu ? Ou plutôt combien veux-tu ? l'interrogea-t-il exaspéré.

— Un milliard.

— Un milliard ? Tu es malade ? Tu sais combien cela représente ? s'étonna-t-il.

— Seulement un neuvième de ta fortune actuelle… Et pourtant tu pourras encore vivre des centaines d'années avec le reste.

Phileas lâcha prise, il avait besoin de ce service.

— J'accepte, concéda-t-il pour en finir.

— Bien, sourit Emma satisfaite de son emprise sur lui. Que puis-je pour toi alors ?

— Déjà pour commencer que tes harpies lèvent leurs armes, demanda-t-il comme une faveur. Les amazones c'est fini vous savez.

La quinzaine de femmes en cercle autour de lui le regardèrent contrariées en faisant la tête, mais d'un regard affirmatif de leur cheffe, elles s'exécutèrent en signe de bonne foi.

Phileas se releva alors et toisa son environnement. Il était dans un jardin très bien entretenu et il fallait l'avouer des plus somptueux. Il aurait adoré y passer une après-midi à s'extasier de ses odeurs et de ses beautés si la quarantaine de femmes assises, debout ou installées sur l'herbe ne le regardaient avec véhémence.

— Emma, j'ai besoin que toi et ta bande vous collectiez des informations pour moi, révéla-t-il alors à son ancienne amie.

— Sympa votre ex, *« Toi et ta bande ! »*, s'exclama malpolie et sans qu'on lui demande la brune au bleu de travail.

— Je te demande pardon ? fit Phileas en tournant la tête vers elle.

— Il vient ici, se croit tout permis, demande un service et nous traite comme des moins que rien ! s'exclama-t-elle dédaigneuse en lui crachant presque dessus.

— Tu vois mec, c'est pour ça qu'on vous méprise ! ajouta une autre.

Phileas les regarda toutes tour à tour, incrédule.

— Mais c'est ce que vous êtes, annonça-t-il agacé par cette mascarade. Vous n'êtes qu'une bande de petites filles puériles ! Vous voulez que je vous respecte ? Commencez déjà vous par arrêter de me tenir en joue et de me traiter comme le dernier des connards sans me connaître ni d'Ève ni d'Adam ! Vous voulez que je respecte vos idées ? Pensez aux gens que vous auriez pu aider en plus des femmes en danger ! Vous voulez que je vous prenne avec sérieux ? Arrêtez de vous cacher sur cette île comme si vous étiez dans une cabane ou votre chambre d'adolescente, et grandissez ! Vous jugez les hommes alors qu'ils n'ont pas choisi leur genre, alors que c'est un simple chromosome qui décide si on nait fille ou garçon ! Vous mettez tous vos œufs dans le même panier et vous êtes intolérantes et stupides, comme l'étaient bon nombre d'hommes que vous pouvez mépriser !

Phileas se mit à rire.

— Vox ex-copains qui traitaient toutes les femmes comme de la merde ? Mais mes pauvres filles, vous êtes pareilles, vous traitez tous les hommes comme de la merde ! Vous êtes dépassées et vous ne le savez même pas ! L'évolution humaine utopique est vers la tolérance, le pardon ! Vous voulez vraiment y arriver ? Être meilleures que ces connards ? Ce ne sera pas en massacrant des hommes mais en vous battant pour vos droits et en vous protégeant plutôt qu'en vous vengeant que vous obtiendrez victoire ! Être féministe ne signifie pas être misandrie !

Phileas regarda encore une fois les femmes autour de lui, en colère. Avec humour il pensa qu'il avait peut-être détruit leur organisation en un discours, mais il savait bien au fond de lui que ce n'était pas le cas, et pour être franc il s'en moquait. Elles continueraient à mener leur cause, aussi erronée soit-elle, alors il s'en servirait.

— Emma, dit-il en se reconcentrant sur son ancienne amie, j'ai besoin que toi et tes copines vous vous montriez charitables contre un milliard d'euros. J'aimerais que lorsque vous irez dans le monde vous occuper de mauvais garçons, de mafieux ou exécuter n'importe quel contrat, vous tâchiez d'obtenir des informations sur deux enfants de trois mois enlevés à Bretignolles-sur-Mer en Vendée le 27 avril dernier. Ceux qui les ont enlevés sont une organisation terroriste mondiale appelée D.N.C. ou *Fantôme*, et dirigée par un docteur Eugène Timothy Dru ! Voilà, c'est tout ce que je te demande, merci !

Sur ces mots, Phileas, irrité, fit demi-tour et s'en alla par où il avait été conduit, sans demander d'escorte.

Mais Emma Xavier le rappela.

— Phileas ? s'écria-t-elle en se redressant.

L'homme du Club souffla de dépit. Il voulait quitter cette île remplie d'idiotes.

— Oui ? demanda-t-il en se retournant.

— Qui sont ces enfants ?

— Ce sont les miens, fit-il d'un ton condescendant. Une fille et un garçon, des jumeaux.

— Je...

Hésitante, ne trouvant pas ses mots, Emma s'avança vers lui et vint le regarder dans les yeux. Elle essuya alors de son pouce le sang qui lui coulait encore des lèvres et se noya dans son regard.

— Tu as eu d'autres enfants ? s'exclama-t-elle étonnée, presque déçue.

— Oui, répondit le maître des Reines.

— Wanda a quel âge ?

— 19 ans.

— Mon Dieu… cela fait déjà dix-sept ans ?

Phileas dégoûté la regarda, regarda son univers dont il n'avait vu qu'une infirme partie, et regarda ses consœurs.

— Ne compte pas sur moi pour m'apitoyer sur la vie dont vous vous êtes toutes privées !

Tournant les talons il s'en alla alors définitivement sans plus se retourner.

— Envoie-moi tes coordonnées bancaires, je te ferai un virement dès que j'arriverai chez moi !

Chapitre I

Le Face à face

Mercredi 10 juillet 2013, 10h47.

L'Aston Martin Virage Volante grise s'engagea sur le chemin de terre menant jusqu'à la maison familiale des Sureau. Soulevant de la poussière et projetant des graviers tout du long du layon, elle passa à côté de la boîte aux lettres et se gara devant le garage sous un ciel sans nuages. Arrivé à destination, Phileas coupa le contact et détacha sa ceinture de sécurité. Calme mais tout de même peu serein, il regarda Adélaïde assise à côté de lui.

— Ça va ? demanda-t-il.

— J'ai une boule au ventre, lui annonça la jeune femme, mal en point.

— Ce sont tes parents, ils seront compréhensifs, tenta-t-il de la rassurer.

— Oui… mais j'ai peur de les affronter.

En réponse à cette peur tangible, l'homme du club expira faiblement en regardant face à lui.

— Tout ira bien ma chérie, tout ira bien, se montra-t-il rassurant.

Il embrassa sa compagne, puis sortit de la voiture. Adélaïde expira. Elle ferma les yeux quelques secondes, puis détachant sa ceinture en fit de même.

— Ah ben tout de même, s'écria Brigitte enjouée.

Adélaïde sursauta de surprise et regarda vers la porte de la cuisine. S'essuyant les mains avec son tablier, sa mère venait de sortir de la maison pour venir à leur rencontre.

— Deux mois et demi sans nouvelles ! Quand même ! les rouspéta celle-ci avec le sourire. Pas de messages, pas de coup de fils, vous ne répondez à aucun appel ! J'espère au moins que vos longues vacances ont été bonnes !

— Je… désolée.

Phileas ne répondit pas et fit la bise à Brigitte, suivi de peu par une Adélaïde visiblement retournée.

— Bonjour maman, fit simplement la jeune femme.

— Oulah, tu as mauvaise mine toi, remarqua tout de suite sa mère.

— Oui…

— Les enfants ne sont pas avec vous ? se surprit-elle Brigitte.

— Non, répondit Phileas.

— Écoute maman, il faut qu'on parle avec papa et toi… à l'intérieur, coupa court la conversation Adélaïde.

— Euh… bien, d'accord... Rien de grave j'espère ? Cela ne concerne pas les enfants au moins ?

Adélaïde ne répondit pas… et Brigitte commença à avoir peur. Elle eut soudain tout comme sa fille le cœur palpitant et l'estomac retourné.

— Entrez, s'exclama-t-elle.

Phileas prit la main d'Adélaïde, et suivant Brigitte presque déjà tremblante, ils entrèrent dans la cuisine. Adélaïde referma derrière elle tandis que Brigitte coupa ses feux. Ils passèrent ensuite dans le salon. C'est à ce moment-là que Robert, son père, entra dans la pièce.

— Ah, tiens, des revenants, fit-il un peu amer.

— Papa, le salua Adélaïde.

— Robert, en fit de même Phileas.

— Les enfants ne sont pas avec vous ? s'étonna-t-il également.

Adélaïde ne répondit pas.

— Asseyez-vous, leur dit-elle juste à tous les deux.

Saisissant la gravité de la demande, quoique Robert en fût surpris, les deux parents obtempérèrent rapidement.

— Qu'est-ce qui se passe ? redemanda Brigitte irritée de cette attente. Et c'est quoi cette coupure sur ta joue droite ?

Adélaïde se massa la joue par réflexe, gênée, et s'installa sur le canapé face à eux aux côtés de Phileas.

— Il y a quelque chose qui ne va pas ? demanda Robert interpellé par cette situation étrange.

Adélaïde ne répondit pas tout de suite et ferma une nouvelle fois les yeux. Elle prit une grande inspiration, souffla, puis commença à parler, la voix étouffée.

— Si on n'est pas venu vous voir depuis tout ce temps, commença-t-elle à dire, rouge, en refrénant ses pleurs, c'est parce que… parce que…

Brigitte et Robert regardèrent leur fille, inquiets.

— Tu préfères que je le dise ? demanda Phileas.

— Dire quoi ? demanda Robert.

Adélaïde ne trouvant finalement pas le courage de formuler les mots qu'elle s'était répétés des dizaines de fois devant la glace, hocha par l'affirmative.

— Qu'est-ce qui se passe ? reprit Brigitte les mains devant la bouche, sentant que c'était grave.

— Les enfants ont été enlevés, fit Phileas, triste et amer. Ça s'est passé le 27 avril.

— Non ! Non ! pleura immédiatement leur grand-mère. Non, pas mes petits-enfants, non !

Elle s'effondra en larmes, atterrée par la nouvelle. Bien sûr, ce n'était pas comme s'ils annonçaient leur mort, mais c'était tout aussi grave et effroyable, presque aussi horrible… et entraînée par son propre chagrin, Adélaïde pleura aussi.

— Que… mais que… qu'est-ce que… comment ça s'est passé ? demanda Robert au bout de quelques secondes en se retenant de pleurer, pouffant presque sous la douleur de la peine. Pourquoi tu ne nous l'as pas dit tout de suite ? rajouta-t-il ensuite à l'intention de sa fille. Je… je…

Phileas regarda Adélaïde, passa son bras autour de ses épaules, puis se lança.

— On nous les a enlevés… intentionnellement. En représailles, expliqua-t-il.

— En représailles ? s'étonna Robert.

— Non, non mon Dieu ! continua toujours de pleurer Brigitte.

— Pourquoi en représailles ? reprit le père d'Adélaïde. En représailles de quoi ?

Phileas regarda une dernière fois sa femme… puis rassemblant son courage, affronta ses beaux-parents.

— Nous sommes des agents secrets votre fille et moi, leur révéla-t-il de but en blanc.

Il les regarda tour à tour dans les yeux sans fléchir pour leur prouver sa sincérité, et leurs rapports modifiés à jamais, attendit alors calmement le courroux. Robert et Brigitte les regardèrent interloqués. Malgré les pleurs et la peine, ils en furent surpris et firent des yeux ronds.

— Quoi ? s'exclama Brigitte incrédule en s'arrêtant un instant de pleurer.

— Je vous demande pardon ? reprit Robert.

— Il y a plusieurs choses qu'on doit vous révéler, et je sais que ce sera difficile de les entendre, de les accepter… je ne sais même pas par où commencer, s'exclama Phileas, nerveux, mais c'est la vérité, nous sommes des agents secrets.

— Que…

— Comment ça ?

— On va commencer par le début, fit Adélaïde en s'essuyant les yeux, tachant d'être forte.

Elle regarda ses parents, espérant qu'ils avaleraient la pilule, et se lança.

— Il est temps de vous dire la vérité, c'est quelque chose qui me pèse depuis trop longtemps, reprit-elle.

— Comment ça ? redemanda Robert, se doutant qu'il n'allait pas apprécier.

— Tout ce qu'on vous a dit jusque-là… on vous a menti.

— Quoi ? s'effara fortement son père.

— Je ne suis jamais allé en stage aux États-Unis, je n'ai jamais terminé mes études.

— QUOI ? s'écria de nouveau mais encore plus fort Robert.

— Quand j'ai rencontré Phileas… C'était en quoi, 2009 ? Au début septembre… Je cherchais une offre d'emploi et je suis tombée sur son annonce, révéla calmement Adélaïde sans se soucier de son ton.

— Une annonce ? demanda Brigitte.

— C'est une longue histoire… et vous expliquer tout prendra du temps… mais vous vous souvenez quand mes problèmes d'argents se sont réglés à cause de son bar ?

— Euh… oui, bien sûr, reprit la mère d'Adélaïde en tenant le bras de son mari pour le forcer à se calmer.

— Je… commença Adélaïde.

— Dans le cadre de mes activités officieuses, j'ai créé un club officieux où de jeunes filles servent de distractions pour des notables et des gens riches, lâcha Phileas.

— Que… ?

— J'en ai fait partie, s'exclama Adélaïde.

Un silence se fit entendre quelques instants… mais comprenant rapidement la portée de ces mots, Robert et Brigitte s'offusquèrent.

— QUOI ? vociféra furieux son père.

— Ce n'était pas de la prostitution, expliqua immédiatement Adélaïde, nous étions payées simplement pour notre présence, mais si nous le désirions, nous pouvions avoir des rapports sexuels avec les membres que nous apprécions. Et j'en ai eu…

Robert regarda Phileas et sa fille dans les yeux… il était prêt à frapper son gendre, il fulminait… mais il réussit à se contenir. Phileas baissa la tête.

— Comprenez-moi bien, fit rapidement celui-ci. Je n'ai pas prostitué votre fille. J'avais besoin de soutirer des informations et…

— COMMENT OSEZ-VOUS ? SORTEZ TOUT DE SUITE DE MA MAISON ! hurla Robert ne pouvant plus tenir en se levant et en pointant la porte du doigt.

— NON PAPA ! le calma vivement Adélaïde en se redressant à son tour pour le stopper en posant sa main sur sa poitrine, les yeux rouges et les joues humides. CALME-TOI !

— QUE JE ME CALME ? hurla le père de famille meurtri.

— Robert ! le rappela Brigitte bien qu'en larmes d'apprendre cela de sa fille.

— TU VEUX LE FOUTRE DEHORS ? TU FOUS TA FILLE DEHORS AUSSI ! C'EST CLAIR ? ALORS

ÉCOUTE D'ABORD CE QUE J'AI À DIRE ! Calme-toi papa et écoute-moi, je t'en prie…

Robert regarda sa fille, et accepta finalement… pour en savoir plus à propos de ses petits-enfants. Il était en colère, il était prêt à étrangler l'époux de sa fille, mais il tenait à Jean et Adrien, alors il écouterait… Il se rassit à côté de sa femme et Adélaïde en fit de même en face d'eux. Phileas regarda une seconde Brigitte, toujours en pleurs, et regarda son beau-père avant de reprendre en le regardant dans les yeux.

— J'ai créé le Club des Damnés pour obtenir discrètement et par le chantage des informations sur des notables, des politiques et des gens riches afin de pouvoir m'en servir contre eux, ou à des fins plus étendues, continua-t-il.

— Je me fous de vos histoires Phileas, je veux savoir ce qui est arrivé aux enfants.

— Papa !

— Adélaïde, la ferme.

— Papa…

— Adélaïde ! la reprit Brigitte, soudainement sèche avec sa fille. Ton père a le droit de savoir !

Phileas souffla.

— Bien… mais vous devez quand même nous écouter après.

— On verra, s'exclama Robert.

Phileas et Adélaïde se regardèrent… puis ils se lancèrent.

— Nous étions à la demeure de Vendée, fit Phileas.

— On nous a attaqués, continua Adélaïde. On s'est défendu, on a tué nos assaillants, mais certains ont réussi à nous enlever Adrien et Jean et à s'enfuir avec.

— Tué ? reprit ce mot, incrédule, Brigitte.

— Oui maman, j'ai déjà dû tuer des gens…

— Mon Dieu…

Robert balança sa tête incrédule et ferma les yeux. Il avait regardé vers l'extérieur par les portes vitrées depuis qu'il s'était rassis, fuyant du regard tout cela, comme pour essayer de croire que ce n'était pas vrai… mais cela l'était bien. Qu'est-ce que sa fille était devenue… ?

— Tu veux dire, tuer des gens comme tuer des…

— Oui maman, j'ai déjà abattu des gens.

— Mais, mais…

— Qu'est-ce qui s'est passé ensuite ? demanda Robert tandis que sa femme ré-éclata en sanglots dans ses bras.

— On a mené l'enquête pour tenter de les retrouver, et quand on les a retrouvés, quand on a découvert que leurs ravisseurs étaient toujours en Vendée, on y est retourné. Et à ce moment-là… ils ont réussi à les donner aux hommes du commanditaire et ils nous ont échappé.

— Le commanditaire ? demanda Robert en regardant enfin de nouveau vers eux, intrigué.

Adélaïde regarda son père dans les yeux, impassible et froide.

— Oui. Le docteur Dru.

Chapitre II

Le Docteur Dru

Mardi 2 juillet 2013, 10h09. Une semaine plus tôt.
Adélaïde entra dans la salle de réunion d'un pas ferme et décidé, mais respirant la joie de vivre. Portant un chemisier blanc nacré en soie, un pantalon brun en toile, et une large ceinture noire, elle avait les cheveux ramenés en un chignon et était légèrement maquillée.

Elle était séduisante et élégante, sublime ; elle avait fait son deuil.

Adélaïde n'était plus une mère brisée par la perte de ses enfants mais de nouveau une femme épanouie et attirante, mélange subtil entre la femme mondaine et la femme du monde nourrie d'aventures épiques. Elle et Phileas ne pleuraient plus sur leur sort. Ils aimaient toujours autant leurs enfants bien entendu, mais maintenant qu'ils connaissaient le nom de leur ennemi, ils avaient naturellement changé de vision des choses. S'ils voulaient les retrouver, il fallait le retrouver lui d'abord. Ils ne voyaient donc plus leur perte que comme un simple laps de temps, long et douloureux certes, mais fini, avant de revoir leurs enfants.

Ils avaient remplacé leur peine et leur tristesse par la haine de leur ravisseur.

Passant derrière ses subalternes, pieds nus, chic, et attirant l'œil, Adélaïde vint s'asseoir entre Phileas et *Gadget*, le chef de la section de recherche et d'équipement technologique.

— Bien, faisons un petit tour de table. Tout le monde est là ? demanda-t-elle par commodité.

— Oui, répondit Helena James, cheffe de la section de nettoyage et de camouflage.

— Présente, confirma également Samantha Dan de la section de profilage.

— Ouep, s'exclama Phileas.

La jeune femme regarda son assemblée hocher de la tête. Tout le monde était bien là, sauf évidemment Benjamin Johns de la section de recherche. Il manquait le plus important.

— Bien, en attendant que Johns arrive, nous allons commencer, fit Adélaïde en joignant les mains sur la table. Sujet de la réunion : le docteur Dru. Je vous écoute.

— On ne sait pas grand-chose de lui pour l'instant, commença immédiatement et sérieusement Camille Derict, le chef de la section d'analyse scientifique. Homme de race blanche aux cheveux bruns, vivant dans l'ombre. Poids approximatif de quatre-vingt-cinq kilos, taille estimée à un mètre quatre-vingt-sept.

— Les recherches n'avancent pas ? s'étonna l'agente Sally Bénédicte, *Deux*.

— Faut voir avec Johns, déclara Derict.

— Nous savons quoi sinon ? prononça Phileas pour tous. Qu'il est à la tête d'une organisation mondiale, qu'il est influent, organisé, réfléchi et qu'il est instruit. On doit avoir un bon profil de lui non ? On connaît son visage, sa voix, et son âge est estimé entre cinquante et soixante-dix ans.

— On ne peut pas avoir de meilleures infos sur son âge d'ailleurs ? C'est trop vague.

— Pour l'instant on n'a aucune indication concrète et précise, mais il serait français ou en tout cas il maîtrise parfaitement la langue, annonça à son tour *Gadget* à l'assemblée.

— À titre d'information, *Huit* nous fait dire que l'*Organisation* a découvert qu'il avait tué et pris le téléphone du capo russe de connivence avec eux[1], il ne peut donc plus nous indiquer grâce à cette source, s'exclama Daniels.

— Pas grave, répliqua Phileas. Il trouvera un autre moyen, il est excellent dans ce domaine.

— On n'a aucune information en fait ? conclut finalement Adélaïde en regardant ses hommes, surprise.

Les voix se turent. Ils la regardèrent tous dubitatifs, un peu gênés.

— Ben c'est Johns les infos, et il n'est pas encore là, s'exclama un agent.

— Bon sang, personne à part sa section ne sait rien ? déduisit abasourdie la jeune directrice.

— Madame, s'il y a une section chargée spécialement d'enquêter, c'est pour une raison, annonça son assistant.

— Je sais, merci Daniels, lui répondit irritée Adélaïde. Mais on connaît son nom depuis combien de temps ? Je pensais qu'en vous laissant quinze jours pour faire les recherches vous en sauriez tous plus.

— Ben non, fit l'agent *Treize*.

— Bien, attendons Johns alors, déclara-t-elle forfait.

---

[1] —En référence à ce qui s'est passé dans le tome VI, *« Dr Dru »*.

Se renfonçant dans son siège en croisant les bras, Adélaïde patienta exaspérée jusqu'à ce que son agent arrive.

Troublant le silence, des échanges commencèrent alors autour de la table. Discutant de sujets divers, aussi bien privés que professionnels, ils profitaient de ce temps pour souffler un peu. Adélaïde les regarda tous, assis là simplement à discuter, et pour une fois se laissa aller à délaisser sa dureté de directrice pour en apprécier le statut. Elle était leur cheffe, c'était elle le patron… C'était affreusement grisant quand on y réfléchissait. Du haut de ses bientôt vingt-cinq ans elle dirigeait tout ce beau monde sans qu'un seul ne lui témoigne un manque de respect.

— Daniels, le rapport complet de l'affaire italienne est arrivé ? demanda soudain Phileas.

— Oui, je l'ai lu rapidement, répondit l'assistant assis en face d'eux de l'autre côté de la table. L'agent en fonction a expliqué qu'il enquêtait sur les magouilles du gouvernement et qu'il aurait trouvé des traces de pots-de-vin. En remontant la piste, il a alors isolé un ordre émanant du docteur Dru. Se souvenant de notre affaire Budapest, il fit le rapprochement avec l'un des noms qu'avait partiellement cités votre amie avant de mourir.

— Bien, hocha de la tête Phileas.

— Quelle amie ? demanda intrigué Adélaïde en rentrant dans la conversation.

— Je parlais de Jean, l'éclaira Daniels.

— Ah, d'accord, acquiesça-t-elle. L'affaire durant laquelle elle est morte ?

— C'est ça, confirma son époux.

— C'est donc là qu'on a appris son nom. Et il est certain que c'est bien le chef ? reprit la jeune femme.

— Oui, fit Temple, dit *Gadget,* qui se joignit à son tour à la discussion. L'ordre venait de lui, et en faisant de rapides recherches de notre côté, on a retrouvé d'autres traces de ce nom : un agent s'est souvenu qu'il a un jour entendu un dealer dire que le docteur Dru le ferait tuer s'il parlait, et une retranscription faite par la C.I.A. déclare qu'un certain docteur Dru serait à la tête d'une organisation inconnue.

— C'est maigre, fit amère Adélaïde.

— C'était le cas oui, jusqu'à ce que, pendant que vous étiez emprisonnée[2], *Huit* poursuive ses investigations, et nous le confirme visuellement, prit également part à la conversation Samantha Dan.

— Comment ça ?

— Il a remonté la filière, retracé l'origine de l'argent, et retrouvé une bande de surveillance datant du jour de la mort de *Deux*... L'ancien *Deux* j'entends.

— Je me doute, fit Sally Bénédicte. Je suis encore là.

— Et donc ? demanda Adélaïde.

— On y voit clairement notre homme commanditer son meurtre. D'après ce qu'il se disait même, Agathin l'avait rencontré sans savoir que c'était lui.

— Donc le docteur Dru est bien notre homme, mais comment peut-on savoir si c'est bien lui que tu as vu abattre *D* ? interrogea-t-elle Phileas.

— J'ai regardé la vidéo. Cela concorde avec l'homme que j'ai vu en ce qui concerne la corpulence, la couleur des cheveux, et l'allure. Et sa voix concorde également avec la bande sonore retrouvée chez nous. C'est bien notre homme, répondit son mari.

---

[2] —Adélaïde fut faite prisonnière une courte période à la fin de « *Dr Dru* ».

— Il ressemble à quoi alors ? s'exclama la jeune femme.

— Johns doit venir avec la vidéo, des photos, et son topo. Adélaïde soupira. S'il ne se dépêchait pas de venir, elle irait le chercher elle-même.

— Croyez-vous qu'il y a un lien entre le docteur Dru et le docteur Sandre ? demanda timidement Bella.

Intervenant pour la première fois de la réunion, la jeune femme le fit sans regarder Phileas et Adélaïde, les évitant soigneusement du regard.

— Je ne saurais le dire Bella, fit Adélaïde. Il est trop tôt, je pense, pour établir certaines conclusions.

— Ils se connaissaient c'est obligé, vu que Sandre était une des hautes sphères de l'*Organisation*, rappela Phileas, mais de là à ce que le mot docteur soit imputable à une profession spécialisée, j'en doute.

— Ne négligeons rien Phileas, fit *Gadget*.

— Je suis d'accord Wallace, mais la qualification de docteur est bien souvent une distinction presque honorifique pour certains détraqués. Je ne pense pas que Dru soit un gentil médecin généraliste qui en rentrant de ses nuits de folie meurtrière retrouve son petit cabinet de banlieue et s'occupe des conjonctivites du coin.

— C'était le cas pour Sandre, fit remarquer Daniels.

— Sandre était tout un personnage, expliqua Phileas. Dru n'est pas pareil, il est d'une autre catégorie. Sandre était propre, sadique, calculateur, chirurgical. Dru de ce que j'en sais est manipulateur et sadique lui aussi, mais plus sale. Il est plus du genre à éclabousser les murs et à tuer à mains nues plutôt que de se servir d'un scalpel et de couper net une artère. Du moins c'est mon opinion.

— Ce serait curieux de voir un homme aussi brut à la tête d'une organisation comme celle-ci, souligna toutefois *Cinq*.

— Il n'y a aucun code, ce serait curieux mais envisageable. Et il peut aimer se salir les mains et être un tortionnaire abject sans pour autant être irréfléchi et dénué d'intelligence.

— Oui, en effet.

— Bien, on a quand même à faire à un beau salaud, déduisit Helena James.

— Et on ne compte plus les morts liés à l'*Organisation*…

— six-cent-soixante-douze de connus à ce jour, dont huit dans notre camp, répondit Daniels en soulevant une feuille de son rapport pour vérifier ses comptes. *D*, *Deux*, Jean Dehill, George Maxwell et Édouard Braille, ces trois derniers apparentés au Club des Damnés, et enfin les agents Morris, Conrad et Stemple, tués durant les dix dernières années.

— Génial, fit Samantha Dan.

— Ouais, mais grâce à l'agent *Six* ici présent, Phileas, on a eu deux-cent-cinquante-trois de leurs membres, portant leurs morts à deux-cent-quatre-vingt-neuf, reprit l'assistant.

— Quoi ? s'étonna Helena James.

— Hein ? se surprit *Gadget*.

— Toutes missions confondues liées à l'*Organisation*, fit Daniels en regardant ses notes. Sa liste de morts ne dépassait pas les quarante personnes en quinze ans mais il a explosé ses stats depuis la mort de *D*. Personne ne lit mes rapports ?

— Sérieux ? déclara Adélaïde choquée d'apprendre cela de son époux.

— Argentine, Allemagne, Alpes françaises et italiennes, Albanie, Russie, Budapest, vous ne lui avez pas dit monsieur ?

— J'ai toujours évité de parler de ça.

Daniels sourit.

— Mon préféré c'est le type que vous avez tué sur son bateau, sourit l'assistant. Du grand art que de l'attacher au sol les jambes écartées au mat de son bateau et de ne lui porter qu'un seul et unique coup avant de le laisser agoniser.

— J'ai adoré ce type, esquissa un sourire sadique Phileas.

— Ah ? Racontez ? fit un agent curieux.

— Notre cher *Six* lui a porté un gros coup de massue entre les jambes et l'a laissé. Je crois, oui je crois qu'il a compris sa douleur.

— Nom de Dieu !

— Mais c'est barbare ! s'offusqua une agente.

— Oui, très, fit Phileas. Mais je l'ai suivi une journée et j'en ai vu assez pour estimer cela un minimum.

— Je vois, fit *Gadget*.

Chapitre III

Ce bon vieux Club des Damnés

Mardi 9 juillet 2013, 18h32.

Adélaïde était assise à la coiffeuse de sa loge du Club des Damnés. Debout derrière elle, le Cavalier Winston terminait son catogan tandis que le Cavalier Jacques vérifiait son maquillage. La jeune femme était encore pour quelques instants la petite princesse, au centre de l'attention, chouchoutée, embellie. Cela lui faisait un bien fou après cette semaine chargée. C'était exaltant de pouvoir se reposer sans n'avoir rien à faire, de pouvoir ne se consacrer qu'à soi et que les autres s'occupent de soi... Vêtue d'une guêpière brune, d'une culotte assortie et de bas chocolat, elle portait au cou son ruban noir serti d'une pierre précieuse rouge. Elle était belle, divinement exquise et sensuelle, la digne héritière de Jean. Au fond d'elle elle espérait d'ailleurs que sa défunte amie aurait été fière d'elle… mais là n'était pas le propos. Adélaïde était là ce soir pour le plaisir. Ni elle-même ni *Méphala* cheffe du *Service,* non, elle était juste pour cette fois redevenue la simple et irrésistible Méphala, la nouvelle Reine Rouge, la Grande Reine du Sang.

— Qu'est-ce que vous en pensez ? demanda-t-elle en se regardant dans la glace, leur embellissement terminé.

— Vous êtes magnifique ma Reine, annonça avec émerveillement Jacques.

Le Cavalier regarda son reflet charmé et satisfait du rendu final.

— Vraiment somptueuse, reprit-il.

— Merci beaucoup, fit Adélaïde, flattée du compliment.

Elle se redressa et se regarda en pied.

— Devrais-je rajouter un autre collier ? Ou des bracelets ? demanda-t-elle.

— Oh, pas spécialement, parla Jacques.

— Moi j'aurais bien vu un diadème, répondit toutefois Winston en l'admirant de haut en bas.

— Aaaaah, intéressant, avoua Adélaïde en levant l'index convaincue.

Les deux hommes lui firent un sourire dans le miroir, heureux de pouvoir lui apporter satisfaction, et le Cavalier Winston se dirigea vers la porte.

— Je vais en chercher un, annonça-t-il en sortant.

Adélaïde le regarda partir, un sourire aux lèvres, et se retourna vers Jacques.

— Il est nouveau non ? demanda-t-elle.

— Oui, il est là depuis l'année dernière. Un homme charmant.

— Il sait ? demanda Adélaïde.

— Oui… c'est un bon ami à Alfred.

— Ah, d'accord.

Adélaïde se regarda de nouveau dans la glace et ne put s'empêcher de repenser aux Rodiers.

— J'ai bien changé depuis l'époque n'est-ce pas ? demanda-t-elle en passant un doigt sur ses lèvres pour parfaire son rouge.

— Oh oui, confirma l'homme d'un âge certain, et en bien. Vous êtes devenue une très jolie femme, loin de la jeune fille incertaine et pleine de doutes mais qui se mettait nue devant nous.

— Oui, je me souviens encore de la soirée du printemps, ricana la Reine un peu rouge.

Jacques sourit.

— Quel dommage que vous ne soyez plus aussi présente qu'avant cela dit ! Vous apporteriez une certaine élégance au Club.

La jeune femme soupira.

— Je regrette aussi un peu, mais bon, je ne peux plus. Par contre j'ai constaté que les autres elles, étaient toujours aussi présentes…

— Oui, curieusement, elles restent toutes, acquiesça Jacques.

— Caroline et Camilla ?

— Toujours aussi amoureuses l'une de l'autre. Au fait, vous saviez qu'elle avait demandé à Phileas de les mettre enceintes pour avoir des enfants ?

— Sérieusement ? s'offusqua la Reine en se tournant vers lui pour le regarder dans les yeux.

— Oui, avant que vous ne sortiez ensemble…

— Les salopes ! Je rêve !

— En tout cas bien évidemment il a refusé.

— Je vais les buter, annonça-t-elle en regardant à nouveau son reflet.

— Mais non… Par contre Chloé semble depuis deux ou trois jours être folle de joie… Qu'est-ce qui s'est passé ?

Adélaïde regarda son image sans répondre. Elle se retourna de nouveau vers lui et mit un doigt sur ses lèvres.

— Chut, fit-elle d'un sourire.

— Je vois, je vois, accepta amusé le Cavalier.

— Sarah et Sublime sinon ?

— Toujours aussi enjouées d'être là… Comme à leur habitude.

Cela toqua à la porte.

— Entrez, s'exclama la jeune femme.

Le Cavalier Winston entra dans la loge et s'approchant d'elle, déposa sur sa tête un magnifique petit diadème noir avec des rubis.

— Ce sont des vrais alors ne vous le faites pas voler.

— Il a coûté combien ? demanda-t-elle curieuse.

— Six cent trente mille, je crois.

— D'accord.

Adélaïde sourit, se trouvant radieuse dans la glace, et se sentit gonflée de fierté à l'idée de porter un tel bijou sur elle.

— J'y ferai attention, ne vous en faites pas.

Elle leur fit un tendre bisou sur la joue en signe de remerciement et se dirigea vers la porte pour sortir de la pièce.

— Je crois que l'homme qui vous a sollicitée est encore dans la salle des sens, l'interpella Winston.

— Bien, je vais le faire marcher un petit peu, rétorqua-t-elle.

Tout en laissant la porte ouverte aux deux Cavaliers pour qu'ils quittent sa loge, Adélaïde revêtit dès lors sa peau de Méphala et descendit calmement dans la salle des sens. Somptueuse, enjouée mais affichant un noble visage de marbre, elle prit le temps d'admirer la vue et de contempler son public et son territoire. Une dizaine de ses consœurs étaient là pour cinq fois plus de membres. Le Club faisait le plein. De mémoire, de ce qu'il se disait, il n'y avait jamais eu autant de clients en même temps. C'était une bonne chose en soi, un signe que les affaires reprenaient, que les gens recommençaient à se détendre, ou tout du moins que les riches recommençaient à dépenser leur argent… Descendant tranquillement les marches de l'escalier, Méphala posa les pieds sur le parquet et Alfred jouant le jeu vint la voir en lui faisant la révérence.

— Ma Reine, vous êtes exquise ce soir, lui adressa-t-il avec dévotion.

— Merci mon Cavalier.

S'approchant près d'elle, il lui fit un baisemain puis passa derrière elle un voile en soie assorti à sa guêpière. Le faisant passer sur ses bras, elle s'en servit comme vêtement.

— Merci… Pourrais-je avoir un cocktail ? demanda-t-elle.

— Mais certainement, sourit-il.

Alfred se retira pour aller lui en chercher un, et s'avançant dans la salle parmi les tables et les box aux banquettes en cuir rouge, elle se dirigea vers les longs et épais rideaux bordeaux cachant les vitraux Ouest. Arrivée là, elle s'installa alors sur un des fauteuils d'époque, rouge sang et au dossier de deux mètres de haut. Assise aux côtés des Reines Caroline à droite et Ambroisie et Frivole à gauche, deux des dernières venues, elle toisa ensuite son assemblée. Occupés en buvant attablés par cinq ou six en discutant sans jamais trop élever le ton, ou encore assis dans un coin ou près de la cheminée à lire un livre, les membres étaient comme à l'ordinaire, calmes, respectueux des lieux et des Reines.

Méphala esquissa un sourire, satisfaite de retrouver son univers. Elle se sentait bien ici, elle était dans son élément. Curieuse, elle tendit l'oreille avec amusement. Une musique de chambre passait en fond, comme elle avait bien cru l'entendre. Habillant l'atmosphère mystérieuse et teintée d'érotisme d'une douce et mélodieuse ambiance classique, cela rajoutait une touche de noblesse au lieu. C'était vraiment parfait.

La jeune femme croisa les jambes et soupira de béatitude. Réellement heureuse d'être ici, elle continua de s'émerveiller de son retour et regarda avec minutie les décorations de la salle des sens. Un lambris d'appui en chêne parcourait tout du long les murs de l'immense pièce. Subtilement sculpté aux motifs du club, il était surmonté d'une élégante tapisserie d'un rouge sombre courant jusqu'aux moulures du plafond, lui aussi en chêne. Parcourus de cavités où trônaient des bustes et des chandeliers, les murs à eux seuls rendaient déjà le lieu magique. Mais entre les tables et les box, il y avait toujours ici et là les dizaines de colonnes de marbre chères aux Damnés. De forme toscane, égyptienne, romaine, ou encore corinthienne, hautes d'un mètre, c'est elles qui servaient de socle aux chandeliers en or qui illuminaient la pièce d'une centaine de bougies. C'était elles qui différenciaient le club du monde réel, éclairant cette magnifique ambiance victorienne d'une lueur jaune orange des plus chaleureuses. Ainsi tirée des ténèbres, la salle des sens en était merveilleuse. Mais ce qui ajoutait la petite touche de majesté à l'ensemble c'était sans conteste le lustre suspendu au plafond. Tout bonnement majestueux, il l'habillait de ses perles tel un collier sur le cou nu et dégagé d'une somptueuse femme mondaine et intouchable. Cette salle était l'illustration parfaite de la splendeur du Club des Damnés, divine, parfaite, sublime.

— Voilà votre cocktail Reine Méphala.

Méphala détourna les yeux de la salle pour regarder Alfred, surprise de ne l'avoir ni vu ni entendu arriver.

— Merci bien…

Elle lui esquissa un sourire puis avala une gorgée de son met.

— Reine Méphala ? s'exclama alors un Cavalier après que son beau-père se fut retiré.

— Oui ? répondit-elle.

— Très chère, un membre aimerait pouvoir vous faire la cour.

— Mais bien sûr.

Méphala se leva et suivant son indication, partit à la rencontre dudit membre.

— Bonsoir jeune homme, s'exclama-t-elle en arrivant à sa table.

— Bonsoir ma Reine. Puis-je avoir le plaisir de vous inviter à danser ? Ou alors à souper ? demanda celui-ci.

— Mais bien entendu, souper m'ira parfaitement.

La Reine Rouge lui esquissa un sourire et se laissa guidée par la main. Traversant avec lui la salle des sens, elle rejoignit les doubles portes donnant sur le couloir menant à la salle de bal. Là, elle se laissa entraînée dans un des salons privés. Un Cavalier leur servit alors rapidement une soupe de chocolat et une panière de fruits prêts à être mangés. S'avouant une petite faim, la jeune femme commença à déguster. Piquant un quartier de clémentine, elle s'empressa de le tremper dans le chocolat fondant puis de le porter à sa bouche. C'était délicieux, totalement exquis…

Son appétit se transformant dès lors en une envie fringale et gourmande pour cette petite collation, elle saisit un morceau de pomme qu'elle recouvrit entièrement.

Elle était en train de le croquer, les yeux avides et pleins de malice, quand le membre qui l'avait sollicitée se mit toutefois à parler.

— Aurai-je le plaisir de pouvoir passer régulièrement du temps avec vous ? lui demanda-t-il.

Méphala soudainement tirée de son plaisir le regarda réellement pour la première fois.

Brun, âgé à peu près comme elle de vingt-cinq ans, il était plutôt mignon, bien bâti, et son regard était visiblement celui d'un homme instruit. Mais Adélaïde n'avait pas envie de devoir jouer la comédie et de le titiller puis de devoir repousser ses mains et ses caresses. Elle faisait acte de présence en tant que Reine Méphala, mais tous ceux qui la connaissaient savaient qu'elle ne se laissait plus touchée, et qu'elle ne touchait plus.

— Mon bon homme, il faudra bien plus qu'un souper de chocolat pour me charmer… C'est un travail long et éreintant que d'essayer de m'acquérir. Mais libre à vous d'essayer, lui annonça-t-elle avec tendresse.

Se faisant, elle avala son morceau de pomme tout sourire.

— J'essayerai donc alors, s'avoua farouche le jeune homme.

Ils se regardèrent avec une pointe d'espièglerie, et lorsque le souper se termina, la Reine se retira. Elle lui accorda néanmoins le droit de lui déposer un baiser sur la joue, acte dont il apprécia la valeur. Ceci fait, elle retourna dans la salle des sens puis s'enfonça dans le labyrinthe pour regagner l'antichambre secrète du Club. Depuis le meurtre de la Reine Prunelle elle savait où elle était, et surtout, elle savait qu'au fond de la pièce se trouvait une porte menant à un second réseau de couloirs, qui eux menaient à des dizaines de salles secrètes… Excitée par l'aventure, comblée, Méphala s'enfonça donc tout d'abord dans les ténèbres du labyrinthe de velours noir, puis avec une lanterne prise dans l'antichambre, dans les passages secrets derrière celle-ci. Arrivant ensuite après avoir emprunté un escalier au point de convergence de tous les couloirs, elle prit celui indiqué par un pictogramme représentant des vagues. Méphala le connaissait bien, car c'était celui menant à la salle du Nautilus comme elle l'appelait. Elle se souvenait de sa découverte comme si c'était hier : elle poursuivait l'assassin de Prunelle dans les passages secrets et durant ses recherches, elle avait atterri dans cette salle. Elle en était immédiatement tombée amoureuse.

Composée comme un salon hexagonal de vingt mètres de diamètre où un gramophone jouait un air classique, la salle du Nautilus était tout aussi luxueuse que le club. Des bibliothèques de livres anciens contre les murs et des cadres de croquis de vaisseaux et de monstres marins accrochés ici et là, il y avait un présentoir où trônait en général ouvert, *« Arcanes & Runes des magies noires de l'ancien temps »*, ainsi qu'un fauteuil victorien, une immense proue de bateau en forme de sirène hurlante et un gros canon sur roues avec une douzaine de boulets empilés en pyramide. Mais le plus remarquable, ce que Méphala n'arrivait toujours pas à comprendre, à réaliser, c'était que tout un côté de la salle était une baie vitrée ouverte sur un immense aquarium tropical. Des poissons-clowns aux requins en passant par de petits calmars, toute la biodiversité des mers chaudes y était. Et c'était ça qui lui donnait finalement envie aujourd'hui. Elle ne voulait pas explorer les salles qu'elle ne connaissait pas, elle ne voulait pas flâner avec ses copines ou tenir compagnie aux membres, non, elle voulait juste venir dans cette salle pour s'y installer, regarder l'aquarium, et lire. Y arrivant au bout de quelques dizaines de mètres elle en ouvrit toute excitée la porte.

Méphala passa plus d'un quart d'heure à regarder avec fascination la douzaine d'espèces marines faisant leur vie dans l'eau chaude. L'esprit calmé et son émerveillement rassasié, elle s'assit alors pour reprendre sa lecture des *« 20 000 lieues sous les mers »* de Jules Verne.

Chapitre IV

Autres révélations

Mercredi 10 juillet 2013, 11h13.

— Papa s'il te plait, avant de me juger, de nous juger, assieds-toi avec nous, maman aussi, et laissez-nous tout vous raconter, s'exclama Adélaïde implorante. En connaissance de cause vous pourrez alors vous faire votre opinion.

La jeune et triste femme regarda son père faire les cent pas dans la pièce tandis que sa mère s'était levée pour aller mettre de l'ordre dans ses bibelots, comme pour tenter de vivre une journée normale. Mais comment y arriver vraiment ? Comment faire abstraction de ça ? C'était impossible…

— Papa… maman… redemanda suppliante Adélaïde en les regardant tour à tour. S'il vous plait…

Navrée de ne recevoir aucune réponse, la jeune femme se leva, se rendit auprès de sa mère, et lui prenant les mains entre les siennes, l'amena à la regarder.

— Maman, assieds-toi avec nous, reprit-elle. S'il te plait.

Brigitte la regarda chamboulée, et s'effondra immédiatement en larmes dans ses bras. Comment sa propre fille avait-elle pu lui cacher l'enlèvement de ses petits-enfants ? Et comment avait-elle pu lui mentir toutes ces années ? Comment avait-elle pu lui cacher tout ça ?

— Maman, c'était difficile tu sais, mais… allez viens s'il te plait.

Brigitte hocha de la tête, acquiesçant pour écouter sa fille malgré tout, et toujours en larmes, elle la suivit pour retourner s'asseoir. Installée, elle appela son mari pour qu'il en fasse de même.

— Robert, viens, écoute ce que ta fille a à nous dire.

Robert hésita, furieux. Mais il accepta de nouveau de venir s'asseoir, et prenant sa femme dans ses bras pour la réconforter, fit face à sa fille et son gendre.

— Donc ce Dru est un homme qui vous en veut personnellement ? demanda Brigitte pour reprendre la conversation.

Phileas acquiesça.

— On n'a appris son nom qu'il y a trois semaines à peu près, déclara-t-il. C'est un homme malveillant qu'on essaye de stopper. Il est à la tête d'une organisation appelée *Fantôme* ou *D.N.C.*

— Qui sait ? le coupa Robert.

— Qui sait quoi ? reprit Adélaïde étonnée.

— Qui connaît la vérité sur vous deux, sur l'enlèvement.

Adélaïde et Phileas se regardèrent, mal à l'aise.

— Tout le monde, c'est ça ? demanda Robert.

— Oui, annonça ennuyée sa fille. Alfred le père de Phileas travaille au Club et est un ancien agent de la DGSE, Wanda sa fille est au courant depuis ses 16 ans et elle a tout de suite su pour les enfants, et Chloé que vous connaissez travaille elle aussi au club…

— Donc tout le monde savait sauf nous ? Pourquoi Adélaïde ? Tes parents ne sont pas assez bien pour toi c'est ça ? Ils ne méritent pas ton respect ? lui reprocha Robert.

— Ce n'est pas ça papa, ce n'est pas ça…

— Rob… fit Brigitte.

— Adélaïde a choisi de ne rien vous dire au début par peur, par panique ! s'interposa Phileas.

— Vous, ne vous en mêlez pas ! s'indigna Robert.

— Oh, arrêtez ! Je suis leur père ! Je souffre plus que vous ! On a dû faire face à une situation horrible !

— Croyez-vous que je ne sais pas ce que c'est que de perdre un enfant ? J'ai perdu mon fils !

Phileas ne dit rien… avant de déglutir et de reprendre.

— Alors, comprenez la peine que cela puisse être de devoir l'avouer, de le dire… de l'accepter.

— Cela n'excuse en rien vos pêchés ! vociféra Robert.

— Si vous nous laissiez finir d'abord ? Vous jugez votre fille sans savoir les choix qu'elle a dû prendre ou ceux que j'ai dû prendre pour qu'on en arrive là ! s'énerva cette fois Phileas. Vous croyez que cela nous enchante comme situation ? On ne l'a pas voulu de gaité de cœur ! On la subit tout autant que vous !

— Seulement vous, vous avez détruit la vie de ma fille !

— Il n'a pas détruit ma vie ! C'était mes choix par amour et par noblesse de cœur ! s'exclama Adélaïde.

— De cœur ? Te prostituer ?

— Je ne me prostituais pas papa, comment tu peux croire ça de moi ? s'indigna-t-elle écœurée.

Ces dernières paroles, ce visage outré qu'Adélaïde afficha… Robert se tut à la seconde. C'était vrai. Comment pouvait-il dire ça ? Comment pouvait-il penser cela de sa propre enfant ? Pourquoi ne pas la croire alors malgré ses dires ? Peut-être à cause de tous ces mensonges ? Il était tiraillé, il ne savait plus.

— Bien, reprenez depuis le début fit-il, les yeux rouges. Je vous écoute.

Les deux jeunes époux se regardèrent, et rassérénés, reprirent.

— Bien… j'ai donc répondu à l'annonce de Phileas et je suis devenue ce qu'on appelle une Reine. Je servais de distractions pour tenir compagnie autour d'un verre ou durant une discussion… Cela a duré jusqu'en 2011 quand… Adélaïde se rappela cela. En voulant évoquer la destruction du club, elle repensa à Molarron… qui l'avait violée.

— Je vais reprendre, commença-t-elle à nouveau. J'ai rejoint le Club des Damnés, j'ai eu du mal à m'habituer, j'ai eu des rapports sexuels, je me suis fait des amis, Chloé, Jean, Caroline et beaucoup d'autres, j'ai gagné de l'argent… puis j'ai découvert que j'aimais Phileas et on est sortis ensemble.

— Et ?

— Et j'ai découvert qu'un des membres du club me violait.

— Quoi ? s'époumona Brigitte avant de refondre en larmes.

— Bon Dieu ce n'est pas vrai, s'agaça Robert les yeux au plafond. C'est ça la vie de rêve qu'il t'a promise ?

— Papa… Phileas ne le savait pas, et quand il l'a su il m'a défendue, aidée, et il a fait arrêter Molarron, expliqua Adélaïde, je t'assure… mais pour se venger celui-ci a brûlé le club au début de l'été 2011.

La jeune femme eut des flashes de toute cette période à la fois difficile et incroyablement heureuse. C'était une autre époque, moins compliquée…

— Bien, et ensuite ? demanda Robert.

— Neuf mois plus tard, Phileas est revenu en ville, a ouvert le second club et on s'est remis ensemble. J'ai découvert par la suite que j'étais enceinte des jumeaux, et en même temps j'ai appris la vérité, qu'il était agent secret pour un organisme sans reconnaissance officielle et que le club lui servait à obtenir des informations.

— Sans reconnaissance officielle ? demanda Brigitte encore entre deux sanglots.

— Oui… En réalité le *Service* a été créé avant la Seconde Guerre mondiale. C'est un groupe de gens qui voulaient faire respecter la légitimité et le droit humain… en gros, on agit en parallèle du système pour appréhender ou éliminer tous ceux qui échappent à la loi.

— Je vois…

— Et donc vous Phileas, vous êtes un agent secret depuis longtemps ? demanda Brigitte, intriguée.

Phileas la regarda et répondit par l'affirmative.

— Oui, depuis 1997.

— 1997… hocha affirmative de la tête Brigitte. Vous… vous aviez quel âge ?

— Dix-neuf ans, répondit Phileas.

— Dix-neuf ans ? Dix-neuf ans… C'est jeune.

— C'était ma vocation, lui révéla-t-il.

— Je vois. Et ensuite ?

Adélaïde soupira.

— J'ai eu un peu de mal à l'accepter et quand des amis sont morts j'ai décidé de prendre mes distances. Mais un des membres de cette *Organisation* a alors tiré sur Phileas et a failli le tuer. Une balle au cœur…

Robert et Brigitte regardèrent leur gendre un peu choqués. Au moins ils savaient qu'il en voyait des vertes et des pas mûres lui aussi, pensa-t-il. C'était bien.

— Quand j'ai appris ça, reprit Adélaïde, je me suis rendu compte que je l'aimais vraiment et que je ne voulais pas perdre le père de mes enfants… J'ai donc pris son arme et j'ai tué son agresseur.

Alors qu'elle annonça cela, elle baissa la tête pour ne pas avoir à soutenir le regard que ses parents auraient sur elle. Malgré toute sa force, elle n'avait pas le courage de voir leur visage atterré… Elle ne pouvait pas le supporter…

— C'est à ce moment-là que la cheffe du *Service*, *D*, une femme formidable, m'a appréhendée et m'a fait rentrer au *Service*. C'était ça ou la prison. J'avais beau avoir tué une ordure je connaissais le *Service*, je ne pouvais donc pas repartir librement. Je vous ai alors dit que je partais d'urgence en stage aux États-Unis et j'ai entrepris ma formation... J'ai été formée à devenir une agente.

Adélaïde releva la tête vers ses parents. Ils écoutaient sans rien dire, mélangés entre la stupeur et la peine…

— Je suis ensuite revenue en ville avec Phileas et on en a découvert un peu plus sur l'*Organisation*. Et quelque temps plus tard Dru a assassiné *D* alors Phileas m'a nommée pour la remplacer.

— Attends, tu es la cheffe de ce *Service* ? s'étonna Robert.

— Oui.

— Mais pourquoi Phileas ? Pourquoi la mettre encore plus en danger ? s'étonna incrédule Brigitte.

— Je ne…

— Phileas ne voulait pas me mettre en danger au contraire, révéla Adélaïde en le coupant. Il m'a retirée du terrain et je suis dorénavant bien à l'abri derrière un bureau avec plus de 6000 personnes à mes ordres prêtes à donner leur vie pour veiller sur moi…

— Ce n'est pas vrai…

— Papa, calme-toi, fit Adélaïde en mettant les mains à plat dans le vide. Je suis grande et responsable, je crois en nos idéaux, et tu ne peux pas me le reprocher.

— Vous n'avez pas le droit d'en vouloir à votre fille, ni même à moi, reprit Phileas. Nous ne sommes pas les responsables de l'enlèvement.

— Mais c'est arrivé par votre faute, fit Robert.

— Si je n'étais pas ce que je suis, vous n'auriez pas de petits-enfants à l'heure actuelle.

— Non, je n'aurais pas de petits-enfants de vous, reprit mauvais le père d'Adélaïde, et ma fille aurait un avenir normal.

— Un avenir normal papa ? s'étonna celle-ci. Tu ne trouves pas injuste le monde d'aujourd'hui ? Tu n'en as pas marre d'entendre parler de viols, de cambriolages, de raquettes ou de magouilles de plusieurs millions d'euros ?

— Si, mais ce n'est pas à toi de régler ça !

— Si ce n'est pas à moi, c'est à qui alors ? Aux flics sans pouvoir ou aux flics corrompus ? Si le bien ne fait rien il fait le jeu du mal papa !

— Alors, pourquoi nous avoir menti si tu fais le bien ?

— Robert ! tenta de calmer son mari Brigitte.

— Tu as idée papa de ce que c'est pour une fille d'annoncer tout ça à ses parents ? Hein ? s'écria Adélaïde. Tu as mis combien de temps à m'annoncer la mort d'Adrien ?

— Ce n'est pas pareil, ma fille ! vociféra Robert, je n'ai rien à me reprocher dans la mort de ton frère.

— Moi non plus ! J'ai décidé de me battre pour sauver des vies et réparer les injustices ! Faire le bien ne justifie pas les actions du mal, c'est lui-même qui décide de ses propres actes !

— En te prostituant ?

Adélaïde ne répondit pas… pas tout de suite.

— Je ne me prostituais pas, si tu avais un peu plus confiance en ta fille tu saurais que ce n'est pas ça, que je n'aurais pas fait ça… Les motifs de mon mensonge sont valables ! Je ne voulais pas vous inquiéter et que vous ayez une incompréhension injustifiée.

— Mais tu donnais du plaisir avec ton corps.

— Papa, j'ai le droit d'aimer le sexe, toi-même tu adores ! J'aime le sexe, et j'ai aimé le pratiquer avec des personnes en qui j'avais confiance et qui ne pouvaient pas me faire de mal. Et quand je suis tombée amoureuse, j'ai arrêté !

— Mais tu étais payée pour !

— Non ! J'étais payée pour être au Club, c'est moi qui souhaitais le reste.

— Ce débat est stérile Robert, fit Phileas.

— Vous, ne me parlez pas !

— Vous avez le droit d'être en colère, mais ne nous manquez pas de respect, le reprit son gendre, surtout envers votre fille.

— Le mensonge, ce n'est pas une preuve d'irrespect ? Hein ? Mentir à ses parents Adélaïde, c'est quoi ? demanda Robert en regardant son enfant dans les yeux.

— Mentir, mentir… Me faire croire quand j'étais gamine que le père Noël existe, ce n'est pas mentir ? Arrête de jouer là-dessus.

— Compare ce qui est comparable.

— Alors ne juge pas ce que tu ne sais pas… Tu aurais agi pareil si j'étais devenue policière ?

Robert se tut quelques instants.

— On n'aurait pas enlevé tes enfants, s'exclama-t-il.

— Tu n'en sais rien !

— En tout cas j'aurais préféré que tu sois policière.

— Oui, seulement arrête d'être égoïste, c'est mon choix, c'est ma vie !

— Alors qu'est-ce que tu fais encore ici ?

Robert se leva et s'apprêta à monter à l'étage.

— Non papa ! Non je t'en prie ne pars pas ! le supplia immédiatement Adélaïde.

Adélaïde se releva vivement pour rattraper son père par le bras.

— Je t'en prie, s'il te plait. Reste…

Adélaïde regarda son père les yeux dans les yeux. Elle était en larmes… Elle ne voulait pas qu'il s'en aille.

Chapitre V

À propos du docteur

Mardi 2 juillet 2013, 10h38.

Benjamin Johns entra enfin dans la salle de conférence. Une grosse pile de paperasse sous le bras, il partit s'asseoir à sa place d'un pas pressé.

— Désolé pour le retard madame, s'excusa-t-il agité en craignant le courroux d'Adélaïde.

Stoïque, elle le regarda passer en hâte de l'autre côté de la table mais acquiesça de la tête sans rien dire. Elle ne voulait pas se montrer constamment dure.

— Qu'avez-vous ? demanda-t-elle toutefois pour ne pas perdre plus de temps.

— Il s'appellerait Eugène Timothy Dru. Diplômé de Harvard en 1979, intelligent, il est sûrement divorcé.

Immédiatement interpellé par ses mots, Phileas réfléchit quelques secondes. Un éclair illumina soudainement ses yeux. C'était une pièce maîtresse qui lui manquait depuis des mois !

— C'est donc ça, s'exclama-t-il, soulagé d'avoir enfin trouvé une réponse à ce mystère.

— Quoi donc ? demanda Samantha Dan.

— *D* est sortie de Harvard cette année-là. Bon sang, il était dans sa promotion.

— C'est comme ça… fit bouche bée l'agent *Dix*.

— C'est pour ça que l'*Organisation* savait à quoi elle ressemblait et qu'ils ont donc pu savoir où on se promenait, affirma Phileas. Ils avaient une putain de longueur d'avance sur nous ! Ils nous ont trouvés parce que Dru la connaissait déjà avant l'affaire de drogue sur les docks en 2004 !

Phileas tapa du poing sur la table, furieux.

— Bon sang ! vociféra-t-il.

— Elle doit se retourner dans sa tombe.

— Ou alors, maudire le simple fait de ne pas avoir retenu son nom, rétorqua *Gadget*.

— En tout cas on ne sait pas grand-chose d'autre pour l'instant, fit Johns en s'asseyant. On n'a aucune idée de l'endroit où il est né, ni même du pays. On avance petit à petit.

— Bien, c'est déjà ça, merci, fit Adélaïde.

Profondément amère qu'il n'en sache pas plus, elle trouvait que cette réunion devenait ridicule. Ils n'avaient rien.

— Je me doute que cela vous déçoit, reprit son agent, conscient de sa déception, mais comme on sait qu'il est de Harvard, je préconise d'y envoyer une équipe pour obtenir des informations. En attendant, voici une photo de lui.

Tout en faisant circuler les photographies tirées de la vidéo surveillance, il plaça un DVD dans le lecteur de la salle.

— Et voici l'enregistrement de sécurité.

La vidéo se chargea sur un écran installé contre le mur du fond. Ils purent alors tous voir les images sur lesquelles le docteur Dru, à droite, parlait à trois hommes de *Deux*. En parfait français, il leur ordonnait de le tuer avant de rapidement sortir du champ de la caméra.

— On essaye d'identifier les trois malfrats, souligna Johns.

— C'est mince, fit septique Adélaïde.

— Mais c'est bien lui.

Phileas saisit le tas de photocopies arrivant à lui et en prit une avant de les faire passer à sa conjointe. Fixant son image dans sa mémoire, il jaugea le visage de son ennemi en détail. Brun et les yeux foncés, sa bouche était bien dessinée, son nez était bourbonien, ses sourcils étaient grands, et enfin il était rasé de près. Physiquement, outre la confirmation de sa taille et de son poids, l'image lui signifiait qu'il semblait encore fort et en bonne santé.

— Il porte quoi selon vous ? Une veste Mao sombre ? demanda-t-il.

— On dirait bien. Avec un pantalon noir.

— C'est bien ce que je pensais… manque plus que le chat. On a quoi d'autre Johns ?

— On épluche internet et les fichiers des polices et des services secrets, répondit celui-ci.

— En tout cas il a de l'allure, il n'a même pas d'embonpoint.

— Ce qui nous signale qu'il prend soin de lui, fit Temple, un personnage qui sait faire attention à sa ligne. Méthodique, soigné, ordonné.

— Et dangereux, fit Dan.

— Particulièrement, rajouta Phileas en joignant les mains.

— D'après nos documents, annonça Johns, il serait riche et présent dans bon nombre de transactions mondiales.

— Évidemment.

— Sinon nous savons d'ores et déjà qu'il ne pratique pas la médecine. On a tout de suite vérifié les registres des différents ordres des médecins et un docteur Dru n'a jamais existé.

— Pseudonyme ? demanda une agente.

— Cela m'étonnerait, Dru étant son vrai nom.

— En effet…

— Est-ce qu'on peut faire une reconnaissance faciale à partir de la vidéo ?

— Oui, mais c'est sans succès. C'est d'ailleurs presque étonnant que *Huit* ait trouvé cette vidéo, car Dru a toujours fait en sorte de ne jamais être vu, filmé ou photographié.

— Keyzer Söze, fit Phileas, amer et dubitatif.

— *« La plus belle des ruses du diable est de vous persuader qu'il n'existe pas. »*, reprit *Gadget*.

— Charles Baudelaire. Dru se cache derrière l'organisation et des rangées de subalternes qui ne savent parfois même pas pour qui ils travaillent, continua Phileas. Il est un homme qui vit dans le meilleur des films, il joue son personnage… Contactez *Huit*, qu'il tâche de savoir pourquoi Dru en personne s'est déplacé pour faire tuer *Deux*. Un homme aussi fantomatique que lui ne se serait pas déplacé pour simplement tuer un type gênant. Il devait savoir quelque chose d'autre.

— Euh… le meurtre de *Deux*[3] remonte à longtemps, commença Dan.

— Le 20 octobre 2012, fit Adélaïde, qui visiblement avait commencé à apprendre les dossiers par cœur.

— Exact, reprit la cheffe de la section de Profilage, cela risque donc d'être difficile de trouver.

— Faites confiance à *Huit*.

— Au fait Phileas, vous faites tout notre boulot…

L'agent *Six* sourit.

— Je sais comment il pense, car je pense de la même façon. Et je fais pareil pour me faire disparaître de la circulation.

---

[3] —Le meurtre de *Deux*, Agathin James, s'est déroulé au début de « *La défaite de D* », troisième tome de la série.

— Bon, reprit Adélaïde pour conclure en regardant toute l'assemblée, Phileas a raison. Nous devons savoir pourquoi notre grand homme s'est déplacé en personne jusqu'à Moscou pour tuer Agathin... À partir de là je pense, on en saura encore un peu plus sur lui, et on pourra peut-être remonter en arrière jusqu'à lui.

— Je vais avertir *Huit* à la fin de la réunion, confirma Daniels.

— Parfait, ensuite, nous allons monter une équipe qui se chargera de poser les bonnes questions à Harvard. Je propose Phileas, évidemment, et des agents de sécurité de même que du profilage et des informations. Johns et Dan ? Cela vous va ?

— On en est, fit Johns. Mes équipes pourront se passer de moi le temps d'une journée ou plus.

— Je suis d'accord, s'exclama Dan.

— Comment comptez-vous obtenir des informations là-bas ? formula toutefois une agente.

— Comment ça ?

— Harvard est la plus grande université des États-Unis. Il ne suffira pas d'entrer et de demander le dossier de la promo 79.

Phileas et Adélaïde se regardèrent... et Phileas regarda alors l'agent, amusé.

— Si, dit-il. On va demander aux agents présents aux States d'aller faire un tour là-bas nous préparer le terrain, et on va se servir de deux ou trois combines pour obtenir ce qu'ils n'auront pas trouvé.

— Je vois, sourit l'agent. On a des moyens de pression sur le doyen ?

— Le président oui, on peut dire ça comme ça. *D* avait de bons rapports avec lui, on va donc pouvoir utiliser la corde sensible.

— Bien, tout cela est parfait, vous pouvez disposer, annonça Adélaïde pour terminer le briefing.

Elle se releva, et le reste des membres de la réunion en fit de même. Daniels passa son coup de fil à *Huit* et Helena James, cheffe de la comptabilité, interpella Johns afin de s'entretenir avec lui. Les autres agents sortant eux peu à peu de la salle pour regagner leurs activités, l'assistante de Phileas saisit l'occasion pour entrer dans la pièce et venir à sa rencontre.

— Monsieur, j'ai le rapport que vous aviez demandé, s'exclama-t-elle.

— Bien, merci.

Phileas ouvrit le dossier et le parcourut rapidement. Il le referma presque aussitôt, ayant lu l'information qu'il désirait, et profitant d'un peu de répit, il discuta avec elle de l'état de santé de sa mère. En passant près d'eux, Bella le regarda toutefois dans les yeux avec insistance. Elle ne prononça aucun mot et sortit rapidement, mais cela fut assez long pour qu'il s'en étonne. Il l'observa alors partir, pensif. Elle était visiblement toujours gênée de ce qui s'était passé à Margate. D'avoir embrassé et offert son corps à Adélaïde, et d'avoir dormi nue avec eux… En y réfléchissant, Phileas comprenait bien. Oui, cela ne devait pas être facile à vivre. Partager ainsi l'intimité d'un couple marié, surtout de collègues supérieurs, cela avait de quoi réellement troubler.

— Bien, je vous revois plus tard, dit-il à Corie.

— D'accord.

Phileas lui tendit son rapport et sortit de la pièce. Il se rendit vers l'étage de la section de recherche et de développement technologique. Résolu depuis qu'il avait revu le visage de son ennemi, il désirait s'entretenir avec *Gadget* en privé, loin de la formalité de la réunion. Le vieil homme était cependant déjà redescendu à son atelier, désertant la salle comme s'il avait laissé un bain-marie d'asperges sur le feu. L'homme du Club emprunta donc l'unique ascenseur permettant de s'y rendre, et sortant de celui-ci, alla se poster devant les portes de sa section. Pianotant son code et apposant sa main sur le lecteur d'empreintes digitales, il les déverrouilla et entra. L'homme parmi les plus anciens agents au *Service* discutait avec quelques-uns de ses subalternes. Il le rejoignit directement.

— *Gadget* ? Puis-je vous voir en privé ? demanda-t-il.

— Mais certainement, répondit-il.

Lui désignant de la main un coin calme, *Gadget* l'entraîna dans un endroit à l'abri des regards. Phileas se confia alors.

— J'ai besoin d'un service, demanda-t-il.

— Qui est ? demanda Temple en fronçant les sourcils.

— Je voudrais deux balles de calibre neuf millimètres, avec écrit *Rixe* dessus.

— *Rixe* ? demanda le vieil homme étonné d'une telle requête.

— Oui… Vous pouvez me les forger rapidement ? coupa court la conversation Phileas, suggérant clairement qu'il ne voulait pas s'épancher sur ses motivations.

— Euh oui, oui bien sûr…

L'agent hocha de la tête reconnaissant, et s'en alla.

— Prévenez-moi quand vous les aurez terminées, je passerai les prendre, lança-t-il.

— Je vous contacte avant de partir pour l'Asie, promit *Gadget*.

— Bien, merci.

70

Phileas reprit l'ascenseur et remonta à l'étage de son bureau. Arrivé à celui-ci, il s'installa rapidement pour compulser une dizaine de dossiers. Profitant d'un bref répit dans son emploi du temps qui allait se charger de plus en plus, il désirait rafraichir plusieurs faits dans sa mémoire. Il n'eut toutefois pas réellement le temps de se mettre au travail qu'on toqua à la porte.

— Entrez, s'exclama-t-il en soupirant.

Corie ouvrit la porte et rentra à l'intérieur du bureau. Bien qu'elle l'interrompit, elle apporta un vent de fraîcheur salutaire dans toute cette agitation. Vêtue d'un chemisier en soie beige et d'une jupe noire, la jeune femme était en effet comme à son habitude, charmante et délicieuse à regarder. Une véritable bouffée d'air frais. Elle était d'ailleurs la seule femme qu'il connaissait à venir au travail avec un porte-jarretelles.

L'homme du club tâchant d'être sérieux détacha toutefois ses yeux de ses bas pour la regarder dans les yeux.

— Qu'y a-t-il ? demanda-t-il.

— Votre avion décolle demain à dix heures de Paris, s'exclama la demoiselle aux cheveux châtain très clairs.

— Parfait, merci.

— Vous faut-il quelque chose d'ici là ?

— Oui, si vous pouviez m'apporter une boisson fraîche si cela ne vous dérange pas. Je vais avoir beaucoup à lire.

— Je vous l'apporte tout de suite, accepta-t-elle avec un sourire.

— Merci.

Phileas répondit à son sourire, et tranquille pour quelques instants, reprit un peu sa lecture. Il avait mémorisé une douzaine de faits qu'il considérait comme importants quand une demi-douzaine de minutes plus tard, la jeune femme revint avec une chope remplie d'un soda frais.

— Merci beaucoup Corie, s'exclama-t-il.

Phileas en but une gorgée et regarda enjoué sa secrétaire.

— Qu'y a-t-il ? demanda celle-ci amusée.

— Oh, rien, je vous admirais juste.

— Vous avez une femme pour ça non ? sourit complice Corie.

— Admirer, pas lorgner. Tiens, en parlant de femme…

Adélaïde entra dans le bureau en leur adressant un sourire à tous les deux.

— Toujours pieds nus ? constata Phileas.

— C'est tendance, et j'aime avoir les pieds libres, annonça-t-elle en venant jusqu'à lui.

— Je vois…

Adélaïde l'embrassa sur la bouche, puis regarda Corie.

— Alors Corie, mon mari ne vous rend pas la vie trop dure ? demanda-t-elle.

— Non, ça va.

— Parfait, sinon vous me le dites et je le corrige.

La jeune secrétaire s'amusa de cette fraîcheur d'esprit, puis préférant les laisser tranquilles, se retira en refermant la porte derrière elle.

— Elle est canon habillée comme ça, s'exclama alors Adélaïde.

— Tu la mâtes ? s'étonna Phileas.

— Ben oui, je ne vais pas me priver, pas toi ? Elle porte quoi en dessous à ton avis ?

Phileas souffla.

— Porte-jarretelles, et ensemble noir, quand elle en porte. Parfois elle ne met pas de soutif, dit-il en se reconcentrant sur sa lecture. Et je suppose qu'elle ne met pas de string non plus dans ces moments-là.

— Je vois, je vois.

La jeune femme se repencha vers son époux, et interrompant sa lecture, l'embrassa langoureusement.

— Et moi ? Je te plais comme ça ? demanda-t-elle entre deux baisers.

— Bien sûr, tu es superbe…

Phileas lui déposa un autre baiser sur les lèvres, et regarda dans l'entrebâillement de son chemisier. Deux tétons bien nets se dressaient fièrement.

— Superbe, reprit-il.

Adélaïde sourit, et s'installant sur ses jambes, se colla à lui pour lui lécher l'oreille.

Passant du tout au tout, elle redevint toutefois sans prévenir triste de leur sort.

— Ils me manquent, lâcha-t-elle. Ils me manquent terriblement…

Phileas comprenant sa douleur lui frotta affectivement les bras.

— Moi aussi ma chérie, moi aussi.

Adélaïde se serra fort contre lui. Elle savoura son étreinte et son amour, soulagée d'y trouver le réconfort lui permettant de tenir, puis elle se leva pour repartir aussi rapidement qu'elle était venue. Surpris quoiqu'habitué, Phileas se retrouva alors de nouveau seul. Laissé tranquille, il reprit sa lecture sans plus être dérangé. Mémorisant des noms et des faits à n'en plus finir pendant près de trois heures, il emmagasina toutes les informations qu'il estimait nécessaires à sa mission.

Puis *Gadget* le fit informer de l'achèvement des balles. Appréciant une pause dans son travail laborieux, il descendit le rejoindre au stand de tir. Le vieil homme lui présenta alors discrètement un étui rempli de dix-huit balles marquées en lettres d'or du mot *Rixe*.

— Pourquoi ce mot monsieur ? demanda curieux *Gadget* en lui en tendant une.

Phileas ne répondit pas tout de suite. Il regarda d'abord les balles et plaça celle que son collègue avait en main dans le chargeur de l'arme qu'il avait apportée. Le remettant à l'intérieur de celle-ci, il tira sur le chien et visa la cible de carton située à dix mètres d'eux.

— C'est pour Dru… J'ai une rixe avec ce monsieur, répondit-il simplement.

Phileas inspira un bon coup, expira, et tira la balle dans la tête dessinée sur le carton. Il toucha pile au centre.

Chapitre VI

La douleur

Mercredi 10 juillet 2013, 11h42.
Adélaïde était assise dans le canapé, perdue dans les bras de Phileas, les yeux rouges. En face d'elle Brigitte pleurait dans son mouchoir. L'heure était à la douleur et la peine. La grand-mère était abattue de toutes ces nouvelles. Elle était terrassée par son chagrin, incompréhensive devant tant de noirceur dans l'âme de sa fille, devant de tels actes et de tels mensonges. Mais le plus dur lui était la perte des deux bouts de choux qu'elle aimait tant. Cela semblait insurmontable, et en plus cela lui rappelait la disparition tragique d'Adrien, son fils. Le grand frère d'Adélaïde aurait eu vingt-neuf ans cette année, et dans moins de deux semaines cela sera le vingt-cinquième anniversaire de sa mort.

— Comment as-tu ? Comment as-tu pu… ? s'exclama Brigitte.
Elle n'arrivait toujours pas à accepter la chose, toute cette histoire, tout ce tissu de mensonges… elle faisait presque une crise d'angoisse.

— Maman… comment ai-je pu te ménager tout ce temps ? redemanda Adélaïde. Je ne voulais pas te faire de peine, c'était pour ne pas t'inquiéter. Rien d'autre…

— Je suis ta mère, tu aurais dû tout me dire.

— Pour que tu sois comme ça ?

— JE SUIS COMME ÇA CAR EN PLUS D'APPRENDRE TES MENSONGES MES PETITS-ENFANTS ONT ÉTÉ ENLEVÉS ! s'écria-t-elle hystérique.

Adélaïde fit un bon, sursautant devant une telle colère, mais elle baissa immédiatement les yeux au sol. Sa mère ne s'était jamais autant emportée envers elle. Mais elle l'avait peut-être mérité. C'était vrai après tout qui sait ? Une fille n'a pas à cacher tout ça à ses parents, surtout à propos de ses enfants. Il s'agissait de quelque chose de trop grave pour le taire…

Des bruits de pas sourds se firent entendre et Robert redescendit les escaliers. L'espace d'un instant, Adélaïde se demanda s'il avait pris une arme pour venir abattre Phileas mais elle vit avec soulagement que ce n'était pas le cas… Il était cependant toujours aussi énervé et furieux.

— J'ai beau essayer, commença-t-il, je n'y arrive pas. Je n'arrive pas à ne pas avoir envie de vous casser la gueule Phileas.

— C'est compréhensif, s'exclama celui-ci. Mais cette colère est mal placée.

Robert s'installa à côté de sa femme et la prit dans ses bras pour la consoler.

— Regarde ce que tu fais à ta pauvre mère…

— Mais bon sang, s'exclama Adélaïde au bord de la crise de nerfs, les yeux rouges, arrêtez d'essayer de me rendre coupable, je n'ai rien fait ! Ce n'est pas moi la responsable.

— Elle a raison, formula Phileas en la prenant elle aussi dans ses bras pour la consoler alors qu'elle refrénait ses larmes.

— Et vous, vous avez mêlé ma fille et votre propre fille à tout ça ! lui rétorqua Robert tel un juge.

— Non papa ! J'ai choisi cette voie en toute connaissance de cause ! s'époumona difficilement la jeune femme.

— Tu t'es prostituée !

— Non, je ne me suis pas prostituée ! Pourquoi n'as-tu que ce mot à la bouche ? Une prostituée est payée pour baiser, moi je n'ai couché qu'avec des types que j'ai pu désirer, et que je le fasse ou non j'étais payée, car j'étais un meuble ! lâcha-t-elle en essuyant ses larmes. Bordel, pourquoi ne me faites-vous pas confiance ? Pourquoi ne voyez-vous pas la nuance ? Ce n'était pas de la prostitution. C'était une manœuvre féminine pour gagner de l'argent et soutirer des informations. On devait juste bien s'habiller et se mettre en valeur.

— Parce que de traîner en culotte devant des hommes c'est être bien habillée ? demanda Brigitte.

— Maman ! J'ai choisi cette voie, je ne me suis pas prostituée, et quand cela allait trop loin j'ai toujours arrêté ! Et cela avait un but bon sang ! Et quant au *Service*, si quelqu'un était responsable de la mort d'Adrien…

— Ne mêle pas notre fils à ça ! vociféra Robert, haussant de nouveau largement le ton.

— Si ! Imagine s'il y avait un responsable, demande-toi si tu ne te vengerais pas ? Moi quand on a tué mes amis et tiré sur Phileas, je me suis vengée ! Et j'ai permis de sauver d'innombrables vies ! On est des flics ! C'est notre job !

— Vous êtes des malfrats hors-la-loi !

— Faux, fit Phileas.

— Comment ça faux ? le reprit dédaigneux Robert.

— Au-delà de votre colère, réfléchissez, et demandez-vous ce qui est plus juste entre nos actions et celles de la police et du gouvernement officiel ?

— Là n'est pas le problème !

— Là est tout le problème, et tout découle de là, expliqua calmement mais ferme Phileas. Le Club, le *Service*, l'enlèvement... Tout vient de cette différence qu'on a décidé de ne pas ignorer. On se bat pour la justice. Depuis que j'ai réactivé le *Service*, plus de seize mille personnes ont été directement sauvées, et des centaines de millions d'autres l'ont été indirectement. On a empêché plus de treize cents viols, plus de mille quatre cents meurtres, et on a permis de réunir cent cinquante-trois familles. Croyez-moi, vous n'avez pas idée de ce qu'on a pu faire. On a même empêché une tentative de meurtre sur le président des États-Unis alors que leurs propres services secrets ignoraient la chose. Savez-vous que si nous n'existions pas, il n'y aurait plus de tour Eiffel ? Et que si nous n'étions pas intervenus discrètement, lors de la guerre en Afghanistan, un missile nucléaire détourné aurait été envoyé vers New York ? Le monde doit bien plus au *Service* que vous le pensez... Nous avons infiltré des centaines d'infrastructures et décelé, évincé, et évité des milliers de catastrophes... nous ne sommes pas une plaisanterie.

Robert regarda Phileas mal à l'aise... il ne savait plus quoi dire.

— Je...

Phileas expira.

— Même votre fille qui est notre cheffe actuelle sur mes ordres, ne sait pas tout sur nous, continua-t-il las de devoir à chaque fois réexpliquer l'utilité du *Service*, mais moi je le sais, car je suis là depuis le début. Il existe des milliers de rapports sur nos activités conservés dans nos archives... Nous avons même évité deux fois la troisième guerre mondiale en intervenant pour éviter des assassinats qui auraient engendré d'inimaginables conséquences. On a l'air de rien vu de nos sièges, vu des vôtres… mais vous auriez froid dans le dos si vous lisiez la moitié des rapports que j'ai lus. Et là, depuis un an, nous savons que cet homme qui a enlevé nos enfants est à l'origine de bon nombre de ces attentats et de ces magouilles que nous avons empêchés. Nous savons qu'il est derrière tout ça, mais surtout, nous nous rendons compte que son organisation est encore plus tentaculaire que nous, qu'elle a bien plus de ramifications, et qu'ils ont beau agir dans l'ombre, ils sont plus dangereux que ce qu'on peut vous montrer à la télé… On est moins de dix milles dans le monde, vous savez. Nos rangs sont faibles, mais on a fait beaucoup de dégâts, dans le bon sens du terme, parce qu'on a su établir de bons contacts, parce qu'on sait écouter les bonnes informations… Alors si, le problème est là. Parce que le monde est dur et noir, nous devons exister. Mais je vous l'accorde, c'est un enfer que cela ait eu pour conséquence de nous priver de nos enfants…

Robert regarda son gendre, et fut perplexe devant ce discours, ne sachant plus comment répondre, comment l'attaquer…

— Je… commença Brigitte.

— Je ne savais pas, je suis désolé, s'excusa malgré sa colère Robert.

— Vous pouvez m'en vouloir, mais sachez que…

— Comment cela se fait que je ne sache pas tout ça ? le coupa Adélaïde, étonnée d'apprendre cela.

— Tu étais enceinte, et jeune, lui avoua son mari en la regardant. Je ne voulais pas briser tes illusions chérie… Avec le temps, tu aurais été mise au courant de tout ça mais cela ne pressait pas, et puis il ne t'est pas nécessaire de connaître toutes les affaires passées et clôturées.

— Le *Service* a vraiment fait tout ça ? Mais qui gère si même moi je ne le sais pas ? s'étonna la jeune femme.

— Nous avons des branches isolées. Nous gérons directement les agents autorisés à tuer et les dossiers français ou liés à l'*Organisation,* mais il existe des centaines d'autres agents qui ne dépendent pas directement de nous. Tu n'en sais tout simplement rien parce que nous avons décidé que ces divisions autonomes installées partout dans le monde ne reprenaient le contact avec le *Service* en lui-même pour faire des rapports que tous les trois ans, ou s'il y a une affaire de la plus haute importance. *Deux* appartenait à une de ces divisions par exemple. Il n'était plus rattaché à nous mais il a repris contact au moment de sa mort pour nous prévenir de ce sur quoi il enquêtait. Bella aussi était allouée à une autre division à une époque. C'est pour ça qu'on travaillait tous les deux sur la même affaire sans le savoir. De même que l'agent qui a découvert le nom de Dru en Italie. Cela a été instauré pour pouvoir acquérir une plus grande liberté de mouvement et surtout éviter de détruire tout le *Service* si jamais on était trahis.

— Le cloisonnage, confirma Adélaïde. Je n'avais pas compris cela comme ça quand tu parlais de divisions…

— Voilà…

— Mais si je comprends bien, vous êtes influents, mais vous ne saviez rien d'eux ? reprit Brigitte.

— Presque rien oui, car ils savent aussi se montrer malins.

— Si vous ne faites vos rapports entre vous que tous les trois ans vous ne devez pas être très efficaces, s'exclama Robert, encore empli de haine. Je n'y connais peut-être rien, mais cela ne m'a pas l'air idéal pour le partage d'informations.

— Si… car tous les rapports sont copiés et envoyés à un seul endroit. L'abbaye Broussaille, dans le sud. Tout est répertorié et archivé là-bas. Chaque rapport qui y arrive y est alors lu, décortiqué, analysé, et les mots clés du dossier y sont mis en évidence et retranscrits dans notre base de données. Si un agent tape le mot Dru sur son ordinateur, un tag sera immédiatement mis en évidence et toutes les affaires où ce nom est nommé, suggéré, ou avoisiné seront mises en relations et proposées à la consultation… C'est comme ça qu'un agent en tapant Dru dans le fichier a mis en corrélation le Dr D… lu par Jean avant de mourir, avec son affaire. Remontant la piste, il a pu découvrir qu'il s'agissait d'un homme de la plus haute importance.

— Et vous avez des pistes pour les enfants ? demanda Robert, revenant au sujet le plus important à ses yeux.

Adélaïde et Phileas le regardèrent, comprenant sa peine. Son ton avait changé, sa colère laissant la place à la peur et à l'inquiétude… L'espace d'un instant, ils crurent se reconnaître dans ses yeux.

— Nous avions perdu leurs traces… Leurs ravisseurs sont morts assassinés et leurs corps ont été retrouvés au large de la Californie, fit Adélaïde. Mais nous savions que retrouver Dru nous permettrait de les retrouver eux… Il les garderait en vie pour essayer de nous museler.

— Si vous continuez à lui mettre des bâtons dans les roues il ne risque pas de quand même menacer de les tuer ?

Adélaïde regarda son mari dans les yeux, hésitante. Ce sujet les avait départagés pas mal de fois avant qu'elle ne réussisse finalement à se rallier en tant que mère à son point de vue.

— On a déjà eu cette conversation durant des heures, répondit-elle en les regardant de nouveau. On est sûr à 99 %

qu'ils ne les tueront pas, même si on continue à les traquer. Ce serait idiot et illogique de leur part. Ils veulent faire pression sur nous, s'ils les tuent ils transforment notre combat en croisade personnelle, en vendetta. Dru n'aurait pas fait tout cela d'ailleurs simplement pour les tuer ensuite. Il l'aurait fait tout de suite devant nos yeux ou alors il nous aurait tués nous… Non, on savait qu'il était devenu posé, et que tous ses agents suivent ses instructions à la lettre.

— Devenu posé ? demanda Brigitte.

— Oui, avant c'était un fou furieux maman… avoua Adélaïde à sa mère.

Un blanc s'installa. Brigitte et Robert restèrent bouche bée, étonnés de ces mots. Ils semblaient lourds de conséquences, difficiles à entendre même.

— Et s'il redevenait violent ? suggéra craintive Brigitte.

— Ne vous en faites pas, cela ne compromet en rien la vie des enfants, les rassura immédiatement Phileas. Nous savons avec certitude que lui et ses hommes prendront soin d'eux, quoi qu'il arrive. Je ne saurais dire si c'est un code d'honneur, mais en tout cas ils sont en vie et en bonne santé, et le resteront même si on fait de leur vie un enfer. De plus ils restent une monnaie d'échange.

— Comment pouvez-vous en être si sûrs ? lui demanda presque scandalisé Robert. Vous avez dit que c'était un monstre !

— Parce qu'on a vu où ils étaient retenus, et ils étaient très bien traités, répondit alors Phileas.

— Donc ils sont toujours vivants ? déduisit Brigitte.

— Oui… Mais nous cherchons de nouvelles pistes pour trouver leur position actuelle.

Robert regarda sa fille et secoua la tête en fermant les yeux, exaspéré. Il préféra toutefois changer de sujet pour ne pas encore plus envenimer les choses.

— Bon, parlez-nous de ce Club des Damnés. Tu disais que tu y étais Reine ? fit-il.

— Oui, parle-nous de ça, reprit Brigitte, qui s'était ressaisie et ne pleurait plus.

— Oui, sourit Adélaïde, les yeux illuminés. Le Club était un lieu magnifique, vous auriez adoré !

Robert se racla fortement la gorge à ces derniers mots... Il lui fit bien comprendre d'arrêter de « *divaguer* ».

— C'était vraiment fantastique, reprit cette fois plus sérieuse sa fille, une ambiance victorienne, riche et noble, toute en boiserie, en tapisseries rouges, et en couleurs ocres. Il y avait une bibliothèque plus fournie que celle de la ville, il y avait des salons et des salles de bains immenses... C'était un cadre fantastique avec plein de salles secrètes.

— Et tu y faisais quoi, concrètement ?

— J'y arrivais, je m'habillais, je laissais dans ma loge toute technologie, et j'allais dans ce qu'on appelle la salle des sens me poser dans un coin en attendant qu'un membre ne veuille manger avec moi ou alors qu'on me demande de faire la causette ou effectivement, de monter dans une chambre pour un show privé.

— Et tu en as fait ? demanda Brigitte.

— Non, des caresses, si le type me plaisait bien cela allait plus loin mais pas de strip-tease ou quoi que ce soit.

— Tu étais protégée ? demanda Robert.

— Je n'ai jamais rien attrapé...

— Nous exigions des membres des dépistages et des examens réguliers, révéla Phileas.

— Et votre père dans tout ça, il fait quoi ? Il est client ?

— Non ! fit Adélaïde, prenant le pas sur Phileas. Il est ce qu'on appelle un Cavalier. Ils sont une vingtaine et sont là pour servir, ranger, aiguiller les membres vers les Reines, nous maquiller et nous coiffer, nous conseiller, et surtout aussi pour nous protéger et maintenir l'ordre si ça dégénère.

— Je vois… Et à part cet homme qui donc t'a violée, il y a eu des débordements ? demanda Robert.

Adélaïde se redressa un peu.

— Jamais. Il faut savoir que Molarron me violait la nuit, chez moi, pas au club… Au club tout client qui montre un manque de respect envers les Reines ou quelqu'un d'autre est banni à vie.

— Comment cela peut-il rester secret ? demanda Robert à Phileas.

— Parce que j'ai des contacts, de l'influence et que je suis actuellement la douzième fortune du monde.

— Comment ça ? s'étonna Robert.

— Je suis multimilliardaire. Grâce à ma mère et à des actions en bourse.

— Votre mère ? Et elle est où ?

— Je ne sais pas, fit Phileas très honnêtement. Je lui ai été enlevé à 7 ans… C'est très compliqué… Alfred était agent posté en Italie et a rencontré ma mère, la contesse D'Allegra. Ils sont tombés amoureux mais il s'avère que mon grand-père maternel était de la mafia. Que sa fille s'amourache d'un espion français ne lui a pas plu, alors il l'a séquestrée, et en gros quand j'ai eu sept ans il m'a fait mettre à l'orphelinat de Paris et l'a fait disparaître. Depuis je tente de la retrouver…

— Je vois… Et donc vous êtes riche ?

— Oui, fit-il, très. Le groupe Philanthropie, vous connaissez ?

— Oui, fit Brigitte, le président s'appelle Valentin D'Alleg… C'est vous ?

Brigitte afficha une moue surprise, très étonnée.

— Oui, c'est l'une de mes entreprises de bonnes œuvres, et d'ailleurs votre ordinateur est un modèle de *Global Advanced Technology*, qui est aussi une de mes sociétés.

— Je vous ai fait un don l'année dernière, reprit Brigitte, je… vous faites beaucoup pour les handicapés et les malades… Jamais je n'aurais cru que c'était vous…

— Merci, je prends cela pour un compliment.

— Est-ce que nous sommes en danger ? demanda alors Robert, inquiet.

— En danger ? reprit Adélaïde.

— Oui, reprit son père.

— Non, fit Phileas. Ils savent juste que je m'appelle Phileas, c'est tout. Ils ne connaissent pas mon nom et ne connaissent pas mes affiliations. Il n'existe aucune photo de nous, on a fait disparaître d'internet celles d'Adélaïde et on utilise énormément de noms d'emprunt. Le seul homme qui savait votre nom de famille a été tué et il n'a pas pris la peine de le répéter, on le sait. Actuellement nos ennemis ne savent même pas le prénom d'Adélaïde et qui elle est à part ma conjointe.

— Mais ils ont enlevé vos enfants…

Adélaïde regarda son mari, puis regarda de nouveau son père dans les yeux.

— Ils savaient à quoi ressemble Phileas… et quand nous étions en Vendée… quand on se baladait au marché lors d'un reportage nous avons été photographiés en arrière-plan… Ils ont trouvé ce reportage et su qu'on avait des enfants… et à partir de là ils ont trouvé la maison.

Adélaïde regarda dans le vide en face d'elle. Elle était amère.

— Tu es en train de me dire qu'ils vous ont trouvé comme ça ? fit Robert étonné.

— Oui…

— Oh, ma pauvre fille, c'est si horrible, s'exclama Brigitte. Elle se leva de son canapé pour aller prendre sa fille dans ses bras. Elle semblait toute aussi dévastée que l'avait été Adélaïde en apprenant cette nouvelle.

— Tu n'as pas idée maman, se remit à pleurer Adélaïde. C'est si horrible de se dire qu'on les a perdus à cause d'une simple photo !

Adélaïde se blottit dans les bras de sa mère. C'est ce dont elle avait eu besoin tout ce temps. Pouvoir pleurer de son malheur dans les bras de sa mère.

Chapitre VII

Harvard

Mercredi 3 juillet 2013, 9h13.

« Je sais que tu n'as pas trop envie d'y aller, mais dis-toi que je t'attendrai à ton retour dans notre lit, en petite tenue comme tu aimes. Tu pourras faire ce que tu veux de moi... et la mettre où bon te semble. ».

C'est sur la lecture de ces mots d'Adélaïde reçus par SMS que Phileas releva la tête vers la route, un sourire aux lèvres et plus léger. Le 4X4 arriva alors aux portes de l'Université d'Harvard et y entra. Piloté par un des agents de sécurité, il les transportait lui, Samantha Dan, Benjamin Johns, et trois autres agents. Parvenus à destination, ils en sortirent tous et se dirigèrent d'un pas ferme vers l'entrée de l'administration. Les apercevant, un homme en descendit presque instantanément les marches pour venir les accueillir.

— Agent *Six* ? Madame Dan et monsieur Johns ? Bienvenus à Harvard, déclara-t-il.

Les trois agents lui serrèrent la main.

— Merci monsieur, fit Phileas en enlevant ses lunettes de soleil.

Johns esquissa un sourire.

— Monsieur ? lui demanda-t-il.

— Kent, Mitch Kent. Cellule US.

— D'accord.

— Bonjour, s'exclama d'un sourire Samantha Dan. Le président s'est montré coopératif ?

— Oui, bien sûr, raviver le souvenir de l'ancienne directrice l'a rendu plus qu'avenant.

— Bien, parfait, répondit Phileas.

Le dénommé Mitch Kent leur ouvrit la porte et les invita à entrer tandis que les quatre agents de sécurité se postèrent naturellement pour monter la garde.

— Venez, c'est par ici, leur indiqua-t-il ensuite en leur désignant un couloir puis le chemin menant aux archives.

— Vous avez combien d'agents avec vous ? le questionna Phileas.

— Sept. Tous minutieux et dotés d'une excellente mémoire, ils connaissent le dossier D.N.C. par cœur.

— Parfait.

Les quatre agents s'enfoncèrent dans les méandres de l'administration du campus. Les trois nouveaux arrivants soulagés de ne pas avoir à perdre leur temps à négocier l'accès aux dossiers, arrivèrent à la salle des archives, pièce sombre et poussiéreuse surveillée par deux gorilles de la branche américaine du *Service*, et y entrèrent pour se mettre immédiatement au travail.

— Ladies and gentlemen, there are *Six*, Mr. Johns, and Mrs. Dan, annonça Kent.

— Hello !

— Hey !

— Hello !

— Voici Gari Tan, Suzanne Middleton, Douglas Clark, Osmond Castle, Gillian Mitchell, Mary Garrick et enfin Roman Bridge, les présenta Mitch Kent.

— Bonjour, leur répondit à tous Phileas.

— Enchantée ! sourit Samantha Dan.

— So do I !

— Bien, commençons, fit Johns en se frottant les mains. Comment sont classés les dossiers ?

— Par alphabet et par année, l'informa Douglas Clark.

— Good, good, lâcha-t-il.

*

Trois heures plus tard.

— Il y a eu un décès sur le campus en 1978, un suicide étrange, annonça Suzanne Middleton.

Assise sur un siège, elle lisait un rapport de police émergeant d'une liasse de feuilles jaunies.

— Ah bon ? demanda Gari Tan.

Osmond Castle prit son ordinateur pour tenter de trouver une correspondance dans les fichiers de la police.

— Son nom ? demanda-t-il.

— Bill Child.

Castle était le membre de la section de recherche de l'équipe américaine. Il pianota à une vitesse éclaire sur son clavier et trouva facilement ce qu'il recherchait.

— Il n'y a eu aucune preuve que c'est un meurtre bien que sa mort demeure mystérieuse, annonça-t-il. Il est décédé par pendaison mais la toxicologie révèle qu'il était humainement trop drogué pour ne serait-ce que tenir sur ses jambes. L'affaire a été classée comme un suicide faute d'indices.

— Je vois, mettez cela en lien, fit Johns en conclusion le nez dans un classeur. Cela peut être lié.

— Euh, j'ai quelque chose. Une photo montre les membres d'une des fraternités, annonça soudain Samantha Dan. Vous devriez venir voir !

Phileas, Johns et les autres agents laissèrent leurs recherches en plan et se levèrent de leurs sièges pour venir voir sa trouvaille.

— En effet, intéressant, s'exclama immédiatement Johns devant la photographie noir & blanc.

— Voilà une jolie avancée, sourit Phileas.

— On avance, souligna Kent.

Exaltés d'une telle découverte tous autant qu'ils étaient, ils purent constater que tous les protagonistes du cliché avaient un dragon tatoué sur le bras[4]. C'était un excellent début.

— Ce serait donc une marque d'une fraternité…

— Il semblerait.

— Je vais faire retrouver ces gens pour avoir des infos, annonça Castle en relevant les noms de la légende.

— Bonne idée !

Phileas s'émerveilla de l'efficacité de leurs collègues, et regarda autour de lui satisfait de cette révélation. La pièce, une vieille salle d'archive remplie à craquer de classeurs, de dossiers, de livres de promo et de feuilles volantes était sombre, mal éclairée, mais il se pourrait bien qu'elle renferme la plupart des secrets de l'*Organisation*. Cela n'avait pas de prix même si le boulot à abattre était immense pour tout décortiquer.

— On en aura pour longtemps, qui veut un café ? demanda-t-il.

---

[4] —Le *Service* a découvert que bon nombre d'agents de l'*Organisation* possédaient le tatouage d'un dragon orange sur l'intérieur du bras gauche.

— Volontiers, avoua Gillian Mitchell.

— Pareil, fit Johns.

— I want one, ajouta Tan.

*

Une heure et demie plus tard.

— Ici j'ai l'exemplaire d'un cahier d'avertissements… Dru y est noté plusieurs fois, fit Johns.

Phileas releva les yeux de sur ses dossiers.

— Est-ce qu'une Edelyn y est ? demanda-t-il intrigué.

Johns remit son doigt sur les lignes du cahier et descendit le long des pages à la recherche de ce nom.

— Edelyn… Edelyn, Edelyn… Marianne Edelyn. Oui, elle revient souvent. Qui est-ce ?

— C'est *D*. Elle était donc une petite chipie quand elle était jeune... Et Della ? répondit Phileas.

— Della… Della… non, aucun.

— Il y a moyen de savoir de quelle faculté ils étaient ? demanda Garrick.

— Euh… chercha Johns.

— Pas la peine j'ai trouvé ! fit Bridge.

Sortant des rayonnages, l'agent américain arriva vers eux en brandissant un livre de la promo de 1979. Posant l'ouvrage sur la table devant Phileas, il l'ouvrit alors pour leur montrer sa découverte.

— La *Harvard Business School*, ouverte en 1908. Promo de 1979… Là c'est *D*… et là c'est Dru, leur montra-t-il dans le trombinoscope.

Johns, Dan, Phileas et les autres agents regardèrent avec satisfaction les photographies. Ça y était, ils avaient une vraie piste sur Dru. C'était parfait !

— C'est bien eux bon sang, annonça Douglas Clark en détaillant scrupuleusement les deux photographies.

Fascinés de découvrir une image de leur ennemi dans sa jeunesse, mais également d'en voir une de leur ancienne cheffe, symbole de leur lutte et figure respectée comme une mère, ils ne purent s'empêcher de jubiler. Ils avaient trouvé la petite perle et c'était gratifiant !

— On sait maintenant où chercher ! s'exclama Phileas regalvanisé. Concentrez-vous sur la *Business School* et sur la fraternité au dragon !

Partant lui-même prendre un des ouvrages de sa pile parlant de ladite école, il commença à le feuilleter.

— Il faut trouver pourquoi des membres de l'*Organisation* portent ce tatouage ! Ils n'étaient pas tous de Harvard, Strugolth n'y était pas par exemple !

*

Quelques heures plus tard.
Kent releva la tête et observa les autres. Tout le monde était perdu dans les archives, feuilletant, lisant, analysant… Ils étaient tous fatigués d'une mauvaise lumière et d'une recherche longue et fastidieuse qui les épuisait, malgré tout ils étaient impliqués, prenant leur tâche très à cœur. Et de temps en temps, l'un d'eux trouvait quelque chose… Là ce fut lui.

— J'ai ici un dossier où il est fait mention par un ancien professeur d'une association d'élèves fomentée par Dru. Il aurait organisé un réseau underground de trafic de réponses d'examens en échange de la prostitution des élèves, leur exposa-t-il. En fait le professeur dit que bien qu'il n'en a jamais eu la preuve, il avait la certitude que Dru chapeautait un système de bons procédés pour avoir les sujets des examens de n'importe quel professeur. Si les filles voulaient les résultats elles devaient payer avec leur corps, comprenez par là participer à des tournantes avec, je cite, « *parfois plus de douze hommes, et impliquant même d'autres "victimes"* », tandis que les hommes devaient payer avec de l'argent ou avec du matériel acheté ou volé tel que télévisions ou autres objets de valeurs.

— Et ces filles acceptaient ? s'étonna Mary Garrick.

— D'après le professeur beaucoup étaient obnubilées par la réussite, et une fois engagées on les menaçait d'être accusées de tricherie si elles ne coopéraient plus. Dru avait donc la bonne combine. Mais personne n'a jamais réussi à prouver l'existence de ce réseau.

— Comment s'appelait ce professeur ?

— Michael Grisham.

— Ah, ici, fit Johns, j'ai une autre note de ce professeur. La vôtre date de quand ?

— 1978, répondit l'agent.

— En 1976 celui-ci dit que Dru était un souffre-douleur : il aurait été le bouc émissaire de ses camarades de classe pour une raison indéterminée… Il aurait donc bien changé entre-temps.

— Trouver pourquoi il a changé du tout au tout nous permettrait de mieux le comprendre, fit songeuse Dan. Mais cela nous indique déjà qu'il est passé de victime à tortionnaire et qu'il est vraiment à prendre avec des pincettes.

— Ton avis d'experte ?

— Personnellement je pense que cela doit être dû à un détail dans sa vie privée ou universitaire. Peut-être une déception amoureuse qui aurait été la goutte d'eau et aurait définitivement fait exploser sa haine ? Il aurait dès lors gardé une grande aversion pour les femmes puis pour le reste du genre humain. Vendre des réponses peut traduire l'idée qu'il se faisait du pouvoir ; arriver à obtenir ce qu'on veut par n'importe quel moyen.

— Oui, cela me semble juste, acquiesça Johns.

— Comment cela a pu se produire… un tel réseau ? demanda Mitchell.

— Oh, sur une université aussi grande, un réseau noir est facile à monter, s'exclama Phileas. C'est presque une ville.

— Je pense que le mort de 78 doit lui être imputé, suggéra Tan.

— Je pense aussi, avoua Clark.

— Dru était boursier. Il n'avait pas les moyens de payer ses études, fit Castle en soulevant les feuilles d'un rapport pour leur donner une autre information.

— Vous semblez vous y connaître, vous étiez ici ? demanda Dan à Phileas.

— Non. J'avais déjà très jeune l'intention de faire ce que je fais, et j'ai réactivé le *Service* à 19 ans. Alors suivre mes études dans une trop grosse université aurait été une erreur.

— Ah d'accord.

Phileas se repencha sur sa lecture mais se laissa aller à rêvasser quelques instants. Il se souvenait comme si c'était hier de comment il avait réactivé le vieux service secret. Il enquêtait pour dissoudre un réseau de drogue à Berlin, et s'était par un concours de circonstances retrouvé à travailler avec un vieux policier. Celui-ci mourut malheureusement face à leur ennemi, mais avant de rendre l'âme il lui fit part de ce à quoi il avait participé : il avait jadis été membre d'un *Service* parallèle avant sa désactivation malencontreuse. Avec un seul nom, prononcé entre deux râles de mort, Phileas avait alors retrouvé le *Toucan*, ivre mort dans un bar et racontant à qui voulait l'entendre les exploits du *Service*. Moins de deux mois plus tard, le futur agent *Six* avait réactivé toutes les cellules dormantes de cette justice parallèle et l'avait remis en selle. Ceci fait, il ne leur manquait plus qu'un nouveau chef. C'est là qu'il alla rencontrer une femme intègre et de confiance qu'il savait appartenir au MI5, Marianne Della.

Le *Service* renaquit ainsi de ses cendres.

— Sandre était élève ici, révéla Johns en en trouvant une trace, il était à la *Harvard Medical School*. Il est sorti en 1983.

Phileas hocha de la tête tout en parcourant toujours les annales qu'il avait sur les genoux.

— Deux des agents qu'on a envoyés rencontrer les étudiants de la photographie sont revenus, annonça Middleton en revenant dans la salle.

— Ah ? Alors ? Ça a donné quoi ?

— C'était une marque décidée par un des types de la fraternité, un certain Ian Waldo Andrews. C'était une de ses créations. L'homme interrogé dit que cet Andrews avait dessiné ça en cours et qu'ils l'avaient adoré, alors ils se le sont tatoué.

— Un rapport quelconque avec Dru ? demanda Phileas.

— À priori aucun, avoua l'agent.

— Ah, Dru était français, du moins sa mère l'était, dit Bridge en relevant la tête des dossiers qu'il fouillait.

Il fit une pause quelques instants, prenant le temps de lire ce qu'il avait découvert. Puis il s'exclama avec joie, excité comme une puce.

— Oui, j'ai trouvé ! J'ai ici une copie de sa demande d'inscription ! Sa mère s'appelait Huguette Olivier et son père s'appelait Jacky Dru !

Tous les agents regardèrent leur collègue avec plaisir. Ça y était ! Ils avaient enfin trouvé ce qu'ils cherchaient !

— Ah, merci ! laissa tomber sa paperasse Clark.

— Il est né à Montpellier, le 23 mars 1953 !

Osmond Castle hocha de la tête et lança une recherche sur son ordinateur.

— Parfait, voyons voir ce qu'on a sur ses parents…

— Il faut que je prévienne ma section, annonça Johns en se levant.

Le chef de la section de recherche sortit, certainement pour ordonner d'aller chercher à Montpellier dans le registre des naissances la fiche de Dru, et Phileas, Dan et les autres agents reprirent avec attention la lecture de l'agent.

— Il a visiblement fait ses études ici en Amérique, toute sa vie. Il n'a pas redoublé ni sauté… Et c'est tout.

— Parfait, fit Phileas en refermant les livres qu'il avait sur les genoux.

Se relevant et s'étirant, il approuva leur victoire.

— Je pense qu'on a tout ce qu'il nous faut.

Baillant un grand coup, il regarda la cheffe de section Dan qui confirma d'un signe de tête, et se dirigeant vers leurs collègues, ils leurs serrèrent la main, soulagés et la mission terminée.

— Merci pour votre aide, fit Phileas.

— De rien, sourit Bridge. Ce fut un plaisir.

— On vous enverra dans l'heure les photocopies de toutes les données trouvées, monsieur, annonça Garrick.

— Bien, merci.

— On continuera aussi à rechercher durant quelques jours, des fois qu'on trouve quelque chose d'autre d'intéressant.

— Oui, merci, fit Dan chaleureuse.

Leur adressant à tous un dernier sourire, Phileas sortit heureux, suivi de la cheffe de la section de profilage, et remonta à la surface. Il savoura, après près de dix heures passées enfermé dans un sous-sol, de revoir le ciel et de sentir la brise sur sa peau. Il se sentait comme revivre, soulagé que ce long et pénible travail de minutie soit terminé pour lui. Et bon sang ils avaient trouvé ce qu'ils cherchaient !

— Ah, vous sortez ? s'étonna Johns le téléphone à l'oreille.

— On rentre Ben, on en a fini ici, lui annonça Phileas.

— Ah parfait. Je vais dire au revoir aux autres et je vous rejoins.

Phileas et Dan acquiescèrent, et suivis par les agents de sécurité qui semblaient ne pas avoir bougé d'un poil depuis le début de la matinée, ils se dirigèrent vers le 4X4. Phileas s'installa devant, côté passager. Il souffla, fatigué, mais il était content d'eux.

— Je joins la cheffe, informa-t-il ses collègues.

Saisissant son téléphone, il appela Adélaïde.

— *« Allo ? »* répondit celle-ci.

— Salut chérie, c'est moi.

— *« Salut chéri, ça va ? »* lui demanda enjouée sa femme.

— Crevé mais ça va. On va repartir là.

— *« Ah, d'accord, je vais demander à Daniels de vous réserver des places sur le prochain vol alors. Cela a été fructueux ? »*

— Oh oui, on en sait bien plus sur lui, et on sait où chercher maintenant.

— « *Parfait, moi aussi j'ai des nouvelles intéressantes à ce propos.* »

— Ah oui ? demanda Phileas.

— « *Oui... Daniels a trouvé une fille à notre bonhomme.* »

— Quoi ?

— « *Tu as bien entendu, Dru a une fille, et on sait où elle habite.* »

Chapitre VIII

Céline Dru

Jeudi 4 juillet 2013, 15h03.

— Cela me tuerait ! Sérieux Phil, je m'enrage rien qu'à l'idée que si on ne les retrouve pas rapidement, d'ici quelques années ils auront été formatés à devenir nos ennemis ! avoua Adélaïde.

— On les retrouvera bien avant ne t'en fais pas, il y a intérêt pour Dru, lui répondit Phileas.

Adélaïde marmonna encore un peu, énervée à cette idée, puis se calma. Oui, c'était vrai il avait raison. Ils les retrouveraient avant, car ils étaient meilleurs que lui et plus intelligents. Ils les retrouveraient avant…

Satisfaite de cette conviction, la jeune femme saisit la main de son mari posée sur le levier de vitesse. Amoureuse, elle pencha ensuite sa tête sur son épaule. Elle l'aimait tellement…

Phileas mit son clignotant et tourna à gauche. Ils étaient en voiture banalisée, une magnifique Audi dernier cri hors de prix choisie pour son allure et sa vitesse, mais surtout, car elle ne faisait pas partie de leurs voitures personnelles. C'était un choix fait pour plus de sécurité, et pour avoir le plaisir de rouler en Audi.

Se rendant dans la périphérie de Toulouse, les deux agents s'étaient habillés à leur habitude civile pour moins de formalités : Adélaïde avait passé des ballerines, un pantalon de toile et un chemisier bleu à manche courte, et Phileas portait un tee-shirt col en V brun, un jeans, et des chaussures de sécurité. Elle était élégante et radieuse, lui était banal. Leur couple était ainsi. Phileas au naturel se moquait de sa tenue alors que sa femme y portait toujours une attention particulière. Leur façon de voir les choses se constatait même à leur coupe de cheveux. Adélaïde était entretenue, méthodique et ordonnée, coiffée d'un chignon parfait, tandis que les cheveux de Phileas étaient ébouriffés, signe d'une certaine appréhension calme et détendue de la vie. Le contraste entre les deux ne pouvait être plus important… Et pourtant ils s'aimaient, comme au premier jour.

— C'est la prochaine à droite, je crois, fit Adélaïde.

— Okay.

Phileas bifurqua à l'intersection, et ne put s'empêcher tandis qu'il tournait de regarder vers la poitrine de sa femme. Il savait qu'elle portait de la dentelle chic et cela l'excitait presque rien que d'y penser. Il l'imaginait sans ses vêtements, juste en lingerie. Il avait très envie de pouvoir la caresser et de pouvoir l'amener contre lui pour lui faire l'amour.

— On a reçu le rapport d'Inde, treize morts dans l'attentat, fit la jeune femme sans rien savoir des pensées coquines qui jalonnaient son esprit.

— Oui, c'est moche.

— J'ai demandé à Daniels de me faire un rapport complet. Je pense mettre Bella dessus en attendant de lui trouver autre chose, elle parle la langue et il faut qu'on éradique ce groupuscule.

— Bon choix, confirma Phileas en tournant à une autre intersection pour s'enfoncer encore plus dans la campagne.

— Tu ne trouves pas qu'elle est bizarre en ce moment ?

— Oui, elle est mal à l'aise en notre présence, je l'ai remarqué aussi.

— C'est dommage… c'est là, arrête-toi ici.

Phileas ralentit devant un petit quartier de pavillons résidentiels et coupa le contact. Sortant de la voiture sous un ciel ensoleillé, il s'étira, mit ses lunettes de soleil et la verrouilla. Adélaïde marchait déjà loin devant, lui offrant la vue de son superbe fessier. Il esquissa un sourire et la rejoignit. Cette femme était un délice visuel, un régal pour tout homme amoureux du corps féminin… Il en était dingue.

Ils remontèrent le long de la rue et atteignirent ensemble le numéro 34. Se présentant devant son portail, ils virent alors dans le jardin une jeune femme d'à peu près vingt-six ans, allongée sur un transat et en train de lire. La vision était pittoresque. Les cheveux longs et châtains clairs, le visage parsemé de taches de rousseur, la demoiselle était vêtue d'une robe légère et coiffée d'un chapeau de paille et représentait à elle seule un archétype de la vie du sud. Entourée du chant des cigales, il ne manquait que d'en voir quelques-unes pour en faire une carte postale.

— Mademoiselle Céline Dru ? lui demanda Adélaïde.

La demoiselle soupira sans répondre. Elle posa son livre à côté de sa citronnade et se leva pour s'approcher d'eux.

— Oui ? Qui la demande ? répondit-elle.

Adélaïde et Phileas sortirent leur fausse plaque d'agents gouvernementaux et lui mirent presque sous le nez.

— Le docteur Eugène Timothy Dru est bien votre père ?

En entendant ces mots, la jeune fille ne prit même pas la peine de lire leurs plaques. Elle leur tourna le dos et retourna à sa lecture, dédaigneuse.

— Je n'ai plus de contact avec mon père, fit-elle simplement.

— Savez-vous où nous pourrions le trouver alors ? l'interrogea Adélaïde.

— Aucune idée, mais si vous le trouvez, souhaitez-lui le bonjour de sa fille, cela lui fera peut-être plaisir.

Phileas se pencha par-dessus la palissade et les arbustes en fleurs pour mieux se faire voir.

— Mademoiselle, nous aurions réellement besoin de votre coopération.

— Et en quel honneur ? demanda-t-elle déjà rallongée.

Les jambes pliées et le nez plongé dans sa lecture, elle faisait comme s'ils n'étaient déjà plus là.

— Il a enlevé nos enfants âgés de trois mois et a tué un nombre incalculable de personnes parmi lesquels des amis proches, répondit Phileas.

La jeune femme referma son livre. Elle les regarda abasourdie.

— C'est une blague ? les interrogea-t-elle.

— J'ai la tête d'un type qui fait neuf-cents kilomètres pour aller raconter une blague par-dessus une palissade et sous cette chaleur ? lui demanda l'homme du Club.

— Euh… non, non j'avoue, et j'avoue que cela ne me surprend pas. Mon père est un monstre alors cela doit être monnaie courante dans son entourage.

— Alors, aidez-nous à le coincer, et je vous promets qu'on fera payer toutes ses exactions à votre fumier de père ! lui annonça Adélaïde de but en blanc.

— J'aimerais bien vous aider, avoua sincèrement Céline Dru. Mais je n'ai aucun contact avec mon père. Il est une ombre pour moi, et honnêtement je préfère vraiment vivre sans lui. J'ai une maison à finir de payer, j'ai un boulot, je peux bronzer et lire tous les après-midi, et je garde des enfants le week-end... Je suis sérieusement mieux sans lui !

— Je vois, fit Phileas avec amertume. Neuf cents kilomètres mademoiselle, neuf cents kilomètres.

Emportant Adélaïde par le bras, il fit demi-tour sans un au revoir pour regagner leur voiture. Puis il commença à décompter.

— Neuf... huit... sept... six... cinq...

— Phileas, qu'est-ce que tu fais ?

— Quatre... trois... deux...

— Je peux peut-être vous aider en fait ! les interpella soudainement haut et fort la jeune femme.

Phileas et Adélaïde se retournèrent. Leur interlocutrice les avait rappelés de par-dessus la balustrade. Le ton de sa voix était devenu celui de quelqu'un de ferme et de résolu, qui savait ce qu'il voulait. Le masque de la jeune femme qui faisait bronzette sous un soleil de plomb était tombé.

— Et comment ? l'interrogea Phileas en revenant vers elle, vous avez une adresse où on peut le joindre ? Vous avez quelque chose à nous dire sur lui ?

La jeune fille descendit de ses grands chevaux et soupira, déçue.

— Non... Mais je sais tirer et j'ai une dent contre lui depuis qu'il a battu ma mère à mort.

Répondant sans détour et sans sourciller, la jeune femme les avait regardés avec conviction... une conviction qu'ils reconnaissaient.

Les deux époux se regardèrent quelques secondes, hésitant sur la conduite à suivre. Adélaïde trancha toutefois, ferme.

— Désolé mademoiselle, mais nous ne sommes pas régis par des vendettas privées.

Clôturant à son sens la conversation, l'ancienne Reine détourna une nouvelle fois les talons et reprit la direction de la voiture. Mais Phileas n'avait pas bougé. Il était toujours tourné vers la jeune femme et la regardait d'un œil attentif, un sourire dessiné sur les lèvres.

— Quoi ? lui demanda Adélaïde.

Phileas tourna la tête vers elle et la regarda dans les yeux, le sourire toujours aux lèvres.

— Quoi ? reprit-elle.

— On l'engage.

— Non Phileas !

— Si. Tu parlais de vendetta mais tu es mal placée pour dire cela, aussi bien pour moi que pour les enfants.

— Phileas, j'ai dit non ! s'énerva Adélaïde.

— Si.

Adélaïde regarda son mari d'un œil des plus mauvais. Elle détestait quand il défiait son autorité. Elle avait décidé, point à la ligne.

— Elle peut en plus être un atout majeur. Ou à défaut un appât, annonça Phileas.

— Mon père n'en a rien à faire de moi, si c'est pour vous engueuler, laissez tomber, annonça Céline pour ne pas créer d'histoire.

Phileas la regarda de nouveau.

— Exact, alors il va tôt ou tard vouloir vous tuer pour effacer ses traces. On la prend, venez.

Adélaïde stoppa la jeune femme de la main.

— Phileas, j'ai dit non ! Tu défies mon autorité ?

— Quand elle est mal placée oui, rétorqua plein d'humour son compagnon.

Adélaïde pesta, furieuse. Elle le jaugea au plus profond des yeux. Il était honnête et décidé... La question était donc, capitulerait-elle ? Parce que lui ne capitulerait pas, elle le savait, à ce jeu-là, il était meilleur qu'elle.

Secouant la tête exaspérée, la jeune femme avoua sa défaite.

— Vous avez un chiffre préféré ? demanda-t-elle à Céline.

— Le neuf, j'adore le neuf, s'exclama celle-ci tout sourire.

— Parfait, ironisa Adélaïde.

Elle prit son portable et appela directement Daniels au *Service*.

— Agent *Neuf* trouvé, déclara-t-elle.

— *« Euh... okay. »*

Adélaïde raccrocha et retourna vers la voiture.

— Tant qu'on y est, D.N.C. Cela vous dit quelque chose ? interrogea Phileas leur nouvelle recrue.

— Vous plaisantez ? s'écria Céline en le rejoignant son livre serré contre sa poitrine. C'est moi qui ai inventé ça : *Dru's Network of Crime* ! C'est ainsi que je qualifiais les réunions des associés de mon père.

— Je... merci mademoiselle. Cela ne nous aide pas beaucoup mais au moins ce point-ci est éclairé.

— Il aime bien l'ironie votre père dites-moi ! s'exclama Adélaïde à mi-chemin de la voiture.

— Très ! Et il a pris au pied de la lettre l'expression « *les bras m'en tombent* » dite au cours d'une querelle avec mon oncle !

Chapitre IX

Le Service

Vendredi 5 juillet 2013, 01h18.

— Et donc vous êtes mariés ? demanda Céline assise à l'arrière.

— Oui, répondit Adélaïde.

— Et vous êtes sa cheffe.

— Oui.

Phileas tourna à l'intersection et l'Audi prit la direction de la concession automobile servant de couverture au *Service*.

— Et vous n'êtes pas vraiment du gouvernement.

— C'est exact.

— Et vous, vous êtes une sacrée pipelette ! lâcha Phileas, agacé. Neuf cents kilomètres avec vous c'est huit mille passés avec une poule.

— Pardon, répondit Céline, mais c'est l'appréhension, je stresse à mort.

— L'appréhension de quoi ? l'interrogea Adélaïde en se tournant vers elle.

— Ben déjà de un, fit-elle en appuyant de son index gauche sur celui de sa main droite, je me retrouve en voiture avec des gens qui n'ont pas mais alors là pas du tout l'air réglo, de deux, rajouta-t-elle en appuyant cette fois sur son majeur, je suis en robe légère dans l'Est ! Non mais l'Est quoi ! Et de trois, termina-t-elle en appuyant enfin sur l'annulaire, je pars à la recherche de mon père pour visiblement l'égorger et tout ce qui s'en suit !

— Oh, hé, hein ! Il ne fait pas si froid que ça dans l'Est ! s'exclama Phileas en regardant la route.

— Pas réglo ? On n'a pas l'air réglo ? l'interrogea Adélaïde.

— Vous si, mais votre mari non. Je connais ce regard, mon père avait le même quand il était gentil et avenant en public.

— Je suis là, je vous entends, formula l'homme du club en tournant le volant.

— Nan mais je dis ça parce que vous vous avez l'air gentil alors cela me fait peur parce que vous devez être hyper méchant quand vous êtes en colère et moi cela me fout les jetons d'être en voiture avec vous, car j'ai l'impression d'être avec un type vraisemblablement cool mais super malade dans sa tête qui serait capable de prendre une hache pour poursuivre le chien qui lui a pissé sur les chaussures…

— Céline, la ferme.

— D'accord.

Céline se tut, fit une moue en collant ses lèvres l'une à l'autre, et regarda par les fenêtres.

— Chéri, tu n'es pas réglo, reprit avec humour Adélaïde en se réinstallant normalement.

— Je suis un bad guy, sourit ironique Phileas.

Les deux époux s'échangèrent un regard amoureux et complice durant quelques instants puis ils regardèrent la route en appréciant le calme qui régnait soudain. Ils se rapprochaient du quartier général, et roulant dorénavant dans un calme reposant, ponctué uniquement par un air fredonné à l'intérieur de la bouche close de Céline Dru, ils apprécièrent que leur voyage se termine bientôt. Ils étaient tous les deux fatigués de la route et les longues heures de parlotte de la jeune femme n'avaient rien arrangé.

— Céline, qu'est-ce qui me prouve que vous n'êtes pas complice de votre père ? troubla très sérieusement le silence Phileas.

Regardant dans le rétroviseur intérieur, il fixait ses yeux.

— J'ai la tête d'une méchante ? lui répondit la jeune Dru.

— Moi j'en ai bien une non ?

Céline se pencha entre les deux sièges, sérieuse et excitée à la fois.

— C'est vous qui êtes venus à moi. Et comme vous n'avez pas repris le troisième point, je suis certaine que vous, vous n'êtes pas des enfants de chœur. Alors je suppose que vous allez devoir me faire confiance.

— Qu'est-ce qui vous dit qu'on n'est pas une bande rivale de votre père ?

— Si c'était le cas, vous m'auriez attrapée, violée, nettoyé l'intérieur de l'estomac à la javel et j'en passe non ?

— Mouais… cela peut encore se faire pour la javel.

— Allez, sérieusement, vous êtes qui, ou quoi ? demanda Céline.

Adélaïde la regarda dans les yeux et se voulut rassurante.

— Ne vous en faites pas vous serez briefée, on vous dira tout.

— Parfait, merci, répondit la jeune femme en se renfonçant dans la banquette arrière. J'ai hâte !

— On arrive, fit Phileas.

L'Audi blanche s'engagea sur la route menant à la concession automobile et en passa le portail. Grande et design, toute en verre et acier, la couverture du *Service* était une immense infrastructure de plus de 500 m² au sol sur un terrain faisant le double. Les baies vitrées des trois niveaux suggérant une véritable collection de bijoux de mécaniques, personne ne penserait qu'elle abritait un service secret.

C'était pour cette raison qu'ils l'avaient construite. Ils avaient désiré la couverture la plus tape-à-l'œil et donc la plus insoupçonnée possible pour le cas où on se mettrait à rechercher le *Service.* Mais l'attrait de l'automobile n'était pas le seul motif de leur choix. Une concession automobile offrait un avantage fiscal et public pour ses agents. Ils en étaient officiellement employés et étaient donc légalement rémunérés. C'était la couverture idéale.

Phileas suivit la route sur la gauche du bâtiment et emprunta une entrée de parking à l'arrière. Montant en spiral dans les étages, il se gara au troisième niveau. Coupant le moteur, il en descendit alors, suivi d'Adélaïde et Céline.

— Joli garage, sourit la jeune Dru.

— Allez, venez, répondit-il en l'entraînant de la main derrière les omoplates.

— Je vous suis.

Adélaïde entraîna la marche et saisissant sa carte magnétique, se dirigea vers l'ascenseur. Entrant, elle la passa dans le lecteur de sécurité et tapa un code d'accès.

Attendant son époux et leur nouvelle agente, elle empêcha la porte de se refermer.

— Phileas va vous amener en salle de conférence pour qu'on vous explique ce qu'il en est puis on vous fera visiter, annonça-t-elle lorsqu'ils l'eurent rejointe.

— Bien madame.

— Je vous en prie, appelez-moi *Méphala*, la reprit Adélaïde avec un soupçon d'autorité.

Les portes se refermèrent et ils descendirent.

L'ascenseur s'ouvrit quelques instants plus tard sur un long couloir illuminé et complètement blanc. Sortant derrière

Phileas et Adélaïde, Céline Dru mitigée jusque-là comprit dès lors qu'elle s'engageait dans quelque chose de vraiment sérieux.

Le sol et le plafond diffusant une lumière tamisée et équilibrée, le corridor blanc annonçait la couleur quant à leur organisme de défense humanitaire. Sérieux, à la page, propre, consciencieux, c'était les mots qui lui venaient à l'esprit. Elle était face à des gens droits et appliqués.

Suivant le couple, presque bouche bée, elle passa au bout du couloir une double porte vitrée qui s'ouvrit automatiquement sur leur passage. Entrant dans une salle tout aussi blanche et illuminée où se trouvait une secrétaire installée derrière un bureau, elle passa une deuxième double porte dont les vitres étaient cette fois semi-opaques.

Ébahie, elle contempla alors dans quoi elle venait de s'embarquer : elle était dans un immense hall blanc de plus de trente mètres de haut pour une surface d'au moins 600 m². Éclairé de la même façon que les précédentes pièces, il s'ouvrait en face d'elle sur neuf niveaux de bureaux où s'agitaient plus d'une centaine de personnes.

— Je retire tout ce que j'ai pu penser… vous faites le poids face à mon père, lâcha-t-elle, abasourdie.

— On espère bien, répondit Phileas déjà plus loin. Et ce n'est rien.

La jeune femme étonnée de l'écho de sa voix regarda dans sa direction. Tâchant de ne pas se laisser distraire, elle le rattrapa rapidement.

— Vos installations sont impressionnantes, avoua-t-elle. Vous êtes beaucoup ?

— Ici ? Plus de cinq cents actuellement, s'exclama l'agent.

Regardant Adélaïde, il vit qu'elle avait déjà regagné l'escalier pour monter à l'étage de son office.

— Tout est éclairé comme ça ?

— Non, la plupart des bureaux sont agencés traditionnellement. Le mien a une moquette grise par exemple.

Phileas entraîna la marche vers les escaliers que venait d'emprunter Adélaïde. Arrivant en haut de la dizaine de marches, il appuya sur un des boutons d'ascenseur.

— Quelle est la fonction de ces personnes ? demanda-t-elle.

Désignant les agents travaillant dans les bureaux aux vitres opaques et transparentes en face d'eux, elle regarda avec curiosité ce qu'ils faisaient.

— Cette branche s'appelle la section de Nettoyage et de Camouflage. Ces agents sont chargés de couvrir nos traces, de réparer nos dégâts, ou encore de faire en sorte que tous les agents aient aux yeux de l'état une vie normale. Pour qu'on n'éveille pas de soupçons.

— Je vois… J'imagine qu'ils doivent faire un sacré boulot, pensa Céline.

— C'est cela.

L'ascenseur arriva et Phileas l'invita à monter à l'intérieur avant d'en faire de même. Puis il appuya sur le dernier bouton.

— Cet ascenseur mène à tous les étages de la base, lui expliqua-t-il. Au premier il y a la section de sécurité, au second il y a celle de la maintenance, au troisième celles de la recherche et des analyses scientifiques, au quatrième celle de la comptabilité, au cinquième celle des agents normaux, chargés de missions qui ne nécessitent pas de tuer, au sixième celle des agents autorisés à tués, au septième se trouve l'unité médicale, celle de profilage, et la cantine, et enfin au huitième se trouve la section chargée de la logistique, les salles de conférences et le bureau de la direction.

— D'accord.

— Ensuite le niveau -1 indique le gymnase et les stands de tir et d'entraînement, et le niveau — 2 désigne l'accès souterrain au vieux réseau de tunnels de la ville, qu'on a aménagé.

— Il sert à quoi ? demanda Céline.

— C'est une sortie discrète qui mène aux quatre coins de la ville.

— D'accord.

L'ascenseur s'arrêta et ils sortirent au niveau huit, celui des salles de conférence et de la direction.

— En tout cas je suis impressionnée, s'exclama la jeune femme.

Phileas lui sourit reconnaissant. Mais Céline se doutait bien que derrière ce visage agréable se cachait une certaine méfiance. Elle était la fille de l'homme qui avait enlevé ses enfants, alors il ne fallait pas se leurrer, lui et sa femme s'étaient montrés gentils mais elle avait une étiquette ici, une sale étiquette.

— Ces agents vont vous emmener dans la salle de conférence numéro trois, annonça Phileas en désignant deux hommes particulièrement imposants venant à sa rencontre. L'assistant d'Adélaïde, notre chef de la section de recherche et des agents de la section de profilage vont vous interroger. Vous pourrez ensuite aller manger et dormir.

— Bien, s'exclama la jeune fille mal à l'aise, à toute à l'heure alors.

— Oui, à toute à l'heure.

Céline partit, bien escortée, et Phileas reprit l'ascenseur pour descendre à son bureau.

*

Trois heures plus tard.

— Oui ? Entrez, s'exclama Adélaïde.

Phileas ouvrit la porte et referma derrière lui. Il vint s'installer en face du bureau de sa femme.

— Tu as mangé ? lui demanda-t-il.

— Oui, un peu.

Toujours habillée de son chemisier bleu, la jeune femme était absorbée par une note qu'elle rédigeait.

— Okay.

Phileas la regarda faire, attendant en silence.

— Il y a quelque chose que tu voulais me dire ? l'interrogea-t-elle en relevant la tête vers lui.

— Non, non, je voulais juste venir te voir. Je pense qu'il est temps d'aller se coucher tu ne crois pas ?

— Écoute Phileas, là je ne suis pas fatiguée… mais vas-y sans moi, je te rejoindrai, annonça-t-elle

— Non c'est bon, tu sais bien que je n'ai pas besoin de beaucoup de sommeil, je peux t'attendre.

Adélaïde regarda son mari, cherchant dans ses yeux l'origine de son mal. Avait-il besoin de sa présence ? Ne se sentait-il pas bien ? Elle voulut le lui demander, mais cela toqua de nouveau à sa porte.

— Entrez, formula-t-elle en se redressant dans son siège, coupant court à leur brève discussion.

La porte s'ouvrit et Daniels pénétra dans son bureau. Il referma derrière lui et vint s'installer sur le second siège, à côté de Phileas.

— Nous avons fini d'interroger mademoiselle Dru, annonça-t-il.

— Verdict ? demanda Adélaïde.

— Détecteur de mensonges, analyse du langage corporel par nos spécialistes, profilage par la section de Dan… elle est sincère, elle est innocente, et elle déteste vraiment son père, répondit Daniels.

— Bien, au moins on sait qu'elle est fiable à cent pour cent, approuva Phileas.

— Oui. Je vous ferai un rapport complet sur ce qu'elle nous a dit mais sachez déjà qu'elle a une sœur qu'elle n'a pas revue depuis des années. Plus jeune qu'elle, elle s'appelle Clémentine et est aussi du docteur.

— Où est-elle ? demanda Adélaïde pensive.

— Nous ne savons pas, et elle ne le sait pas non plus. D'après ce qu'elle pense, elle se cacherait quelque part en Amérique pour échapper à leur père.

— D'accord. Tachez d'enquêter là-dessus, essayons de la retrouver avant qu'il ne s'en prenne à elle.

— Parfait.

Daniels acquiesça et se releva, prêt à partir.

— Je l'ai installée dans les quartiers de repos de la section exécutive. Demain nous nous occuperons de lui trouver un petit pied à terre ici, ajouta-t-il.

— Bien, merci.

Daniels s'en alla, et Adélaïde se repencha sur sa feuille. Elle continua à écrire, tâchant de coucher convenablement ses idées. Phileas se sentant de trop quitta à son tour la pièce pour rentrer chez eux.

Chapitre X

Les douches des Reines

Mardi 9 juillet 2013, 20h47.

Méphala lut la dernière page de son *Jules Verne,* et se relevant, s'étira longuement en baillant. Cela faisait du bien de s'aérer l'esprit avec un bon roman, pensa-t-elle, cela chassait les problèmes pour les remplacer par du bonheur, de la fantaisie ou de l'action !

Rassasiée de sa lecture, un sourire satisfait aux lèvres, elle déposa son ouvrage sur la petite table de chevet à côté de son fauteuil. Elle regarda ensuite quelques instants les poissons gambadant dans l'eau, puis quitta la salle du Nautilus pour regagner l'agitation de la surface. S'éclairant de sa lanterne, elle rejoignit le labyrinthe en fredonnant « *You spin me right round* » de *Dead or Alive.*

Sortant du dédale quelques minutes plus tard, elle prit l'escalier en colimaçon de la salle des sens pour se rendre à l'étage des Reines. Tandis qu'elle arrivait en haut, elle tomba nez à nez avec Caroline, Camilla, Sarah, Mélisande, Eugénie, Corinne, Kira, Chloé et Sublime.

— On va prendre une douche, lui annonça Caroline, tu viens avec nous ?

Adélaïde fronça les sourcils.

— Euh… pourquoi vous allez prendre une douche toutes en même temps ? demanda-t-elle étonnée en regardant la petite troupe.

S'éclairant avec des bougies dans le noir du couloir, ses amies discutaient avec animation en prenant la direction des douches.

— Parce qu'on sent toutes l'œuf pourri, répondit amère la jeune Reine tribade.

— Hein ? sourit Adélaïde.

— Cette cruche de Sarah a ramené les œufs de Pâques que lui a offert son filleul, seulement ils n'étaient pas en chocolat, expliqua la demoiselle.

— Je vois, ne put-elle s'empêcher de rire.

— Et en bonne idiote elle en a lancé un à Sublime. Bien évidemment il s'est cassé !

— Hey ! Je ne suis pas une idiote ! lâcha Sarah offusquée.

— Tu parles !

— Maintenant que tu le dis, oui, vous puez assez les filles, ricana franchement Adélaïde.

— Haha ! lâcha Camilla sarcastique en passant devant elle. Toi Sublime ne t'en a pas cassé un dans les cheveux pour se venger !

— C'était un accident ! sourit Sublime.

— C'est ça, l'œuf a guidé ta main…

L'échange ponctué d'un dernier *« Dis, tu ne veux pas en offrir un à ton filleul Sarah, en remerciement ? »*, la fine équipe de Reines entra dans la salle des douches. Adélaïde se retrouva alors seule à seule avec Chloé.

— Salut, s'exclama la Reine d'Or.

La jeune femme souriait mais elle était quelque peu gênée.

— Salut… tu vas bien ? lui répondit Adélaïde dans le même état.

— Oui… merci.

Les deux amies semblaient vraiment mal à l'aise de se retrouver seules face à face. Elles étaient pourtant ravies de se voir…

S'échangeant cependant un dernier sourire, mues par l'odeur nauséabonde elles entrèrent dans la salle d'eau où les autres Reines se déshabillaient déjà. Chloé qui sentait vraiment très mauvais retira alors rapidement son ensemble de sous-vêtements or mat et ses bas assortis, et Adélaïde descendant la fermeture éclair sur le côté de sa guêpière, la fit tomber pour dégager sa poitrine.

Jusqu'au moment de prendre leur douche, les deux amies se dévêtirent en cachant leur excitation. Mais si leurs consœurs avaient été attentives, elles auraient remarqué que la Reine aux cheveux blonds regarda avec diligence son amie retirer le reste de sa tenue, et que celle-ci en souriait, visiblement flattée. L'attention ne se portait toutefois pas sur Adélaïde et Chloé.

— Putain, Sarah t'es vraiment trop conne, fit Mélisande en se jetant sous l'un des jets d'eau.

— Comment je pouvais savoir que c'était de vrais œufs ? s'exclama ladite Reine en se shampouinant.

— Je ne sais pas, au poids ? ricana Kira.

— Ou alors à la forme ? plaisanta Camilla.

Adélaïde et Chloé se joignirent à elles sous les nombreux pommeaux de douches et commencèrent à se savonner.

— Vous ne pensez pas qu'on devrait demander à Phileas de la virer cette bécasse ? suggéra avec malice Corinne.

— Ou on devrait l'enfermer dans la salle du trophée, avec le mur des morts, proposa Eugénie.

— Mais euh…

— Faut avouer que t'es quand même conne quoi, sourit Kira.

— En même temps terminer par une bataille générale de boule puante, ce n'est pas la meilleure idée qu'on ait eue, avoua Caroline.

— Moi j'ai trouvé ça un juste retour des choses, sourit Sublime.

Tandis que l'ensemble de leurs amies se douchèrent dans la joie et la bonne humeur, Chloé et Adélaïde, un peu à l'écart, se frottèrent en se regardant du coin de l'œil, toujours gênées. Elles s'étaient pourtant déjà vues nues, elles avaient même déjà fait l'amour il y a de cela des années, mais là, après ce qui venait de se passer… Au-delà des regards complices qu'elles s'échangeaient, il y avait une certaine gêne, peut-être due à la présence des autres. C'était teinté de malaise, pourtant la situation leur était incroyablement excitante.

*

Une demi-heure plus tard, l'ensemble des Reines était fraîchement lavé et sentait la grenade. Sortant de la salle de bain, elles se rendirent dans leurs loges respectives pour enfiler de nouvelles tenues. Une dizaine de Cavaliers vint alors les aider à se maquiller et à se coiffer, dévoués à leurs attentions, et une nouvelle demi-heure plus tard, elles furent toutes prêtes à continuer la soirée.

La majeure partie des membres étant toutefois occupée par un tournoi de poker. Suggéré par un Cavalier pour départager lesquels d'entre eux auraient l'honneur de courtiser la Reine Noire et la Reine Sacrilège, il ne leur laissait à distraire que les vieux habitués, qui eux préféraient discuter entre eux ou simplement lire. Le Cavalier Hector leur annonçant donc qu'elles n'étaient pas obligées de se présenter en salle, elles décidèrent sur les insistances de Caroline de se rendre aux souterrains pour se détendre dans la salle secrète Maya.

— Pourquoi celle-là ? demanda Corinne.

Mettant un dernier coup de brosse dans ses cheveux, elle arriva dans le salon des Reines vêtue uniquement d'une culotte, d'un porte-jarretelles, et de talons aiguilles.

— La salle ressemble à l'intérieur d'une pyramide péruvienne, s'exclama enjouée Caroline, il y fait chaud comme dans un sauna, et il y a des colliers, des coiffes, et des parures en or. Je trouve ça cool !

— Tu es sûre que c'est de l'or ? demanda Sublime.

— Parce que tu as déjà vu l'intérieur d'une pyramide du Pérou toi ? plaisanta Kira.

— Même si c'est du toc, c'est lourd et ça fait rêver ! répondit la Reine. Tu crois que je fais quoi de mes vacances ? Que je reste chez moi sur ma console ? rétorqua-t-elle ensuite à Kira.

— Ouais, bon, moi cela me dit, et vous ? avoua Eugénie pour couper court au débat. Il y a des bassins d'eau chaude et d'eau froide et il y a des pièces d'or partout, c'est vrai que c'est plaisant.

— Pareil, fit Camilla motivée.

— Plaisant ? Qui utilise encore ce mot de nos jours ?

— Moi aussi, rajoutèrent ensemble Chloé et Adélaïde.

— Mouais, je ne suis pas trop chaude pour suer, s'exclama Mélisande, mais bon, pourquoi pas ?

— Bah on n'est pas obligées d'allumer le poêle qui chauffe les pierres.

— Ça me va alors.

— Bien, alors allons-y.

Le petit groupe de Reine se rendit vers les escaliers pour rejoindre le labyrinthe. Quand Alfred monta à ce moment-là en sens inverse.

— Allez-y, je vous rejoins, s'exclama Adélaïde.

— À toute, lui répondit Chloé.

Les neuf amies descendirent les escaliers, et le beau-père et sa belle-fille se firent face, seuls.

— Ça va ? demanda le Cavalier.

— Oui, oui, je voulais juste savoir, je n'arrive pas à retrouver l'accès au salon dans lequel je m'étais reposée avant d'accoucher. Est-ce que tu pourrais aller m'y chercher le livre *Les 7 Fables du monde sans nom*, pour que je puisse terminer de le lire ?

— Euh, ce livre est actuellement introuvable, répondit Alfred dubitatif.

— Introuvable ? s'étonna Adélaïde.

— Oui, je l'ai personnellement cherché déjà et il a disparu. Je pense que Philéas a dû le prendre pour terminer de le rédiger.

— D'accord, je lui demanderai alors, acquiesça Adélaïde.

— Il ne te répondra pas, sourit complice le Cavalier qui savait pertinemment que son fils était muet comme une tombe quand il s'agissait de ces choses-là.

Adélaïde acquiesça, reconnaissant la véracité de ses dires, et afficha un visage rayonnant.

— Oui, oui, c'est vrai… Philéas quoi… Il reste d'autres Reines au fait ? demanda-t-elle alors pour continuer à converser.

— Oui, elles sont dans la bibliothèque et dans les salons, l'éclaira Alfred.

— Elles ne veulent pas venir avec nous ?

— Je ne sais pas, je pense que cela leur ferait plaisir, j'irai le leur proposer.

— Bien, merci.

— Il n'y a pas de quoi Adélaïde, lui sourit Alfred avant de reprendre sa traversée de l'étage.

— Dis, tu peux nous faire amener de l'eau, du chocolat et des fruits ? lui demanda alors une dernière fois la jeune femme en se retournant. Ces idiotes vont se déshydrater, prévoyantes comme elles sont.

— Pas de problème, ricana le Cavalier, je termine ma ronde et j'arrive.

— Merci.

Adélaïde regarda son beau-père s'en aller, heureuse qu'il soit si agréable et affable, et descendit l'escalier rejoindre ses consœurs. Elle s'avoua rapidement un certain plaisir à aller visiter une salle qu'elle n'avait encore jamais vue… Un sauna aménagé façon Maya avec de l'or partout, cela ne pouvait être que bien non ?

Chapitre XI

L'acceptation

Mercredi 10 juillet 2013, 12h17.
Adélaïde, Phileas, Brigitte et Robert se regardèrent, sans rien dire. La tension était redevenue palpable, désagréable. C'était un très mauvais moment à passer pour tous les quatre. Un temps Brigitte s'était bien relevée pour aller relancer son repas, mais c'était tout. Et en revenant au salon, elle était d'ailleurs retournée s'asseoir auprès de son mari plutôt que de sa fille. C'était vraiment déconcertant. Le froid et l'animosité régnaient presque entre les deux couples. Plus aucune parole n'avait été prononcée et cela semblait parti pour durer, lorsque soudain le téléphone sonna, faisant sursauter tout le monde. La sonnerie stridente fit écho à un silence de plomb, mais au bout de la sixième répétition Phileas prit finalement son courage à deux mains.

— Vous ne répondez pas ? demanda-t-il.

— Non, fit Robert.

— À cette heure-ci c'est ma mère, annonça Brigitte, et je n'ai pas envie de la faire mourir d'une attaque.

— Génial, s'exclama Adélaïde.

De plus en plus irritée, la jeune femme se leva pour aller répondre.

— Qu'est-ce que tu…

— Bonjour grand-mère, c'est Adélaïde, répondit-elle au téléphone avec une voix enjouée. Oui, oui ça fait longtemps comment vas-tu ? ... Ah ben tu sais, ça tu n'y peux rien, c'est l'âge… Non ? Il s'est marié ? Sérieux ? Qui aurait cru ça de lui… Oui moi ça va, Phileas aussi, et les enfants vont bien, ils grandissent vite… On fait aller, mais il a beaucoup de boulot en ce moment… Non, je dis qu'il y a beaucoup de travail… Oui ils sont là mais ils sont occupés. Tu veux leur passer un message ?... Oui on passera avec Phileas et les enfants quand on pourra, mais là on va partir en voyage d'affaires durant quelque temps pour le boulot de Phileas… Non je ne sais pas encore, cela peut prendre plusieurs mois… Oui je dis à maman de te rappeler ce soir promis… bisous, à plus.

Adélaïde raccrocha et vint s'asseoir aux côtés de son époux.

— Tu as volontairement menti à ma mère sous mes yeux ? s'exclama Brigitte agacée.

— Mamie n'a pas besoin de souffrir de ça… Je préfère la ménager, répondit fermement la jeune femme.

— Tu es vraiment devenue horrible, lâcha alors Robert, effrayé de sa non-gêne.

Adélaïde regarda son père dans les yeux, profondément excédée.

— Je te demande pardon, papa ? s'énerva-t-elle.

— Tu mens à tout le monde.

— Je mens à tout le monde, je te demande pardon ?

Adélaïde se redressa et fit face à ses parents, furieuse.

— Tu préférerais que je lui dise ? vociféra-t-elle.

— Jeune fille, je te conseille de te calmer, s'impatienta Robert en faisant des efforts incommensurables pour rester calme.

— Sinon quoi ? Tu vas me frapper ?

— Ne me cherche pas ! lui cria-t-il finalement dessus en se redressant.

— Je ne te cherche pas, tu es mon père, je suis venue en espérant avoir du soutien de ta part, pas ta haine !

— Du soutien ? DU SOUTIEN ? … du soutien…

Robert prit sa fille dans ses bras et sombra en larmes, abattu, réalisant soudain la peine de sa fille… il la connaissait lui-même tellement.

— Comment veux-tu qu'un père réagisse à ça ? demanda-t-il en la serrant fort. Je suis désolé ma fille…

— Je n'ai pas de solution, pleura Adélaïde pour lui répondre, mais j'ai besoin que vous soyez à mes côtés… J'ai confiance, je les retrouverai, je te le promets, mais j'ai besoin de vous deux… de vous deux.

Brigitte se leva, et alla prendre son mari et sa fille dans ses bras, tout aussi décontenancée.

— Ma fille, je t'aimerai toujours, fit-elle, mais reconnais que ce n'est pas évident à accepter pour un père.

— Que j'ai perdu mes enfants ? pleura Adélaïde en regardant sa mère.

— Je…

Brigitte réfléchit. Les méchants cela existait, elle ne pouvait pas lui en vouloir, elle le savait… pourtant elle était furieuse contre sa fille… mais d'un autre côté elle l'aimait et voulait la soutenir du plus profond de son être.

— Ou le fait que je sois une tueuse ? reprit Adélaïde.

— Je…

Robert prit le visage de sa fille en ses mains et la regarda dans le blanc des yeux.

— Ce n'est pas évident, ce n'est pas comme ça qu'on t'a éduquée, prit-il le courage de dire.

— Oui, mais c'est ce que je suis devenue papa, et il le faut… Je suis contre la peine de mort, mais je suis forcée d'agir pour protéger les gens… Il faut protéger les bons des mauvais… Il faut bien que quelqu'un prenne la responsabilité de cette tâche.

— Cela nous fait peur… comprends-nous.

— Mais je vous comprends maman, pleura Adélaïde, mais j'ai perdu les enfants et je suis à bout, j'ai besoin de vous savoir à mes côtés, j'ai besoin que vous sachiez tout de moi, car j'en ai assez de vous cacher ça, j'ai besoin de pouvoir les rechercher avec votre soutien.

— Tu l'auras toujours, fit Robert, tu es notre chair, et eux aussi, tu l'auras toujours… mais c'est difficile pour des parents d'accepter ça…

— Je sais que j'ai l'air responsable de leur enlèvement, mais ce n'est pas ma faute.

— Non, c'est la sienne, fit Robert en regardant Phileas.

— Je vous demande pardon ? demanda celui-ci.

Toujours assis sur le canapé, il le fixa dans les yeux presque avec rage.

— Vous étiez censé protéger ma fille et l'aimer… non pas lui offrir ce monde.

— Robert, le reprit Brigitte.

— Papa !

Phileas se leva et tint tête à son beau-père.

— Croyez-vous que je l'ai fait de gaité de cœur ? J'aime votre fille, et j'ai voulu m'en séparer pour ne pas lui infliger ça. Quand elle a découvert la vérité, je lui ai proposé de partir, mais elle a fait son choix, car elle m'aimait aussi. Elle est devenue une des nôtres, car les circonstances l'y ont forcée. Croyez-vous que cela n'a pas été dur pour moi de courir après la voiture qui emportait mes enfants ? Ou de devoir me battre chaque jour pour essayer de les retrouver ou simplement d'offrir aux filles comme la vôtre un monde plus sûr ?

— Vous avez échoué, répondit alors Robert.

Phileas détourna les yeux, indigné.

— Si vous m'accusez d'avoir échoué, je vous accuse aussi d'avoir échoué, reprit-il finalement en le regardant de nouveau.

— Comment ça ? s'exclamèrent Robert, Brigitte et Adélaïde.

— Si je suis responsable de ça, vous l'êtes tout autant de la mort de votre fils !

Sur cette phrase assassine, Phileas s'en alla pour sortir de la maison.

— HEY ! REVENEZ ! lui cria après Robert.

Phileas se retourna après avoir ouvert la porte, et le regarda.

— Vous m'accusez d'être indirectement responsable de l'enlèvement de mes enfants, n'êtes-vous pas dans ce cas responsable de la mort d'Adrien en le laissant à la surveillance d'une institutrice inattentive ?

Phileas claqua la porte, et avant que Robert n'ait eu le temps de le rattraper, furieux, il monta en voiture pour s'en aller. Il avait besoin de faire un tour, Adélaïde le comprendrait… et puis cela éviterait un combat éprouvant pour chacun… Adélaïde devait s'en douter, sinon elle n'aurait pas retenu son père et il serait arrivé plus vite.

*

Une heure plus tard.
— Alors ? demanda Phileas.

Adélaïde vint à sa rencontre. Elle s'assit à ses côtés sur la palissade en face de la maison.

— Ils se sont calmés et on a mangé, répondit-elle.

— Bien…

Phileas prit sa femme dans ses bras et ils se consolèrent mutuellement.

— Pas exactement ce à quoi tu t'attendais hein ? fit-il alors.

— Non… c'est encore pire… mais bon, je tiens le coup. Quand tu as évoqué Adrien, cela les a rendus furieux mais cela les a aussi fait réfléchir sur notre responsabilité.

— Je suis désolé d'avoir évoqué ton frère… mais…

— Ce n'est pas grave, le rassura tout de suite Adélaïde, je te comprends… Moi aussi je me retourne l'estomac à tenter de savoir si on est réellement responsable, alors de les entendre le dire cela me fait mal aussi.

Phileas regarda sa femme dans les yeux et l'embrassa.

— Je te fais la promesse ma chérie, je te fais la promesse qu'on les aura retrouvés avant qu'ils n'aient l'âge d'aller au CP…

— Je te crois Phileas, je te crois… Tu as mangé ?

— Non, je n'ai pas faim…

— D'accord… allez viens, ils veulent qu'on leur parle un peu du reste…

— Tu leur as dit que tu étais bi ? ricana Phileas en se relevant.

— Non ! Une seule chose à la fois ! Ils sont ouverts de ce côté-là mais je n'ai pas envie qu'ils aient une attaque ! rigola nerveusement et fatiguée Adélaïde, ils n'ont pas besoin à l'heure actuelle de savoir que leur fille et son mari couchent avec d'autres filles !

Les deux époux s'embrassèrent en rigolant de bon cœur, et retournèrent à l'intérieur pour continuer à expliquer à

Brigitte et Robert les faits, leurs motivations, et leur vie de secrets.

Chapitre XII

Discussion entre agents

Vendredi 5 juillet 2013, 09h14.
Une tasse de chocolat chaud en main qu'il buvait par à-coups pour se réveiller, Phileas se rendit au stand de tir au niveau -1. Entrant dans la salle sans casque de protection auditive il eut alors immédiatement la confirmation de ce qu'il supposait, Céline y était déjà en train de s'entraîner, un Walther P99 en main.

— Joli tir, mais vous avez encore une certaine appréhension à vous servir d'une arme à feu. Cela se ressent dans votre façon de cligner des yeux et d'encaisser le recul, lui annonça-t-il en la rejoignant.

Céline se retourna vers lui, surprise d'entendre une voix, et sourit.

— Bonjour, je ne vous avais pas vu venir, répondit-elle avant de reprendre consciencieuse son exercice. Bien dormi ?

— Bonjour, bonjour, formula Phileas. Assez bien oui merci, même si ce fut bref.

L'atteignant au niveau du pas de tir, il lui rendit son sourire pour clôturer ces politesses et regarda la cible en carton au bout du stand. Devenant formateur le temps d'un cours, il posa alors sa tasse sur l'établi et lui prit l'arme des mains. La soupesant et l'observant sous toutes ses coutures, il définit mentalement ses paramètres puis mit en joue la cible à dix mètres.

— Visez, analysez les paramètres, faites mouche, s'exclama-t-il en fermant l'œil droit.

Philéas pressa sur la détente sans sourciller ni montrer quelque changement que ce soit dans son regard, dans ses gestes ou dans sa motivation, et tira une balle en plein milieu de la tête en carton.

— Ouah… je suis impressionnée ! s'exclama Céline.

Fait pile au milieu du front, l'impact dessinait un troisième œil parfaitement centré.

— Je n'ai aucun mérite, des années d'entraînement et des sens et une acuité visuelle supérieurs.

— Oui, j'ai cru comprendre en lisant votre dossier, avoua la jeune femme.

— Vous avez lu mon dossier ? s'étonna l'agent.

— L'assistant Daniels me l'a donné en même temps que le dossier sur mon père.

— Bien, parfait.

Philéas déposa le révolver sur l'établi et reprit sa tasse pour en avaler une gorgée. En prêtant l'oreille, on aurait presque pu entendre encore l'écho de la balle qu'il avait tirée… c'était étrange comme bruit, pensa-t-il une seconde. Un bruit sourd et lourd de conséquences.

— Notre portrait de lui est correct ? demanda-t-il pour en revenir à leur discussion.

— Je ne l'ai pas vu depuis cinq ans, mais je pense qu'il l'est oui, s'exclama évasivement Céline.

Reprenant l'arme, elle visa la cible.

— Papa était violent quand j'étais petite, impulsif, foncièrement mauvais… C'est ce que je comprends maintenant… alors même s'il n'est pas parfait votre profil doit être dans le vrai.

— Pensez-vous qu'il a créé l'*Organisation*, ou bien qu'il en est devenu membre et ensuite le chef ? l'interrogea alors Phileas.

Céline expira fortement, et prenant appui sur l'établi, prit le temps de réfléchir. Il était facile de deviner que cela lui faisait mal de simplement évoquer cela… mais elle n'avait pas vraiment le choix.

— Je ne saurais dire, répondit-elle avec douleur. Beaucoup de sales types venaient à la maison mais je ne sais pas s'ils le recrutaient ou s'ils étaient de sa bande…

Céline reprit son arme pour se sortir tout ça de l'esprit et tira plusieurs coups de feu. Puis son chargeur vide, elle le changea.

— Tout ce que je peux vous dire, annonça-t-elle furieuse en regardant son résultat plutôt moyen, c'est que lorsque j'avais quinze ans il a étranglé fou de colère ma mère puis l'a battue à mort… Cela s'est passé sous mes yeux.

— Éprouvant pour une adolescente, supposa Phileas, comprenant facilement sa peine.

— Surtout quand personne ne vous croit. Fort heureusement j'ai réussi à m'enfuir, mais Clémentine a dû rester.

— Pourquoi cela ? s'étonna alors l'agent.

— Elle est diabétique, répondit Céline, et je n'avais pas de quoi la soigner. Mais mon père n'était pas méchant avec elle, il disait qu'elle était son rayon de soleil. Il n'a jamais levé la main sur elle, même la fois où elle a jeté dans les toilettes ses sachets de sucre magique… Non, il a préféré me taper moi.

— Je comprends, ce n'est pas évident, laisser sa sœur avec un tel monstre.

— Oui, j'ai abandonné ma sœur, je suis impardonnable, s'exclama Céline franche en le regardant dans les yeux. Voilà pourquoi je veux me racheter en le tuant. Pour corriger ma lâcheté et mon égoïsme.

Phileas la regarda tirer trois nouvelles balles sur la cible, et reprit son interrogatoire.

— Vous avez dit ne pas l'avoir revu depuis 5 ans… Que s'est-il passé ?

— Il a retrouvé ma trace, et il est venu chez moi avec des amis… Ils m'ont violée pendant qu'il regardait sans sourciller. C'était sa punition pour avoir été une mauvaise fille, trop ressemblante à ma mère… puis il est reparti.

— Je vois…

Phileas décida de la laisser tranquille pour l'instant. Elle avait déjà assez souffert et il n'était pas nécessaire de la charger plus. La question évidente de sa complicité partait en lambeau, elle lui semblait vraiment innocente. Mais il arrivait en de rares occasions qu'il se trompe. Le tout était de savoir quelles mesures il allait prendre si cela se produisait un jour.

— Vous savez, reprit Céline après un temps, que votre propre père vous fasse cela, ça vous traumatise. Mais ce qui m'a le plus marquée, c'était la lueur dans ses yeux. Il ne prenait plus part aux actes monstrueux, il les commandait… et cela l'excitait encore plus.

Phileas releva les yeux vers elle, la regarda avec sérieux, et se permit de donner son avis.

— De ce que je crois savoir, votre père a toute sa vie été une petite frappe qui s'est transformée avec plaisir en un véritable salopard, mais comme vous dites, un jour il a décidé de s'assagir et il en est dès lors devenu que plus glacial.

— C'est cela, et regarder votre fille se faire violer sans sourciller ou émettre une objection quand elle vous supplie de l'aider, c'est très froid, annonça Céline amère.

Phileas baissa les yeux, un peu mal à l'aise du ton lourd de sentiments qu'elle employait. Il serait idiot de penser que ce sujet n'était pas plus douloureux encore que les autres à évoquer, et on sentait bien qu'elle contenait sa colère. La vague de souvenirs qui devait submerger son esprit était de toute évidence très éprouvante... Même lui après avoir pourtant entendu des dizaines et des dizaines d'histoires comme celle-ci était ébranlé par ces paroles. On ne s'y habituait jamais de toute façon.

— Il n'existe pas de mots pour vous soutenir, déclara Phileas pour terminer avec cela et la conforter, mais j'ai vu assez de cas comme le vôtre pour savoir ce qui vous motive.

— C'est à dire ?

— Vous avez ce besoin évident non pas de justice ou de vengeance, mais de faire comprendre à ceux qui vous ont fait mal que ce n'est qu'un juste retour des choses, que c'est la pareille qu'ils méritent...

— Oui, c'est cela.

— Mais jusque-là vous vous en sortez bien je trouve... Vous êtes forte, intelligente, rayonnante, vous avez de la joie de vivre... Je trouve admirable que vous ne vous soyez pas laissée aller, alors continuez, l'encouragea-t-il.

— Merci.

Céline posa l'arme sur l'établi.

— Vous savez, reprit-elle, j'aime ma vie simple. Mais je ne pourrai vraiment l'apprécier que lorsque j'aurai réussi à tirer un trait sur tout ça et que je saurai où se trouve ma sœur et si elle est en sécurité. Il ne l'a jamais touchée mais je veux la lui retirer… Là alors je pourrai goûter à la vie que je rêve, à celle que je me suis promise. C'est pour ça que quand je vous ai vus tous les deux, j'ai fini par comprendre que vous pourriez m'y aider.

— Je comprends, acquiesça Phileas, ma fille est pareille.

— Vous avez une autre fille ? se surprit Céline.

— Oui, elle a dix-neuf ans. Elle était tout aussi perdue que nous après l'enlèvement. Quand on a été à deux doigts de les récupérer mais qu'ils nous ont à nouveau été enlevés, elle s'est résolue. Cette injustice, cette peine, cette incompréhension d'une telle cruauté… Cela l'a décidée à rejoindre le *Service*… bien que je sois totalement contre.

— Pour se venger ? demanda la jeune femme, se reconnaissant un peu dans cette description.

— Non, pour ne pas se sentir inutile, pour aider à retrouver son frère et sa sœur.

— D'accord.

— … Mais je sais pertinemment que quand elle retrouvera votre père elle se vengera.

— Ce n'est pas évident de vivre sans ceux qu'on aime.

Ils marchèrent jusqu'à la porte, en ayant fini ici.

— Non en effet, répondit l'homme du club, Adélaïde et moi on a même songé à raccrocher.

— Mais vous êtes restés ?

— On ne peut pas rester sans rien faire, ce n'est pas dans la nature des parents, lui confia Phileas.

— Oui…

Les deux agents sortirent de la pièce et marchant dans les couloirs, continuèrent à discuter. Leur échange se fit cependant cette fois avec un peu plus de légèreté et moins de formalités.

— Votre femme semble charmante en tout cas quand on gratte le vernis, sourit Céline en passant une mèche derrière une oreille.

— Oui, elle l'est, acquiesça amusé Phileas. Et vous ? Un compagnon ?

— Non, pas en ce moment. Il y a bien un jeune homme que je vois occasionnellement mais cela ne va pas plus loin qu'un coup d'un soir.

— Un conseil, s'exclama alors Phileas en expert, trouvez-vous de quoi vous occuper, notre vie est éprouvante, la détente n'est pas un luxe, c'est une nécessité.

— Je prends bonne note.

Phileas avala la dernière gorgée que sa tasse renfermait, et arrivant à l'ascenseur, entra à l'intérieur.

— Vous allez où ? demanda Céline en le suivant.

— Rejoindre ma femme sous la douche. Et vous ?

— Manger un peu…

Les portes de l'ascenseur se refermèrent, et les deux agents, complices, montèrent dans les étages.

*

Cinq minutes plus tard.

— Qui c'est ? demanda alarmée Adélaïde.

— Devine…

Phileas referma la porte de la salle de bain, et posant sa tasse sur le rebord du lavabo, s'approcha de la douche. Il pouvait facilement deviner le corps de sa femme à travers la vitre opaque, et il fallait bien avouer que c'était une vision des plus merveilleuses.

— Je ne pense pas que l'un des agents entrerait ici pour risquer de voir la patronne nue et affronter son courroux.

— Haha ! fit ironique Adélaïde.

— Je pense d'ailleurs que la plupart préfèrent te voir asexuée plutôt que d'essayer de t'imaginer en lingerie ou nue. Tes tenues te rendent déjà tellement délicieuse à regarder qu'ils en perdent leur latin, ils ne voudraient donc paradoxalement pas devenir fous à concevoir plus de leur cheffe.

Adélaïde continua à se shampouiner les cheveux.

— Que de jolis mots pour dire que tu me trouves belle, Phileas, lâcha-t-elle moqueuse.

— Pas belle… sublime !

Phileas ouvrit la douche et observa sa douce et tendre épouse de haut en bas. Se couvrant machinalement la poitrine, Adélaïde le regarda d'un air timide et réservé, mais charmée par ses mots. Il aurait presque pu croire qu'il la surprenait nue pour la première fois. Elle semblait si prude, si innocente, comme une jeune fille surprise par l'amant de ses rêves… Mais son regard était si amoureux... Il n'y avait pas de mot pour décrire la félicité que Phileas éprouva en se plongeant dans ses yeux.

— Salut…

Adélaïde adressa à son époux un sourire timoré teinté de gêne. Surprise dans une tenue d'Ève qu'elle ne pensait pas lui dévoiler de la sorte, elle se pinça inconsciemment la lèvre. Depuis qu'elle l'avait rencontré, il n'avait eu que des mots doux pour elle, et elle savait que même si un jour elle était défigurée il l'aimerait tout autant qu'à cet instant. C'était incroyable, mais l'espace d'un instant ponctué uniquement par le fracas de l'eau, elle se sentit amoureuse comme jamais, comme s'il était à la fois son premier amour, son premier amant… et qu'elle s'avançait tout doucement vers sa première étreinte.

— Je t'aime, déclara Phileas.

— Moi aussi mon amour, lui répondit-elle avec sincérité.

Adélaïde passa la tête en dehors de la douche et l'embrassa avec passion durant plusieurs secondes. Puis elle retourna sous le jet d'eau chaude. La magie d'un instant avait laissé place au sérieux de deux agents secrets.

— Tu as déjeuné ? lui demanda-t-il.

— Non et toi ?

— Non.

Phileas retira ses vêtements et se joignit à elle sous la douche.

— Enfin si j'ai déjeuné, mais je vais en reprendre un avec toi, s'exclama-t-il.

Adélaïde lui sourit et replongea la tête sous le jet salvateur quelques instants avant de lui laisser la place.

— Tu as vu Céline ? l'interrogea-t-elle en tant que *Méphala*.

— Oui, elle s'entraînait… à première vue elle en a bavé avec son père. Agressions, maltraitance, elle dit qu'elle a assisté à la mort de sa mère et qu'il a organisé son viol.

Phileas prit du gel douche et avec sa fleur de douche, commença à se frotter intégralement.

— Oui, c'est comme ça que Daniels l'a trouvé, grâce à la rubrique nécrologie de Camilla Dru, avoua Adélaïde.

— En tout cas elle a dû en chier, et personnellement je pense qu'elle ne m'a pas tout dit.

— Tu crois qu'elle nous cache des informations ?

— Non, qu'elle a vécu bien plus de sévices de la part de son père !

— Ah… oui, sûrement.

Adélaïde et Phileas ne dirent plus rien. Ils ne firent plus qu'alterner leur passage sous le jet, avant de ressortir et de se sécher. L'heure était à la détente pour ainsi dire, elle était pour eux et non pas pour leur travail, alors malgré quelques écarts ils en profiteraient.

Phileas se rendit dans la chambre et enfila un nouveau caleçon, un nouveau tee-shirt et un nouveau short. Adélaïde, elle avait déjà préparé ses affaires et passa une longue robe rouge se refermant comme un peignoir, puis elle se maquilla rapidement.

— On y va ?

— Je suis prêt, acquiesça Phileas.

L'homme du club jeta ses affaires sales dans le panier à linge et reprit sa tasse vide. Les deux époux sortirent alors de leur quartier et se rendirent à la cantine.

Prenant l'ascenseur avec d'autres agents, Adélaïde se montra très souriante et amicale avec eux. De prime abord cela étonnerait de la voir plaisanter et rigoler avec ses subalternes, elle qui était cette femme intouchable et froide qui dirigeait les choses, mais il y avait une raison à cela. C'était une tradition ; elle ne prenait son rôle de cheffe qu'après le petit déjeuner.

L'ascenseur s'ouvrit et ils arrivèrent dans la cantine déjà pleine de monde. Appréciant d'y trouver une bonne ambiance, ils furent immédiatement de bonne humeur. Voir les agents aussi détendus était rassurant. Ce n'était pas facile de travailler et de dormir cachés sous terre, et de savoir qu'il n'y avait aucun soutien derrière était encore pire. Cela exacerbait un sentiment de malaise ambiant constant dont ils n'arriveraient jamais à se défaire. Ils se devaient donc tous malgré le sérieux de leur travail et de la hiérarchie, de décontracter l'atmosphère. C'est ce que *Méphala* avait décidé, et que le petit déjeuner soit informel en était un excellent moyen, surtout avant une rude journée. Adélaïde prit un plateau, suivie de Phileas, et ils s'avancèrent le long du self.

— Bonjour ! s'exclama la jeune femme.

Souriant au grassouillet mais jovial Adam, toujours de bonne humeur, elle le regarda avec enthousiasme.

— Bonjour ma belle ! s'autorisa-t-il à dire. Que prendrez-vous aujourd'hui ?

— Aujourd'hui je vais prendre un verre de jus de tomate, des tartines de confiture de fraise et un grand café ! lui sourit complice Adélaïde.

Phileas la suivit, et tandis que le chef Torricelli lui servit son grand café et son jus de tomate, il se chargea de prendre les tartines, la confiture, et les couverts, qu'il déposa sur son plateau.

— Et pour vous, boss ? demanda le chef à son intention.

Phileas rigola, et prenant une pomme et une nectarine comme à son habitude, il le regarda dans les yeux, prit son accent italien et fit une moue caractéristique du pays.

— Yé veux una plat dé tortellini, du parmesan et des tomates al dente !

Les agents debout autour d'eux rigolèrent, et satisfait de son effet, Phileas demanda un verre de jus de fruits et un bol de céréales. Servi, il alla ensuite s'asseoir en face d'Adélaïde.

— Tu n'en rates pas une ! fit celle-ci dépitée en croquant dans sa pomme.

Phileas lui esquissa un sourire, et commença à manger ses céréales.

— Oui mon capitaine.

Adélaïde avala une gorgée de son jus de tomate et reprit plus sérieuse.

— Tu vas faire quoi aujourd'hui ?

Philéas mit en bouche une pleine cuillère de son met, mâcha, et l'avala.

— Rien… Je vais rentrer m'occuper un peu de Cerebro et Blanche, ensuite je vais sûrement aller en ville lire un peu, et puis je vais passer au club. Peut-être que je ferais le bilan de *G.A.T.* et du Groupe Phi au passage.

— Ah, au fait, lui annonça Adélaïde en mangeant une tartine qu'elle venait de se préparer, Blanche va bientôt mettre bas.

— Encore ? s'étonna Philéas.

— Faut la faire opérer, suggéra-t-elle.

— Mouais… Et toi ? Tu vas faire quoi ?

— Me mettre à jour dans mes rapports, pousser un peu les recherches et chapeauter une ou deux missions secondaires. Les agents sur place ont besoin d'un avis.

— D'accord…

Philéas termina vite fait son bol de céréales, et tandis qu'Adélaïde plaisantait avec un agent assis à la table d'à côté, il la regarda avec attention.

Elle n'était maquillée que très légèrement mais son visage était radieux, frais et propre de défauts de peau, et ses cheveux bruns longs et ondulés étaient superbes. Ce qui attira cependant cette fois plus son regard, et cela devait être la même pour tout le monde, c'était sa robe rouge.

Élégante, bien coupée, d'un rouge satin très fin, on se doutait bien qu'elle était à même la peau sans lingerie en dessous. C'était un petit détail, mais Philéas savait qu'elle faisait cela pour qu'il la remarque chaque jour… et c'était le cas. Un instant il s'imagina même être l'agent qui vint lui parler, et s'imagina la chance qu'il avait peut-être de sa hauteur, de pouvoir voir dans son décolleté la chair d'un sein, et peut-être même une auréole rose…

Phileas était amoureux de sa femme. Pour qu'il en vienne à s'imaginer être un autre, surprenant dans une minuscule fenêtre de probabilité un de ses seins, c'était qu'il était gravement atteint, mais cela lui plaisait, et son imagination était un de ses plus beaux romans !

— Ça va ? demanda soudain Adélaïde.

— Oui, ça va… je te regardais juste, annonça-t-il en sortant de ses rêveries.

Phileas prit appui sur la table et posa sa tête sur sa main. Dieu qu'il l'aimait.

— Tu me gênes… formula-t-elle mal à l'aise.

— Pourquoi ?

— Je ne sais pas… me sentir tellement aimée… C'est fantastique mais cela fait peur, avoua Adélaïde en terminant sa tartine.

— Tu préfères que je sois froid, brut et sans sentiments ?

— Non, juste un peu moins en totale dévotion.

— Oh, t'inquiète, plaisanta Phileas, ce n'est que passager.

— Fumier va !

Adélaïde et Phileas se sourirent et l'homme du club reprit son repas. Il mangea sa nectarine et descendit d'une traite son verre de jus de fruits, puis commença sa pomme.

— Dis… je te plais vraiment ? demanda sa femme entre deux tartines en relevant timidement les yeux vers lui.

— Bien sûr !

— Et ma tenue… ?

Phileas sourit. Il avait vu juste.

— Tu es superbe ma chérie… je regrette juste de ne pas avoir eu la chance de pouvoir plonger comme je l'aurais voulu dans ton décolleté.

Adélaïde se pencha un peu en avant et lui adressa le plus discrètement possible un regard complice et entendu.

— Si tu avais été à la place de cet agent, j'aurais fait en sorte que tu puisses te régaler…

L'homme du club rigola. Ils étaient sur la même longueur d'onde… ainsi elle y avait pensé aussi.

— Cela t'exciterait de te montrer ainsi ? demanda-t-il avec perfidie.

— Ce qui m'exciterait beaucoup c'est qu'alors qu'il y a plein de gens autour, tu puisses toi et toi seul avoir une vue fuguasse sur certaines parties de mon corps…

Phileas s'émerveilla de la proposition, et redevenant sérieux, scruta les agents alentours.

— Il y a beaucoup de monde là tu ne trouves pas ?

— Dans tes rêves, pas ici ! annonça fermement Adélaïde.

Se redressant, elle mangea une nouvelle tartine.

Phileas s'amusa de son changement d'attitude et en prit une pour la manger. Il savait pertinemment qu'elle ne pourrait pas résister à se dénuder devant ses yeux si la situation le lui permettait.

Chapitre XIII

La salle maya

Mardi 9 juillet 2013, 22h26.

Collées les unes contre les autres, la petite troupe de Reines sortit de l'étroit et sombre couloir pour accéder à la salle maya. Guidées par Eugénie et Caroline, respectivement *10ᵉ* et *44ᵉ* Reines du club, elles firent alors face à un décor défiant l'imaginaire.

— Ouah… c'est superbe, s'exclama Corinne.

— Elle est cool hein ? répondit Caroline en allumant les bougies.

— J'avoue, fit Chloé.

Toute en grosses pierres directement importées d'Amérique du Sud, la salle maya était une large pièce de soixante mètres carrés pour une hauteur de six mètres. Les murs gravés de motifs incas, mayas et aztèques en or semblant effacés par le temps, elle était aménagée en son centre de deux immenses bassins, un chaud et un froid, et en face d'elles, d'un monumental escalier. Celui-ci montant jusqu'au plafond était recouvert de mousse à cause de l'humidité. En y regardant bien, tout le mur du fond était en fait agencé comme la base d'une pyramide, comme si la salle était un espace muré et fermé installé à ses pieds. L'endroit était tout bonnement fantastique. Toutes celles qui le virent pour la première fois en eurent le souffle coupé.

142

— Somptueux…

C'était vraiment incroyable de beauté. On avait réellement l'impression d'y être, de s'être téléporté en Amérique du Sud pour s'exiler dans une salle abandonnée. Mais ce qui rendait la chose vraiment excitante, horriblement attractive pour les yeux, ce n'était pas cette pierre aux motifs de civilisations perdues, ce n'était pas cette mousse et cette odeur dans l'air rappelant un climat tropical, ce n'était pas non plus cet agréable étouffement que l'on ressent dans une atmosphère de secret, non, c'était son trésor !

Et quel trésor ! Des milliers de pièces d'or, des dizaines et des dizaines de pierres précieuses, des parures, des masques, des colliers en or, il y en avait à perte de vue ! Amoncelées en monticules jonchant le sol et le fond des bassins, entreposés dans des cavités, reflétant d'une lueur dorée les flammes des bougies, il y avait des richesses dans tous les coins !

— Superbe… lâcha Adélaïde bouche bée.

La poignée de Reines s'engagea plus en avant dans la salle. Elles ne purent s'empêcher de toucher, curieuses et frivoles.

— C'est magnifique, fit Corinne en passant autour de son cou une parure en or.

— C'est du vrai selon vous ? demanda Camilla.

Plaçant un masque devant son visage, elle regarda interrogatrice ses consœurs par l'ouverture des yeux.

— Je ne pense pas, confia Adélaïde en prenant en main des rubis et des saphirs. Phileas n'aurait pas laissé tout ça comme ça si cela valait une fortune… Mais ce sont de belles imitations !

Elle reposa son trésor à terre, certaine que le poids de ces pierres était le poids de vraies pierres précieuses, et douta elle-même intérieurement de ses propres dires.

— En tout cas il parait que si tu arrives à trouver dans toutes ces pièces celle qui est vraiment en or, tu as le droit de la garder m'a confié Basile, s'exclama Caroline qui avait déjà les jambes dans l'eau, assise au bord du bassin froid.

— Cherchons alors, ricana Sublime.

Sarah rentra dans l'eau du bassin chaud et se prélassa en faisant la planche.

— Je vais rester ici toute la nuit, déclara-t-elle heureuse.

— Moi aussi, avoua Chloé.

L'ensemble des Reines se baigna soit dans le bassin chaud, soit dans le bain froid, et jouant avec les colliers et les coiffes, elles prirent plaisir à se croire le temps d'un instant à une époque de merveilles.

— Bon sang, c'est fou ce qu'on peut découvrir chaque jour ici, lâcha Eugénie. Le nouveau club semble avoir encore plus de secrets que l'ancien.

— Ouais, et je ne regrette pas, s'amusa Caroline en lui projetant de l'eau au visage.

— Vous pensez rester encore longtemps ? demanda Mélisande avec sérieux.

— Comment ça ? s'étonna Sarah en jouant avec des pièces.

— Ben...

— Voici le repas ! annonça soudain une voix masculine.

Surprenant ces demoiselles, Phileas entra dans la salle tout sourire, deux plateaux dans les mains.

— Que ? sursauta Caroline.

— Hey ! s'offusqua Sublime en se couvrant un peu.

— Oh, ça va hein, vous en montrez bien plus aux membres ! s'exclama Phileas en déposant les immenses plateaux de fruits et de chocolat sur l'escalier.

— Ce n'est pas ça, mais bon on est en tenue là, et entre filles ! Et si je voulais me mettre nue ?

Phileas regarda Sublime, et exaspéré et amusé, ne prit pas la peine de répondre. Heureuse de sa présence Adélaïde en profita et sortit de l'eau pour l'embrasser.

— Tu es superbe comme ça, lui chuchota-t-il à l'oreille. Phileas l'admira dans sa guêpière, sa culotte assortie et ses bas trempés... elle était enivrante.

— Merci, répondit celle-ci tout aussi discrètement.

— Tu te détends bien ?

— Oui, assez, j'en avais besoin…

— Bon, ce n'est pas tout, je vais vous chercher l'eau et les coupes, je reviens ! reprit-il plus fort à l'intention de toutes en repartant.

— Okay, pas de soucis, acquiesça Camilla, et ne t'inquiète pas, cela ne nous dérange pas que tu sois là, au contraire.

— Je prends bonne note, sourit Phileas. S'enfonçant dans le couloir sombre, l'homme du club disparut dans le noir, et les filles se regardèrent amusées.

— Je croyais qu'on restait entre nous, fit Sublime, un peu rabat-joie.

— Oh, ce n'est pas grave un homme, et c'est Phileas en plus, fit Camilla en mangeant une nectarine.

— Et c'est le mec d'Adélaïde, souligna Corinne, tu crois quoi ? Qu'il va tenter un truc avec toi ?

— Non ce n'est pas ça mais…

— C'est vrai que ça fait bizarre qu'il se joigne à nous, s'étonna Eugénie qui, étant avec Mélisande une des rares anciennes Reines encore présentes, craignait plus Phileas qu'autre chose, mais cela pourrait être sympa.

— Parle pour toi, moi j'ai une lingerie blanche qui est très transparente d'un coup, sourit Sarah.

— Hey, vous parlez de mon mari là les filles…

— T'inquiète, sourit Sublime. Je ne connais pas plus respectueux que lui, mais ça fait bizarre…

— Boaf, non, rajouta Caroline.

— Tu m'étonnes, toi t'es homo donc tu t'en fous.

Les Reines continuèrent à discuter ainsi quelques instants, quand Phileas revint avec l'eau, et enjoué à l'idée de se reposer aussi, demanda s'il pouvait se joindre à elles dans l'eau.

— Pas de soucis Phil, s'exclama Caroline, c'est chez toi.

— Merci très chères.

Phileas fit la révérence, esquissa un sourire, et commença à retirer ses vêtements, pour, une fois en boxer, se glisser auprès d'Adélaïde dans le bain froid.

— Ouah ! ne put s'empêcher de lâcher Corinne.

Bouche bée devant son abdomen musclé et dénué de graisse, elle fit des yeux ronds.

— Quoi ? lui demanda immédiatement et carnassière Adélaïde.

— Je ne savais pas que tu étais… pardon mais si bien foutu !

— La vache… fit Sarah, qui ne se gêna soudain plus de sa tenue.

Se redressant inconsciemment, elle fit ressortir de l'eau son soutien-gorge blanc et transparent découvrant largement ses auréoles brunes.

— Merci, accepta Phileas, un peu gêné.

— Putain c'est net, avoua Sublime, n'arrivant pas à décrocher ses yeux de sur lui… T'es trop canon !

— Oh, fit Adélaïde, on se calme !

Pour protéger encore plus son bien, la jeune épouse se colla à son mari.

— T'inquiètes, s'exclama Caroline, même moi qui suis homosexuelle, je le trouve canon.

— Mais quand même, vous parlez de mon mec là ! les calma Adélaïde. Et justement Caro ! Justement !

— Ah ouais, c'est vrai que ça ne t'aide pas en fait, constata la jeune femme.

— Bah, on ne fait que regarder, lâcha avec honte Eugénie, qui en tant qu'ancienne et timide Reine se surprit elle-même de manquer ainsi de respect envers le maître des lieux.

— Au-delà de me sentir flatter mesdames, restons-en là vous voudrez bien, coupa court Phileas.

— D'accord, fit Sublime, désolée.

— Oui, pardon.

— Pas grave.

Phileas esquissa un sourire pour détendre l'atmosphère et atténuer son ascendant sur elles, et titillant Adélaïde sous l'eau, prit sa main… et prit également celle de Chloé.

— Dites, d'ailleurs, demanda Mélisande, comment vous avez construit tout ça ?

— Tu le vouvoies ? ricana Caroline en attrapant une grappe de raisin pour en manger.

— Ben oui, c'est comme ça qu'on nous a éduquées nous.

— Bizarre…

— Je préfère ne pas m'épancher là-dessus, avoua dépité Phileas.

Caroline lui fit un regard moqueur, mais resta respectueuse.

— Pour répondre à ta question Mélisande, lui répondit-il, je ne vais bien évidemment pas te le dire, cela détruirait le charme et la magie du club. Vous en savez déjà bien assez.

— D'accord… Vous ne m'avez pas répondu d'ailleurs les filles, vous comptez rester encore longtemps ? demanda-t-elle alors en changeant de bassin, sa lingerie humide suggérant nettement ses formes et dévoilant par transparence ses tétons.

— Où ça ? Au club ? demanda Chloé en se grattant le nez avant de reprendre sous l'eau la main de Phileas puis de l'amener sur ses cuisses.

— Oui… Vous êtes là depuis longtemps vous aussi non ? continua Mélisande.

La Reine d'Or qui s'était vraiment faite discrète depuis le début de la soirée se laissa aller à se faire plus présente dans les discussions.

— J'ai 29 ans, souligna-t-elle, et je suis au Club depuis six ans. La vache déjà !

— Tu m'étonnes, répondit Camilla en croquant cette fois dans une fraise. Caroline et moi on est déjà là depuis 5 ans et demi.

— Ne cherchez pas, on est toutes de l'âge d'Argent sauf Méli et Eugénie qui sont de l'âge d'Or et Adélaïde et Kira, qui sont de l'âge de Bronze, fit Sublime.

— Ah ben merci, s'exclama Adélaïde.

— Rapport à la période, la rassura-t-elle en mangeant un carré de chocolat.

— Je sais.

— Moi j'ai l'intention de rester autant que je le peux, déclara Kira.

Toute trempée dans sa lingerie bleue, elle ressemblait presque à une sirène au teint hâlé, aux cheveux châtains clairs et aux yeux bleus.

— Ne vous en faites pas, sourit Phileas, le club étant ce qu'il est, vous pourrez rester ici encore longtemps. Oh, et on n'a pas encore atteint l'âge de Bronze…

— Dites, d'ailleurs, redemanda Mélisande tandis que Phileas volait un bref baiser à Adélaïde, maintenant qu'on sait pourquoi vous avez créé le club, comment vous arrivez à obtenir des informations des clients ?

L'homme du club laissa Adélaïde tranquille, qui fit le tour pour venir se rapprocher de Chloé et discuter avec elle, et s'attela à lui répondre.

— Ils n'ont pas tous des informations intéressantes, mais on réussit à obtenir par-ci par-là quelques bonnes infos.

— Oui mais comment ?

Phileas sourit… et son sourire en dit long : elle n'en saurait pas plus.

— L'avantage du club aussi, c'est qu'il permet de tisser un réseau…

— Ne cherche pas, déclara Adélaïde en arrêtant quelques instants de discuter avec Chloé pour se mêler à la conversation, il ne te dira rien. Et de toute façon il n'a rien le droit de dire, fit-elle ensuite en regardant son époux d'un œil presque assassin.

Phileas sourit, la laissant volontiers remporter cette manche quant à leur autorité respective l'un sur l'autre, et barbota un peu.

— Je trouve ça marrant que tu sois devenue sa cheffe, s'exclama alors Sarah.

— Pourquoi ? s'étonna l'homme.

— Parce qu'elle était à tes pieds, rampante d'amour, et que maintenant elle peut t'ordonner de l'être pour elle.

— Haha, très drôle, fit Adélaïde.

Phileas rigola, et tira son épouse à lui pour la prendre dans ses bras.

— La madame elle est méchante avec moi…

Adélaïde sourit de sa bêtise, et discrètement sous l'eau, ils continuèrent leurs jeux de caresses, toujours avec Chloé.

Chapitre XIV

Jarod

Samedi 6 juillet 2013, 11h25.

Le réveil sonna d'une alarme stridente et réveilla Phileas et Adélaïde. Émergeant tout doucement des bras de Morphée dans des draps blancs qu'ils n'utilisaient que trop peu, les deux époux étaient encore plus fatigués qu'à leur coucher.

Depuis qu'il avait quitté le *Service* la veille en fin de matinée, Phileas n'avait cessé de courir à droite et à gauche, que ce soit pour aller faire des courses, pour discuter avec ses actionnaires, ou encore pour se rendre au Club des Damnés. Épuisé de n'avoir finalement pas pu réellement profiter de son jour de repos, il s'était endormi comme une masse, sans pour autant que la dizaine d'heures de sommeil qui suivit ne réussisse à le remettre sur pied. Adélaïde elle ce fut encore pire. Elle avait enchaîné réunion sur réunion, et bloquée en communication avec ses agents sur le terrain le reste du temps, elle n'avait même pas vu la lumière du jour. C'était simple, depuis qu'ils étaient revenus de Toulouse avec Céline, elle n'était pas sortie du *Service*.

Tombant de sommeil ils n'étaient donc revenus chez eux pour jouir d'une tranquillité méritée qu'à vingt-et-une heures pour Phileas, et onze heures du soir pour Adélaïde. Couchés seulement à une heure du matin ils durent alors faire face à Cerebro, leur chien, qui aboya jusqu'à ce qu'on le sorte de nouveau pour aller chercher leur chatte,

150

Blanche… En un mot ce fut une nuit horrible qui commença mal et qui fut bien trop courte.

— Pitié, encore une heure, marmonna Adélaïde.

Elle enfonça la tête sous les oreillers, et Phileas se tournant vers elle, tenta tant bien que mal de se rendormir malgré le bruit strident de l'appareil.

— Coupe-le bon sang, s'exclama la jeune femme.

— Mmmh… il est de ton côté, lâcha Phileas.

Adélaïde grommela et tapota de la main sur la table de chevet jusqu'à trouver le réveil et l'éteindre.

— Pitié, encore une heure, encore une heure… je veux dormir encore une heure, souffla-t-elle désespérée en espérant arrêter le temps.

Elle se replongea sous les draps, prête à s'endormir, mais comme un rappel, le téléphone de Phileas se mit à sonner.

— Non…

Phileas soupira, tenta de faire comme si la gêne sonore n'existait pas, puis finalement incapable de s'en accommoder se redressa en expirant de lassitude. Les paupières lourdes, il saisit son portable et le porta à son oreille.

— Phileas, s'exclama-t-il.

— *« Connexion, agent Jarod Mathias »,* annonça la voix numérique du *Service*.

Phileas bâilla.

— *« Allo, monsieur, j'ai des nouvelles pour vous ! »* prononça dans son oreille le jeune homme.

— Allo… Jarod ? Quoi de neuf ? Ça va ? Qu'est-ce qui se passe ? répondit Phileas.

— *« Oui, ça va bien merci… C'était pour vous dire qu'avec les dernières données envoyées par Huit on a une chance de retrouver Dru maintenant que l'on connaît son nom. On remonte peu à peu la filière et... »*

— Et c'est pour ça que tu me réveilles petit ? le coupa Phileas en se frottant les yeux, encore endormi.

— *« Désolé monsieur, mais on touche vraiment au but,* se justifia Jarod. *Huit a intercepté des conversations par mail et on pense réussir à craquer le code sous une trentaine d'heures grand max avec un algorithme qu'on vient d'inventer. »*

— Bien… tenez-moi informé alors.

— *« D'accord... Mon bonjour à la famille. »*

— Je transmettrai…

Phileas raccrocha et déposa son téléphone sur sa table de chevet, puis tout en soufflant d'exaspération, se rallongea.

— Je rêve ou c'est Jarod qui vient de t'appeler ? demanda alors Adélaïde, allongée sur le ventre.

Phileas se tourna vers sa femme qui le dévisageait du coin de l'œil et la regarda. Elle était nue comme à son habitude, mais surtout elle n'avait plus l'air d'avoir envie de dormir… Non, elle semblait même plutôt bien réveillée, et surtout très en colère.

— Il est vivant n'est-ce pas ? Et tu as fait croire à ta fille qu'il était mort ? déclara-t-elle profondément irritée.

Phileas regarda sa femme dans les yeux, sans rien dire. Il allait prendre cher… Mais cela ne servirait à rien de justifier sa conduite, il l'avait fait pour des raisons plus que valables à l'époque. Cependant il fallait reconnaître que la façon qu'elle avait de scruter sa gestuelle, d'observer s'il réagirait… cela en disait long, elle était intérieurement furieuse d'apprendre cela, et il allait le savoir.

— Et comment se fait-il que moi, la cheffe du *Service*, je ne sache pas cela ? reprit Adélaïde avec colère.

— J'ai peut-être un peu trop tendance à la jouer perso, déclara Phileas, qui se doutait que cela devrait arriver sur le tapis.

— Peut-être en effet oui…

Adélaïde se releva, amère, et sortit du lit pour aller enfiler des sous-vêtements.

— Sérieusement, la confiance tu ne connais pas ? s'exclama-t-elle furieuse.

— Ce n'est pas une question de confiance ! fit Phileas en se relevant aussi pour s'habiller.

— Non, c'est bien pire, tu joues avec tout le monde ET tu la joues perso.

— Je…

Phileas ne termina pas sa phrase. La porte s'ouvrit sur Wanda et il ne voulut pas débattre de cela devant elle.

— Ça va ? les interrogea celle-ci.

— Oui, répondit l'homme du Club. Tu ne peux pas faire comme tout le monde et t'habiller ?

Il demanda cela à la fois pour changer de sujet et grandement irrité de la voir uniquement vêtue d'une chemise.

— Non ça ne va pas ! s'exclama Adélaïde.

Enfilant un pantalon puis un tee-shirt sur ses sous-vêtements, elle regardait Phileas d'un œil noir.

— Qu'est-ce qui se passe ? J'ai entendu que cela s'échauffait alors je voulais sav…

— Jarod est vivant Wanda, ton père nous l'a caché à tous !

— Je…

Phileas ne termina pas sa phrase. Il se tut de lui-même, cela ne servirait à rien non plus de tergiverser face à elle. Wanda en retour ne prononça rien non plus. Elle resta calme, interloquée, voire tétanisée par cette révélation… Puis les poings serrés, les yeux plissés et offusquée, elle s'avança vers son père et le gifla avec violence de la main droite.

— Écoute Wanda…

— Il est où ? demanda fermement la jeune italienne, le regard noir.

Phileas regarda sa fille sans sourciller. Il n'avait pas peur d'elle et bien qu'il l'ait laissée le gifler, il ne se laisserait plus faire si elle était tentée de recommencer. Et il la connaissait assez pour savoir qu'elle en serait bien capable.

— Il est en Allemagne, à la base de Berlin, lui révéla-t-il.

Wanda ne leva pas la main une seconde fois. À peine ces mots furent prononcés qu'elle tourna les talons d'un pas décidé. Elle semblait résolue et sans un mot à son père elle partit s'habiller dans sa chambre pour vraisemblablement quitter la maison. Phileas la regarda s'enfoncer dans le couloir, mitigé. Oh, il l'avait méritée cette gifle, il le savait pertinemment, mais un agent et père se doit de faire certaines choses pour ses enfants. Mentir, tromper… C'était inéluctable pour protéger des vies… et en l'occurrence personne ne devait savoir que Jarod était vivant. Si sa mort ne paraissait pas convaincante ou si une taupe apprenait qu'il était toujours en vie avant qu'il n'ait quitté le pays, ses efforts auraient été vains.

Cela dit il comprenait parfaitement sa colère. Wanda était dans son droit de lui en vouloir. Mais bon Dieu, pourquoi fallait-il qu'elle s'habille de façon aussi légère ? Pourquoi fallait-il qu'il puisse entrevoir sa poitrine dans l'entrebâillement de sa chemine et que ses fesses lui apparaissent aussi clairement en dessous quand elle marchait ? Elle n'avait donc pas de pudeur cette gosse ?

— Tu l'as méritée celle-là, annonça Adélaïde.

— Je sais, je sais, fit-il. Suis-je un si mauvais père et un si mauvais époux que ça ?

— Tu ne devrais pas avoir ce genre de secret pour ta fille et ta femme, et encore moins pour ta cheffe.

La jeune femme s'approcha de son époux et lui tendit son pantalon pour qu'il se décide à l'enfiler.

— Je suis par nature fait de secret… je ne partage jamais tout avec tout le monde, rappela Phileas.

— Je sais Phileas, je le sais même mieux que quiconque, s'exclama Adélaïde un peu déçue. J'ai dû baigner dans les secrets durant des mois avant de découvrir la vérité sur toi. Et ce ne fut même pas de ton fait… Je le dois simplement au hasard.

Phileas soupira en passant son jeans.

— Je protège ma vie et mes proches, déclara-t-il simplement.

Adélaïde mit ses mains sur ses hanches et le regarda d'un mauvais œil.

— Et en quoi nous faire croire que Jarod était mort nous protège-t-il ? Non mais tu t'entends ? Tu te rends compte de ce que tu dis ?

Phileas ferma sa braguette en regardant sa femme et enfila un tee-shirt.

— Je voulais que vous le pensiez mort, car tout le monde devait le croire, mais surtout pour que vous deux, vous réalisiez les risques à vivre près de moi. Cela parait idiot je sais, mais cela aurait dû vous écarter de moi.

— Ben tiens, il n'y a que toi pour croire ce genre de chose ! C'est débile Phileas ! D'autant que quelques jours après tu m'as nommée cheffe du *Service* !

— Oui, comme cela ne marchait pas, au moins tu serais cloisonnée derrière un bureau.

— Bon sang mais sérieux, tu ne me laisses pas choisir ma vie ou quoi ? s'irrita Adélaïde.

— Tu as vu où cela t'a menée de vivre à mes côtés ? Tu as perdu des amis, tu as renoncé à ton poste d'enseignante et tu as perdu tes enfants !

— Sauf que je ne les aurais pas eus sans toi, que je ne serais jamais tombée amoureuse de l'homme de ma vie, que je n'aurais jamais été heureuse et que je n'aurais pas non plus rencontré mes amis !

Phileas prit une chemise dans une commode.

— Tu peux m'en vouloir pour mes secrets, mais j'y étais forcé. Quant à l'affaire Jarod…

— En plus c'est idiot, on venait de perdre *D*, alors on était déjà consciente des risques, le coupa Adélaïde.

— En effet, mais à l'époque cela me semblait la meilleure solution, et crois-moi, cela sera bénéfique à Jarod et Wanda.

— Ah oui ? Et comment ?

Phileas sourit et regarda sa femme en tapotant sur sa tempe avec son index.

— Attends, tu te fous de moi, ricana nerveusement Adélaïde.

— Non, crois-moi…

Phileas ne voulant pas plus se disputer avec sa femme la tira à lui et l'embrassa. Elle ressentit la sincérité de son geste.

— Je suis content que vous l'ayez appris, cela me fait un poids en moins… et dans ces heures de tourmentes je ne veux pas que l'on se dispute.

— Je suis d'accord chéri…

Adélaïde se blottit dans ses bras et ferma les yeux tout en savourant l'étreinte. Elle était encore un peu furieuse mais elle préférait aussi qu'ils se serrent les coudes plutôt que de s'énerver. Elle l'embrassa donc goulument et avec bestialité, avant de le gifler à son tour d'un aller-retour de la main.

— Pour ta fille, et pour moi !

Chapitre XV

Nouvelles informations

Samedi 6 juillet 2013, 17h21.
Adélaïde et Phileas arrivèrent au *Service* en fin d'après-midi. Un rapide coup de fil les avait rassurés sur le fait qu'il n'y avait rien de nouveau et ils s'étaient donc permis de rester chez eux pour récupérer un peu, souffler, et surtout faire une longue sieste. Ce fut salutaire, car ils en furent de nouveau frais et dispos, prêts à repasser à l'attaque.
Arrivant au Q.G., les deux parents se rendirent en salle de conférence et s'installèrent avec Daniels, Samantha Dan, Benjamin Johns et certains membres de l'équipe de ce dernier pour être briefés.
— Alors ? De nouvelles informations ? demanda Phileas.
Les deux parents étaient assis d'un côté de la longue table de réunion, tandis que les huit agents leur faisaient face.
— Nous avons fouillé le registre des naissances de l'état civil de Montpellier, commença Johns, son dossier a disparu mais on a quand même réussi à retracer sa vie.
— Et donc ?
— On sait entre autres choses que son père était violent, qu'à quatre ans il a perdu sa grande sœur, qu'il aimait beaucoup, et qu'à douze il perdit sa mère. Restant seul avec son père il fut un souffre-douleur jusqu'à ce qu'il parte étudier à Harvard... où il était parait-il doté d'une

intelligence au-dessus de la moyenne. Il était doué, très doué…

— D'accord… Cela explique certaines choses, confirma Phileas.

— Exact, déclara Samantha Dan. Il est facile de deviner que ce qu'il a vécu à Harvard fut la goutte d'eau…

— Ensuite ? Rien de mieux que de quoi pleurer sur le sort de celui qui a enlevé mes enfants ? demanda sèchement Adélaïde.

Les agents se regardèrent, mal à l'aise. Ils ne savaient pas trop comment réagir… et elle semblait irritée. Leur cheffe étant impliquée au plus haut point dans l'affaire : il n'était pas facile de concilier les découvertes nécessaires à l'enquête avec les sentiments et l'impatience d'une femme à qui on a enlevé les enfants. C'est curieux mais ils ne s'en rendirent vraiment compte que maintenant… et surent immédiatement qu'ils allaient passer un mauvais moment.

— Vous n'avez rien de mieux à m'annoncer ? Une localisation ? Une maison achetée dernièrement ? Une adresse pour son courrier ? Un ami qu'on pourrait suivre ? reprit avec dureté la jeune femme.

Les huit agents baissèrent la tête, terriblement gênés de n'avoir rien de la sorte à lui offrir. Dans leur tourment ils espérèrent un certain soutien de la part de Phileas, qui prendrait peut-être leur défense… mais rien ne vint.

— C'est difficile de… commença Johns.

— Difficile de quoi ? le coupa immédiatement Adélaïde. Vous savez que sa sœur est morte quand il avait 4 ans mais vous n'êtes pas capables de me dire où il dort ?

— Adélaïde… tenta de la calmer Phileas.

— Quoi ? répondit celle-ci furieuse à son époux.

— Ils font de leur mieux, tu le sais.

— De leur mieux ? Non mais je rêve… J'en ai plus que marre ! On avait un 4X4 gris avec nos enfants dedans, on a des satellites, on a sa fille… il faut quoi de plus pour le retrouver ? Savoir quand il a perdu sa première dent ?

— Bien le cerner nous aidera, madame, s'exclama pour leur défense Johns.

— Je ne veux pas le cerner Johns, je veux l'attraper ! s'adressa à eux Adélaïde en se relevant en prenant appui sur la table. Nous sommes là pour le stopper, pas pour l'étudier. On a des manuels pour l'étudier, on a la justice officielle ! Trouvez-le-moi ! J'en ai assez !

Adélaïde se dirigea vers la porte et quitta la pièce d'un pas énervé. Phileas regarda les agents, qui furent soulagés que cela n'aille pas plus loin qu'une simple engueulade, et leur demanda de continuer leurs recherches. Sortant ensuite à son tour de la pièce il s'en alla à la poursuite de sa femme pour tenter de la calmer.

— Ils font ce qu'ils peuvent Adélaïde ! s'exclama-t-il lorsqu'il l'eut rattrapée.

— Cela fait combien de temps que l'on connait son nom, pire, qu'on les a enlevés ? Hein Phileas ? Dis-le-moi ? rétorqua immédiatement celle-ci agacée de cette attente.

— Mais…

— J'en ai assez d'attendre !

— Adélaïde !

Phileas l'arrêta par le bras et la força à le regarder en face.

— On ne peut pas leur reprocher de ne rien trouver ! Dru a passé les quinze dernières années à faire en sorte de disparaître ! Ce qu'on trouve est déjà énorme !

— Eh bien ce n'est pas assez !

L'homme du Club s'exaspéra. Il prit fermement le visage de sa femme en main pour qu'elle ne détourne pas la tête et la fixa avec conviction dans le blanc des yeux.

— Je t'ai fait une promesse, on les retrouvera vivants ! En attendant, ne blâme pas ceux qui cherchent des réponses…

Adélaïde soutint son regard et se calma. Elle s'apaisa intérieurement mais c'était dur. Toute cette rage qu'elle avait en elle… Perdre ses enfants était la chose la plus horrible qui lui soit arrivée. Elle aurait préféré se faire violer continuellement durant des mois par Molarron que de les voir lui être ravir. Mais elle devrait faire avec.

— Je sais que je ne devrais pas m'énerver contre eux… mais je deviens dingue. Cela revient, cela me reprend, mes enfants me manquent et j'en ai marre de tourner en rond avec pour seules informations le pédigrée de Dru !

— Je sais… moi aussi ils me manquent…

Phileas amena Adélaïde contre lui et la prit dans ses bras. Il comprenait parfaitement ce qu'elle ressentait… et de l'entendre pleurer parfois la nuit ou d'entendre ce qu'elle hurlait sans s'en rendre compte dans son sommeil durant ses cauchemars le lui rappelait sans cesse.

— Tu te rends compte que quand on les a pris ils commençaient seulement à s'éveiller ? Que si cela continue on ne les verra pas apprendre à marcher, on n'entendra pas leurs premiers mots et on ne sera pas là pour les consoler quand ils auront des bobos ?

Phileas regarda de nouveau sa femme dans les yeux, plongeant son regard dans ses pupilles brunes, et y vit l'intensité de ses mots. Ses yeux se remplirent de larmes.

— Je sais tout ça, j'y pense aussi… Mais on les retrouvera… et c'est malheureux à dire mais tant que je sais qu'ils sont en bonne santé cela me suffit, même si ce monstre les a.

— Et on sait qu'ils sont en bonne santé, acquiesça de la tête Adélaïde.

— Oui, car il ne veut pas les tuer.

La jeune femme se reprit, et laissant là son époux après lui avoir tenu chaudement la main, elle se dirigea vers son office.

Phileas regarda autour de lui, et ne sachant trop quoi faire, saisit son téléphone portable. Il pianota le numéro de téléphone de sa fille mais tomba directement sur sa messagerie.

— Allo, Wanda… c'est papa. Reviens s'il te plait… je t'aime, je ne voulais pas te faire de mal…

Ne sachant pas trop quoi ajouter d'autre, Phileas raccrocha et ferma les yeux. Tout foutait le camp… N'avait-il pas le droit au bonheur ? Il découvrait l'amour avec Adélaïde mais le club était détruit ET elle se faisait violer. Il perdait ensuite Jean, sa meilleure amie, Édouard et George, puis se faisait en plus tirer dessus. Quand tout allait mieux, qu'Adélaïde tomba enceinte, il a fallu que *D* meurt, puis Mélina, sa filleule… Et maintenant ça, l'enlèvement des enfants et sa grande qui partait à cause de ses idioties… Les yeux de Phileas devinrent humides. Lorsqu'ils auront retrouvé leurs enfants, il sera temps de quitter le *Service*, et même le Club des Damnés. Les enjeux étaient trop importants, les risques trop grands. Il avait été arrogant de se jouer ainsi du destin tout ce temps. Et sa famille et ses amis en faisaient les frais. Bon sang, quel monstre il était ! Il retrouverait Jean et Adrien avant mais il quitterait définitivement tout pour protéger les siens.

162

Chapitre XVI

Cela dérape

Mardi 9 juillet 2013, 23h01.

Les discussions allaient bon train dans la salle maya. La bonne entente régnait, cela rigolait beaucoup, et les fringales se satisfaisaient avec du chocolat et des fruits… Puis les esprits s'échauffèrent. Mais ce n'était pas la présence d'un homme avantageusement musclé et bâti parmi une dizaine de femmes vêtues de lingerie humide qui fit monter la tension sexuelle d'un ton. Non, c'était dû à une étreinte passionnée entre Caroline et Camilla, les deux éternelles amoureuses. Cela semblait anodin au départ, un simple baiser de deux femmes vivant ensemble et s'aimant… mais la liaison s'intensifiant, l'attendrissement général se transforma rapidement en gêne, puis en excitation malsaine. Les deux homosexuelles attirèrent quelques regards, quelques curiosités, et tandis qu'un soutien-gorge fut retiré, révélant sans gêne une poitrine offerte à des baisers amoureux, les imaginations commencèrent à s'enflammer. Il fallait dire que toutes, mises à part Eugénie et Mélisande, étaient habituées à cela, mais surtout, qu'elles l'avaient déjà fait ensemble, ou par jeu complice ou pour les membres. Et ravivant les souvenirs aussi bien qu'excitant les désirs, cela entraîna la machine des fantasmes : car un homme était présent cette fois, et pas n'importe lequel.

Toutes attendaient donc de voir sa réaction. Elles avaient longuement parlé, avec amusement certes, mais aussi avec une pointe d'envie, de l'idée de proposer à l'époux de leur amie de participer à une de leurs relations à plusieurs. Cela n'avait toutefois jamais été évoqué avec lui, par crainte de sa réaction en tant que maître des lieux.

Mais jamais une telle situation ne s'était présentée ! Et sa future réaction excitait les méninges. Allait-il se laisser tenter ? Adélaïde allait-elle le partager avec elles ? Toutes tournèrent régulièrement la tête vers lui pour voir ce qu'il allait faire, attendant avec appréhension le moindre geste : Sarah ne cacha plus du tout son corps visible sous sa lingerie, Sublime ressentait une intense chaleur entre ses cuisses, Kira commença à se toucher sous l'eau…

Adélaïde regardant ses consœurs se faisant pratiquement l'amour devant eux, sourit à Phileas. Elle le rejoignit sur les escaliers où il s'était installé et l'embrassa langoureusement et avec passion. Puis elle glissa sa main le long de son buste jusque dans son boxer pour soupeser l'effet prodigué par les deux tribades… d'un regard bref, ils sourirent tous les deux à Chloé.

Mais rien ne se produisit hélas, au grand dam des Reines. Phileas était en érection, excité, mais ni lui ni Adélaïde n'ouvrirent le champ aux possibilités qui s'offraient à eux.

Les choses prirent toutefois une tournure étonnante entre les filles. Eugénie bien que d'ordinaire très timide se rapprocha de Caroline et Camilla, et se joignit à leur couple pour tester ce que c'était de le faire avec d'autres filles. Aucune des autres Reines ne put dire ce qui les surprenait le plus, qu'elle ait l'audace de se joindre à elles deux, un couple d'amies, ou que celles-ci l'accueillent dans leur ménage sans problème.

Toujours est-il qu'Adélaïde et Phileas furent plus qu'émoustillés par cette nouvelle vision et décevant complètement les Reines, ils décidèrent finalement de quitter la salle, suivis de peu par la Reine d'Or.

Chapitre XVII

Suite de l'entrevue familiale

Mercredi 10 juillet 2013, 14h00.
Chez Brigitte et Robert Sureau, les esprits s'étaient calmés. L'horloge de famille sonna deux heures de l'après-midi, et tandis qu'il faisait un temps radieux à l'extérieur, le père, la mère, la fille et l'époux de celle-ci se faisaient toujours face dans le salon assis sur les canapés.

— Je tenais à m'excuser pour avoir cité votre fils, je reconnais que je n'aurais pas dû, s'exclama Phileas pour se décharger de ce poids.

— Ce n'est pas grave… je dois reconnaître que vous juger sans entièrement savoir ce que vous faites relève de la même bassesse, s'excusa Robert.

— Bien, continuons alors, acquiesça de la tête Phileas.

— Adélaïde nous disait que vous aviez de plus en plus d'informations chaque jour c'est ça ? annonça Brigitte.
Phileas croisa ses jambes et fixa sa belle-mère.

— Oui, en effet. On sait que lui et/ou son organisation sont impliqués dans bon nombre d'événements ces vingt dernières années. Dru est par exemple le commanditaire de l'explosion de Tchernobyl d'après ce que l'on sait.

— Mon Dieu… s'effraya Robert.

— Sérieusement ?

166

— Il aurait aussi par pure vengeance fait massacrer le village d'origine d'une fille qui aurait refusé de sortir avec lui, faisant même tuer en plus de ses parents, sa petite sœur, son chien et son petit-ami…

— Bon Dieu, reprit Brigitte. Quel monstre !

— Oui…

— Et vous pensez que cet homme ne tuera pas Jean et Adrien ? s'étonna Robert nerveusement ironique.

— De ce que nos analyses de son comportement nous ont montré, non, car il s'est assagi, il a perdu son impulsivité… et il sait très bien qu'on est une force au moins aussi importante que la sienne… cela lui fait peur, alors il veut nous stopper, nous museler. Il sait que s'il les tue, il nous rendra déterminés. Il veut nous faire peur, non pas nous retirer la seule chose sans quoi nous serons intraitables, inarrêtables.

— Je vois, un peu comme des ravisseurs qui ne vous les rendront qu'en échange de la rançon, suggéra Brigitte.

— C'est cela, déclara Phileas.

— Et vous allez arrêter de les traquer ? demanda alors Robert, inquiet de leur décision.

Adélaïde et Phileas se regardèrent. Ils échangèrent des regards emplis de malaise, comme s'ils communiquaient sans prononcer un mot.

— On en a discuté longuement, et non… C'est une guerre froide mais on ne pense pas qu'il prendra le risque de les tuer si on continue à les poursuivre, avoua Adélaïde en regardant de nouveau ses parents.

— Vous en êtes certains ? demanda des garanties le grand-père des enfants.

— Je pense oui, confirma la jeune femme en hochant de la tête. Tout va dans ce sens… de toute façon rien ne garantit qu'ils nous les rendraient, alors les chercher nous-mêmes ne nous coûte rien, absolument rien.

— Vous avez raison, approuva Brigitte. Je ferais pareil si c'était toi, confia-t-elle.

— Merci maman.

— Que savez-vous d'autre sur Dru ?

— Oh, plein de choses, fit Phileas en se renfonçant dans le canapé. Il était à Harvard, on a retrouvé l'une de ses deux filles qui nous en a raconté de belles et qui a rejoint nos rangs, on sait à quoi il ressemble et je sais que je l'ai déjà vu…

— Vous l'avez vu ? s'étonna Brigitte.

— Oui, j'ai failli l'attraper il y a quelques mois, quand il a tiré sur ma cheffe… cela aurait d'ailleurs évité bien des soucis… enfin c'est fait maintenant, soupira finalement Phileas.

— D'accord, acquiesça dubitatif Robert. Ensuite ?
Adélaïde reprit le fil des déclarations de son mari pour répondre à son père.

— Il a financé quelques guerres, il a manigancé deux ou trois attentats…

— Une vraie ordure en somme quoi.

— Oui papa… Et tu te souviens de la mort de Lady D maman ?

— Oui, bien sûr, on l'a vu le lendemain même ensemble dans les journaux, tu ne te souviens pas ? Tu pleurais beaucoup.

— Oui… confirma Adélaïde, hé bien c'était lui le commanditaire. Comme pour la mort de Coluche.

— Hein ?

— Quoi ? se surprit Robert.

— On n'en est pas sûr, mais d'après ce qu'on sait, il était dans les alentours de Cannes à ce moment-là et il aurait été vu au même endroit quelques heures avant. On ne pense pas que ce soit une coïncidence.

— Attendez, ce mec a fait tuer Coluche et Lady D ?

— Si on avait été dans les années soixante on n'aurait pas été étonné de qui il aurait tué, plaisanta Phileas.

— J'imagine, affirma Robert.

— Pour Lady D on a des traces d'une conversation où il informe un homme inconnu que l'Angleterre a besoin de savoir qu'elle doit se tenir à carreau…

— Bon Dieu…

Robert se leva un instant, et partit se prendre à boire. Toutes ces informations… au-delà de la soif il avait besoin de faire passer la pilule…

— Quelqu'un a soif ? demanda-t-il.

— Oui, volontiers, avoua Phileas.

— De l'eau papa.

— Rien pour moi, s'exclama Brigitte. Ou plutôt si, apporte-moi de l'eau aussi !

— J'en prendrai aussi, fit l'homme du club.

Robert leur apporta trois verres et retourna remplir la cruche d'eau avant de revenir avec celle-ci et une bouteille de bière pour lui. S'installant à nouveau dans le canapé, il commença alors à boire, et se servant, Brigitte, Adélaïde et Phileas en firent de même.

— On sait aussi qu'il a financé un peu Al Qaïda, déclara Adélaïde entre deux gorgées d'eau.

— Comment se fait-il que personne ne sache qu'il existe alors ? s'étonna Brigitte. Je veux dire, la police, les services secrets, ils devraient avoir des traces de tout ça non ?

— Oh, ils en ont certaines, l'éclaira Phileas. Mais ils ne s'en soucient guère, ils ne savent pas que c'est lié, ou ils ne connaissent même pas un nom. On connaît nous leur implication dans certaines affaires par un pur hasard. Sinon on n'aurait même pas su qu'ils y étaient pour quelque chose.

— Comme Tchernobyl, s'exclama Robert.

— Exactement. Cela parait anodin mais quand vous savez que des hommes de l'*Organisation* étaient là-bas la veille et qu'ils ont versé des pots-de-vin, il y a de quoi se poser des questions.

— L'organisation… C'est leur nom ? demanda Brigitte.

— Non, de ce qu'on sait, ils sont nommés D.N.C ou *Fantôme*.

— Ah oui, c'est vrai, vous l'avez dit.

— N'ayant pas de nom à leur donner on les a prénommés ainsi quand on a commencé à avoir à faire à eux.

— Et comment cela s'est fait ? interrogea Robert.

Phileas soupira.

— J'enquêtais sur une magouille d'un ministre hongrois à Budapest quand en remontant la piste je suis arrivé jusqu'à un petit malfrat… J'ai supposé l'existence d'un complot… et Jean a trouvé dans ses papiers la liste de plusieurs individus…

— Et c'est là que cette Jean est morte ? Ton amie Adélaïde, c'est ça ?

— Oui, répondit celle-ci. Mais je n'ai découvert la vérité que plus tard, et sur la mort de Jean, et sur les activités de Phileas.

La jeune femme préféra ne pas repenser à cela, ce fut trop éprouvant.

— Jean a été tuée sous mes ordres par des hommes de main, avoua avec peine Phileas. Je... je n'en suis pas directement responsable, mais comme pour les enfants je n'arrive pas à ne pas me sentir coupable.

— Comment est-elle... ? demanda curieuse Brigitte.

— Une balle en plein cœur. Au moins elle n'a pas souffert.

— C'est en son hommage que j'ai nommé Jean ainsi, révéla Adélaïde pour confirmer leurs interrogations s'ils se posaient intérieurement la question.

— D'accord...

— Et son assassin ?

Phileas esquissa un sourire nerveux avant de se repencher en avant et de serrer ses mains ensemble.

— J'ai fini par le retrouver au Portugal... déclara-t-il.

— Mort... ? demanda incertaine Brigitte.

— Oui je l'ai tué... comme j'ai tué le ministre qui a violé Adélaïde.

Il y eut un blanc de quelques secondes. Adélaïde fut mal à l'aise à cette évocation et les deux parents restèrent bouche bée d'un ton aussi détaché.

— Attendez, ce Molarron qui t'a violée c'était le ministre des Transports ? s'exclama abasourdi Robert.

— Oui, confessa Adélaïde.

— Ce fumier ? C'est lui qui t'a touchée ? redemanda le père, visiblement cette fois vraiment furieux du viol de sa fille par l'ancien ministre.

La jeune femme hocha de la tête.

— Bon sang... Je n'ai jamais pu blairer sa tête à celui-là, une tronche de pervers.

Brigitte se leva et vint s'asseoir près de sa fille pour la prendre dans ses bras.

— Tu as été forte ? lui demanda-t-elle.

— Oui maman, très… j'ai résisté comme j'ai pu.

— Votre fille a été très courageuse quand elle s'en est rendu compte, et elle nous a aidés à l'appréhender.

— Comment cela s'est-il produit ? Je veux dire…

— Il était membre du club, le coupa immédiatement Phileas, devinant ses questions. Il était membre et il a mis la main aux fesses de votre fille. Elle l'a gentiment envoyé balader et a repoussé ses avances, alors il s'en est pris à elle la nuit dans son appartement… C'était un acte prémédité et réfléchi. Il a utilisé un cocktail de drogues pour arriver à ses fins…

Phileas n'en dit rien, mais il comprit au visage de Robert ce qui se passait dans son cerveau. Il devinait presque ses réflexions… Lorsqu'ils avaient évoqué plus tôt dans la journée son viol, il avait été furieux contre eux deux, car il pensait que leur conduite avait entraîné un viol en conséquence de leurs actes de libertinage… mais maintenant qu'il savait qui en était l'auteur il comprenait mieux la situation d'alors… Robert devait savoir autant que Phileas que Molarron était du genre à aimer les filles comme Adélaïde, qu'il était obtus et mauvais, et qu'il était tout à fait du genre à commettre ce genre de crime… Il suffisait de voir son regard ne serait-ce qu'une fois à la télévision pour deviner un homme arrogant qui prenait les femmes pour du bétail.

— Comment l'avez-vous tué ?

— Robert ! le reprit Brigitte.

— Ce fumier a violé Adélaïde Brigitte ! rappela Robert.

— Papa…

Phileas regarda son beau-père et accepta de lui livrer les détails de son exécution.

— Quand on a découvert que c'était lui, on ne pouvait rien faire, on ne pouvait que le bannir du club, même après qu'il l'eut brûlé… Mais l'administration Sarkozy étant ce qu'elle était, le remaniement politique l'a évincé du ministère… alors j'ai profité d'une nuit calme, l'ai enlevé dans son lit, bâillonné, enfermé dans le coffre de ma voiture et je suis parti. J'ai roulé jusqu'en Normandie… Quand j'ai ouvert le coffre il a pleuré comme une madeleine, suppliant pour que je l'épargne… Je l'ai fait se mettre à genoux par terre et il m'a donné le nom des incendiaires du club. Quand ce fut fait, je l'ai abattu d'une balle dans la tête par-derrière et l'ai jeté dans les égouts…

— Bien, il a eu ce qu'il méritait, approuva Robert. Il n'avait qu'à ne pas toucher à ma fille.

— Oh oui, acquiesça Phileas… et croyez-moi, vous ne connaissez pas tous les détails, il le méritait amplement, et je ne suis pas certain qu'Adélaïde fut la seule qu'il ait violée durant sa carrière.

— Cela s'est passé avant ou après que tu es entrée à l'hôpital ? demanda alors Brigitte à sa fille.

— Après… Il m'a violée plus d'un an plus tard. J'ai fait une coupure d'un an durant laquelle je ne suis pas allé au club.

— D'accord… Et cette trace de morsure sur ton…

— Maman ! la reprit Adélaïde outrée qu'elle évoque ainsi son intimité.

— Je… c'était moi, confia Phileas à Brigitte, devinant le propos de cette interrogation. Avant de sortir ensemble, votre fille et moi avons eu une petite aventure sans lendemain… et Adélaïde aime avoir mal.

— Je… Phileas, je te hais, sourit nerveusement Adélaïde en tournant la tête vers lui.

— Désolé, c'est sorti tout seul…

Brigitte et Robert se regardèrent, et sourirent également. Ce fut nerveux, mais au moins cela détendit l'atmosphère plus que jamais, et depuis l'arrivée d'Adélaïde et Phileas il fallait reconnaître qu'ils en avaient tous bien besoin.

— Tu vois, je le savais à l'époque, sourit Robert. Elle parlait trop de lui pour que cela soit anodin.

— Je ne l'aimais pas à l'époque ! s'exclama Adélaïde.

— C'est ça…

Les deux parents s'amusèrent de cela, appréciant durant quelques secondes un retour presque à la normale. Puis les rires s'étouffèrent d'eux-mêmes et la situation redevint la même. La joie refit place à la déception et la peine, et Brigitte partit s'asseoir près de son mari pour poser triste sa tête sur son épaule. Adélaïde regarda sa mère et s'attrista de la voir abattue de la sorte. Les enfants leur manquaient à tous, c'était vide sans eux.

— Et maintenant ? demanda Robert.

Chapitre XVIII

Plan à 4

Samedi 6 juillet 2013 21h03.

Adélaïde et Phileas étaient chez eux, dans leur maison. Ils avaient finalement décidé de revenir habiter ici plutôt que de fuir. Ils avaient perdu la piste du 4X4 qui avait emmené leurs enfants au loin, mais en revenant de Bretignolles sur Mer ils avaient choisi de vivre à côté de la chambre vide de leurs enfants et en tirer force plutôt que d'avouer leur défaite en la quittant. C'était un combat de tous les jours, mais ce combat était très important à leurs yeux.

Là n'était pourtant pas le sujet de leur réflexion. Loin de la mélancolie, ils étaient allongés sur leur lit et regardaient tous les deux le plafond de la chambre, soulagés et même amusés. En écho aux dernières paroles qu'ils s'étaient échangés, Adélaïde se tourna vers Phileas.

— Tu es okay donc ? demanda-t-elle avec espièglerie.

Le sourire aux lèvres, une pointe d'excitation dans la voix, elle semblait contenir une immense joie.

— Oui. Non seulement je suis d'accord, mais j'en ai envie aussi, annonça-t-il en la regardant dans les yeux.

Adélaïde lui fit un sourire, heureuse, comme rassurée et soulagée, et prenant son téléphone, écrivit deux messages : *« Vous, Phileas, une autre amie et moi, dans trois quarts d'heure chez nous... intéressée ? »*, et *« Toi, Phileas, une autre femme et moi, chez nous dans trois quarts d'heure… »*.

Sur ce, satisfaite du vague de ses déclarations, Adélaïde excitée au possible se leva et partit s'habiller de circonstance. Elle venait de prendre une douche, elle n'avait donc plus qu'à se préparer : elle boucla ses cheveux, se maquilla et se parfuma subtilement, puis elle enfila une lingerie noire à dentelle. Enlevant ce qu'elle portait, elle mit un soutien-gorge faisant de sa poitrine un écrin dont les merveilles seraient à découvrir, et un string valorisant ses fesses et son bassin, rendant son bas-ventre encore plus désirable et attractif qu'il ne l'était déjà. Attrapant ensuite un porte-jarretelles, elle le passa à sa taille puis passa des bas qu'elle y fixa.

Satisfaite de la chose, du rendu de sa beauté endiablée générale, elle saisit en dernier un collier noir habillant presque tout son cou et descendant sur sa poitrine pour parfaire sa tenue, et y joignit deux longues boucles d'oreilles assorties. Se posant la question des chaussures, elle opta pour des escarpins noirs qui seraient faciles à retirer. Son habillement terminé, elle retourna dans la chambre. Le souffle coupé elle se surprit de voir Phileas habillé seulement d'un pantalon, torse nu, musclé, rasé et parfumé. Il était à tomber par terre… Cela faisait tellement longtemps qu'ils n'avaient plus pris le temps de se mettre en valeur l'un pour l'autre, à cause de la grossesse puis de leurs devoirs de parents, qu'elle en avait oublié d'apprécier sa simple vue. Il était si séduisant, si sexy… Et ce parfum, diable qu'il sentait bon !

Tâchant de contenir le désir naissant en elle, elle constata que pendant qu'elle se préparait, son époux n'avait pas traîné. Il avait refait le lit et préparé l'ambiance avec des bougies parfumées, suggérant une atmosphère tamisée, et des pétales de roses recouvraient la couette et les commodes. Elle le regarda sortir les huiles de massages pour les poser sur la table de nuit, déjà excitée à l'idée de s'en servir… Cela promettait d'être intense.

La chambre préparée, main dans la main, ils descendirent au rez-de-chaussée. Phileas prépara des jus de fraise à la cuisine et Adélaïde mit un peu d'ordre dans le salon, l'entrée, et la cuisine. Ils ne savaient pas si elles répondraient à leur invitation, mais cela ajoutait justement du suspens à leur nuit de folie. Cette excitation et cette attente étaient grisantes, et quand cela sonna à la porte au bout d'une quinzaine de minutes, c'est avec délice qu'ils se sourirent et qu'Adélaïde partit ouvrir en lingerie. Ce fut Chloé qui arriva en premier, mais précédant seulement Bella d'à peine dix mètres. Cette dernière était d'ailleurs passablement troublée… En fait Adélaïde dans sa tenue des plus affriolantes les surprit toutes les deux. Mais le message avait été clair sur le déroulement de la soirée, cela n'avait donc de réelle qualité que de mise en bouche. Les deux femmes, gênées bien que pleinement volontaires pour la soirée, entrèrent à l'intérieur et la maîtresse de maison referma derrière elles. L'excitation chez elles avait une part d'appréhension à l'idée d'une autre femme qui leur était inconnue… et de se faire embrasser par Adélaïde habillée de la sorte tour à tour l'une devant l'autre sur la bouche et avec dévotion n'arrangea rien, au contraire. Mais cela rendait la chose diablement envoûtante, car les choses étant ce qu'elles sont, elles se dirent bonjour de la même façon. Goûtant à cette bouche inconnue, Bella et Chloé s'approchèrent l'une de l'autre et s'embrassèrent d'un baiser de quelques instants.

— Tu es très jolie, s'exclama Chloé à son amie en quittant les lèvres de Bella.

— Merci… Donne ta veste, je vais la ranger, Bella aussi…

Les deux femmes s'exécutèrent, découvrant pour la Reine d'Or un chemisier beige, une petite jupe de tailleur plus foncé et des bas chocolats avec des ballerines, et un débardeur à larges bretelles orangé, un jeans classique, et des bottes pour l'agent du *Service*.

— Bella, Chloé, Chloé, Bella, les présenta-t-elle ensuite en souriant.

— Enchantée, parla pour la première fois Bella.

— Moi de même.

Adélaïde charmée de leur échange les invita à se rendre au salon, où Phileas arriva avec le plateau de verres de jus de fraise et de biscuits. L'homme de la maison, torse nu et musclé, les salua et Chloé bouche bée s'avança pour lui faire la bise. Ils voulurent cependant tous deux aller du même côté du visage pour y déposer leurs lèvres, et par réflexe, se présentèrent à l'autre joue en même temps. Ils répétèrent ce geste plusieurs fois, avant que pour y couper court Phileas ne la saisisse par les mains de chaque côté du visage et ne l'embrasse sur les lèvres. La jeune femme ferma les yeux. Elle savoura ce baiser comme l'attendant depuis des années. On pouvait clairement deviner qu'elle s'y perdait complètement, épanouie… puis Phileas décolla sa bouche et s'approcha de Bella. Il l'embrassa de la même façon, mais celle-ci en plus de fermer les yeux lui saisit le bras avec la main pour créer un autre lien physique… chez elle aussi l'attente avait semblé longue. Au bout de quelques secondes, le baiser de bienvenue donné, ils s'écartèrent l'un de l'autre et les quatre jeunes gens s'installèrent sur le canapé et les fauteuils.

— C'est bizarre, s'exclama Chloé.

— Sans rire, se moqua gentiment d'elle Phileas.

— Cela fait longtemps qu'on en parle… il est temps de se jeter à l'eau, sourit Adélaïde en leur tendant un verre.

— Merci, répondit Bella.

— Merci, en fit de même la Reine d'Or.

Adélaïde se rassit et en offrant un à Phileas, ils trinquèrent ensemble avant de boire un peu… puis elle se colla contre son torse.

— Je n'ai jamais… commença alors assez gênée Bella.

— Je sais, la rassura immédiatement Adélaïde, mais vous verrez, vous aimerez…

Ils parlèrent encore un peu timidement de choses et d'autres durant quelques minutes, puis sans un mot, commençant les hostilités, la Reine Rouge et directrice du *Service* se leva. Entraînant Bella, elle la redressa pour l'embrasser avec passion, puis elle retira son débardeur pour révéler son soutien-gorge noir. La jeune femme se laissa dévêtir devant Chloé et Phileas, et la laissa même dégrafer son sous-vêtement, révélant avec malgré tout un peu de pudeur sa poitrine pour se faire étreindre avec amour. Car leur échange, l'échange de ce soir, tiendrait plus de l'amour que d'une relation bestiale et rude. Ce serait de la passion… et Phileas, subjuguant Chloé qui ne l'avait jamais vu torse nu, se présenta à elles par derrière l'agent pour l'embrasser dans le cou et saisir ses seins pour les peloter… La jeune Reine d'Or croisa et décroisa les jambes, nerveuse. Elle commençait à bouillir. Elle s'impatienta presque de voir son tour arriver quand il vint pour la rejoindre sur le fauteuil et passa sa main sur ses cuisses. Elle ressentit immédiatement un frisson au contact de ses doigts au-dessus de ses bas.

— Phil… souffla-t-elle désireuse.

Chloé approcha son visage du sien pour l'embrasser tandis qu'il remonta sa main vers sa poitrine pour la cajoler. Pendant que Bella et Adélaïde s'enlaçaient tendrement ils s'occupèrent ensemble. Phileas la câlina un peu, il déboutonna son chemisier et pelota ses seins dans son soutien-gorge… puis il descendit entre ses jambes pour lui glisser un doigt. Elle gémit quasiment instantanément, comme si elle attendait son index depuis qu'elle était en âge d'en recevoir un…

— Allez, viens.

Phileas la tira par la main, et l'entrainant vers Adélaïde et Bella, l'amena à se joindre à elles, ce qu'elle fit avec plaisir, mettant toute son âme et son être dans un échange affectif et physique avec elles. Bella prit plaisir à la caresser sous la jupe, Chloé retira le soutien-gorge d'Adélaïde, celle-ci fit des suçons dans le cou de la première… C'était beau, somptueusement orchestré et amené… C'était presque de l'amour, un amour passionnel entre trois femmes… mais elles n'en oublièrent pas Phileas pour autant. L'invitant à se joindre à elles, elles l'embrassèrent tour à tour sans se complexer de ce qu'elles se faisaient entre elles ou de leurs tenues. Non, elles étaient là ensemble avec lui, sans pudeur… Chloé fut la première à s'intéresser à ses parties masculines, et descendant le long de son torse en lui faisant des bisous sur la peau, elle déboutonna son pantalon et lui fit une fellation. Euphorique il attrapa alors Bella pour l'embrasser tandis qu'Adélaïde se retrouvant sans partenaire, s'intéressa aux fesses de la belle blonde à la couleur dorée. Elle fit s'installer Phileas sur le canapé, Bella à ses côtés et Chloé à genoux devant lui, et ceci fait elle s'attela avec dévotion à les mordiller, les embrasser et les peloter… Cette relation était intense, audacieuse mais intense… et quand l'agent *Quatre* descendit rejoindre Chloé pour l'aider à porter attention à Phileas en alternance, tout était dit… Il n'y aurait plus aucune limite ce soir, il n'y aurait aucune entrave...

Les choses montèrent rapidement d'un cran.

Chloé s'intéressa à Adélaïde, subjuguée par son cunnilingus, et elles se firent un soixante-neuf tandis que Bella qui masturbait Phileas les regarda. Ce petit fait entraîna le reste. Désireuse d'y goûter, elle s'allongea au sol et déboutonna son jeans pour qu'elles s'intéressent à elle. Chloé lui en prodigua un alors qu'Adélaïde s'installa au-dessus de son visage pour qu'elle s'y attèle elle-même. Puis cela monta encore d'un cran avec la première éjaculation de Phileas, qu'il s'arrangea pour faire atterrir sur le corps de Bella. Et ce fut un léchage en règle de son buste, puis des échanges salivaires… et estimant que les préliminaires étaient finis, ils montèrent. Adélaïde massa le dos de Bella allongée sur leur lit avec de l'huile, puis Chloé et elles se masturbèrent puis Phileas reprenant de la puissance, Adélaïde s'occupa de lui… et les choses commencèrent à devenir réellement intéressantes quand il prit Chloé en levrette au milieu du lit. Ce fut la première pénétration de leur ménage, le premier acte qui n'était plus un préliminaire… et Chloé expira un râle d'intense satisfaction.

Tout s'enchaîna alors. Bella se laissa prendre, puis bien évidemment Adélaïde, ensuite il sodomisa avec force la Reine d'Or, éjacula dans le vagin de sa femme… Ce fut d'ailleurs très érotique et beau de voir Adélaïde après ce dernier rapport debout contre le mur, se retenant de jouir en se mordant les lèvres tandis que Chloé et Bella lui lapaient le sexe en tentant de récolter avec leur langue le sperme qui en coulait. C'était malsain et pornographique, mais dans la beauté de la scène c'était extrêmement érotique, sensuel et romantique.

Cela dura longtemps, des heures, et aucun de Phileas, Adélaïde, Chloé, ou Bella ne le regretta. Ils firent l'amour ensemble, sans qu'aucun ne soit lésé, sans qu'il n'y ait de jalousie… Bien évidemment, Phileas fut le premier à décliner, mais le simple fait de s'endormir avec elles trois le ravisa, et d'avoir avant eu le plaisir d'avoir leur attention, de les voir exécuter ses ordres ou simplement de se faire l'amour le combla énormément. Comment pouvait-il en être autrement ? Elles étaient toutes les trois superbes, divines, et il pouvait faire ce qu'il voulait avec chacune d'entre elles. C'est vrai, il n'y avait aucune limite, aucun tabou à leur aventure… Bella accepta la première sodomie de sa vie, Chloé concéda qu'il éjacule en elle avec plaisir, Adélaïde se satisfit de n'être que spectatrice, trouvant plaisir dans le voyeurisme en se masturbant, voire en filmant leurs ébats… C'était indescriptible, une apothéose qui n'arrivait qu'une fois dans une vie… et le couple apprécia qu'une simple discussion de leurs attentes personnelles les ait menés à cela. Quant à leurs partenaires… Le faire avec des amies était un plaisir sans égal, bien mieux que la simple idée d'aller s'amuser dans un club échangiste… D'ailleurs ils remarquèrent avec humour qu'habitués d'un Club de plaisir, ce fut pourtant chez eux qu'ils trouvèrent cet intense bonheur…

Chapitre XIX

Wanda & Jarod

Samedi 6 juillet 2013, 23h15.

Wanda était arrivée à Berlin dans l'après-midi. Dans sa précipitation elle était toutefois partie sans réellement se renseigner et ne réussit pas à trouver la base d'opérations de la branche allemande. Celle-ci était très bien dissimulée et ses accès étaient pour ainsi dire invisibles pour quelqu'un qui n'en était pas membre. S'avouant qu'elle était belle et bien perdue et sans informations, la jeune italienne se décida donc avec gêne à appeler Daniels.

— Allo ? Oui, c'est Wanda… Désolée de vous déranger, mais je suis à Berlin et je ne trouve pas l'entrée de notre antenne.

— *« Euh, oui, attendez une seconde… Voilà, je transfère tout vers votre téléphone, comme ça le GPS vous guidera depuis votre position. »*

— Bien, merci.

— *« Mais de rien. »*

Wanda raccrocha et regarda sur son téléphone. La mise à jour se fit rapidement et elle eut toutes les informations nécessaires à son accès. Retournant en ville, elle décida cependant de se donner le temps de réfléchir, et s'installa dans un parc pour méditer.

Elle y resta jusque dans la soirée. Wanda était perdue, les émotions se bousculaient en elle. Elle avait cru perdre Jarod et maintenant elle découvrait que c'était faux. Que ressentait-elle vraiment ? De la joie ? De la déception ? De la peine et de la colère qu'ils lui aient menti ? Elle était heureuse qu'il fût en vie, mais elle ne put s'empêcher de penser qu'elle aurait préféré que Jean et Adrien soient-là plutôt que lui. C'était involontaire, mais ils lui manquaient tant… Après plusieurs heures à réfléchir sans vraiment savoir quoi en penser, Wanda se décida à se lancer. Elle avait tellement regretté la mort de Jarod qu'elle ne pouvait pas ne pas aller le voir… Il lui avait beaucoup trop manqué.

Arrivant vers vingt-trois heures à la charcuterie servant de couverture au *Service,* elle utilisa son passe et accéda à la division d'Allemagne. Se faufilant dans les couloirs, très peu fréquentés à cette heure-ci, elle chercha dans les étages où pourrait être la section de recherche, irritée qu'aucune division ne soit indiquée. Elle ne trouva rien et commençait à franchement s'énerver de ne voir personne et de n'avoir aucune information, quand soudain elle tomba sur un groupe d'agents qui arrivèrent en face d'elle.

Le souffle coupé et le cœur battant, elle reconnut Jarod parmi eux. Elle s'arrêta net.

La troupe d'agents continua d'avancer dans le couloir, plaisantant et rigolant de bon cœur, jusqu'à ce qu'ils la remarquent et tâchent de se faire plus discrets. Puis Jarod la vit enfin. Son visage passa alors subitement de la bonne humeur à la surprise puis à la douleur. Leurs regards chargés de sentiments lourds oscillant entre la peine et la joie, et leurs yeux emplis de regrets, ils témoignèrent d'une appréhension et d'une sincère tristesse à l'idée de se revoir. Pourquoi lui avait-il fait ça ? se redemanda Wanda.

Pourquoi lui avaient-ils fait ça ? Elle voulait des réponses, des faits, cela lui avait tellement fait mal…

Jarod fit signe à ses collègues de continuer sans lui, et s'avança timidement à sa rencontre dans le corridor blanc.

— Salut, s'exclama-t-il timidement.

— Salut… répondit la jeune femme.

Jarod mal à l'aise à l'idée de croiser son regard baissa les yeux.

— Je suis désolé Wanda, commença-t-il à s'expliquer. C'était l'idée de ton père pour qu'on ne me recherche plus. Et ne pas te tenir au courant… c'était pour que tu ne t'engages pas avec quelqu'un qui t'apporterait des soucis sans que tu y sois préparée…

Wanda le regarda, les yeux humides et esquissa un sourire nerveux, chargé d'incrédulité. Il semblait avoir bien mûri, pensa-t-elle avec regret.

— Tu peux comprendre que j'en ai marre que les autres pensent pour moi ? fit-elle.

Jarod releva les yeux vers elle et la regarda avec sincérité.

— Oui, tout à fait… Mais il m'appartenait aussi de choisir, et je devais choisir cette voie, et te mêler à tout ça aurait été dangereux pour toi.

— Pourquoi ? Je suis la fille d'un agent exécutif et la belle-fille de la cheffe ? demanda calmement Wanda.

— Oui, mais cela on te l'a imposé, tu ne l'as pas choisi. On… je ne devais pas en plus t'imposer d'avoir un copain agent… Et je pensais que tu referais ta vie…

Wanda regarda de côté, et incapable de tenir en place, partit s'adosser contre le mur.

— Tu n'étais pas quelqu'un avec qui je serais restée, avoua-t-elle, mais ta mort m'a marquée et j'en suis tombée éperdument amoureuse de toi... et j'aurais eu besoin de toi après l'enlèvement.

Jarod la regarda, compréhensif. Il s'en doutait.

— Je sais... Il me l'a dit. Et j'ai eu envie de t'appeler, bien souvent, mais je ne me voyais pas le faire, pas après t'avoir fait croire à ma mort.

Wanda essuya ses larmes d'un revers de la main et le regarda.

— Qu'est-ce qui a changé maintenant ? s'exclama-t-elle.

— Maintenant ? demanda Jarod. Tu as choisi d'être une agente, alors ce n'est plus pareil. Les soucis, tu les as déjà... Et tu n'as plus rien à perdre, on t'a déjà pris ce qui t'était cher.

Jarod n'ajouta plus rien, ni même Wanda. Ils restèrent là à se regarder, calmes. Malgré la colère de la jeune femme, malgré ses pleurs et sa tristesse, elle était toute aussi contente que lui qu'ils se retrouvent de nouveau. C'était un nouveau départ... mais cela avait du mal à passer. Tout ce temps où elle avait été dans le mensonge...

— Tu as réussi... tu n'étais pas grand-chose pour moi et ta mort a fait de moi une loque, je ne pouvais plus vivre sans toi. Bon sang, j'ai l'impression que je pourrais donner ma vie pour toi... je t'aime Jarod, je t'aime de tout mon cœur.

Jarod souffla, et partit s'adosser contre le mur en face d'elle. Il semblait en proie à d'intenses réflexions, mais il ne prononça aucun mot. Wanda le regarda alors, incrédule qu'il ne réponde pas à sa déclaration d'amour, et sombrant encore plus dans le chagrin, elle reprit avec peine.

— Pitié, ne me dis pas que tu m'as remplacée, je ne le supporterai pas, déclara-t-elle en proie à une douleur sans nom.

— Je...

186

— Pitié Jarod, ne me dis pas que tu as une autre fille dans ta vie…

Jarod leva les yeux vers elle et la regarda avec sincérité mais tristesse.

— Si.

— Non, non, pitié…

Wanda se laissa glisser au sol et s'abandonna au chagrin, pleurant de tout son être… Espérant qu'elle le laisserait approcher, Jarod traversa alors le couloir et vint s'installer à côté d'elle pour la prendre dans ses bras.

— Je… je suis désolé Wanda, fit-il. J'étais perdu sans toi et j'ai rencontré une fille ici, une étudiante…

Wanda pleura à chaudes larmes, incapable de se retenir. Mais contrairement à toute attente, elle se blottit contre lui pour obtenir du réconfort.

— Je suis si désolé, pour tout, reprit-il alors.

Jarod la prit dans ses bras et la consola du mieux qu'il put…

Chapitre XX

D'autres informations

Dimanche 7 juillet 2013, 08h32.

Adélaïde, Chloé, Phileas et Bella se réveillèrent peu à peu dans le lit des deux époux. Alors que les deux Reines et leur directeur restèrent assez passifs, Bella elle se redressa seins nus pour regarder autour d'elle, et ne put que rigoler en croisant le regard de ses comparses.

— Bon Dieu, je rêve, s'exclama-t-elle en mettant une main devant sa bouche, n'y croyant toujours pas.

— Quoi ? sourit les yeux fermés Chloé.

— D'un, je me réveille dans un lit avec un homme et deux femmes, de deux il s'agit d'une inconnue, d'un collègue et de ma patronne, de trois il y a le mari de celle-ci et la femme dudit collègue, et enfin quatre, bon sang, aucun de nous n'est gêné de cela ?

Adélaïde et Chloé rigolèrent.

— Beaucoup de redondance là-dedans, s'exclama Phileas encore endormi.

— Tu es K.O. ? lui demanda Adélaïde. En tout cas c'était super, reprit-elle ensuite à l'intention de Bella.

— Oh oui…

Chloé se redressa et embrassa avec passion ses deux amantes.

— Je suis d'accord… même si j'ai très mal.

— Ah bon ? lui demanda Bella.

— Je me fais rarement… chevaucher de la sorte, fit-elle en tapotant sur les fesses de Phileas allongé sur le ventre.

Les trois jeunes femmes rigolèrent, s'amusant de bon cœur de cette remarque.

— Qu'est-ce que je devrais dire… je tiens à vous informer que c'était ma première fois quand même ! s'exclama Bella épanouie.

— De quoi ? Tu étais vierge ? demanda étonnée Chloé.

— Non ! Mais c'était ma première sodomie…

— Oh, ça, c'était pareil pour moi, annonça avec joie Chloé en ramenant ses genoux à sa poitrine pour s'asseoir.

— Dites les filles, je veux encore dormir moi, rouspéta Phileas.

— Ne vous inquiétez pas pour lui, déclara Adélaïde rapidement pour les inciter à ne pas se soucier de son époux, en tout cas j'ai hâte de recommencer !

— Pareil ! sourit Bella.

— Moi aussi.

Bella remit une mèche derrière son oreille et s'enjoua de leur relation complice.

— Je dois dire que le plaisir de ressentir une éjaculation en soi, que ce soit dans le vagin ou derrière, c'était quelque chose d'incroyable.

— Et il y a le background derrière qui rend la chose encore plus intense, confirma Chloé, parfaitement d'accord. L'idée que ce soit Phileas, qu'Adélaïde regarde, l'idée d'être filmés…

— Exactement…

Adélaïde se leva, s'étira, et toujours nue, sortit de la pièce.

— Tu vas où ? lui demanda Chloé.

— Préparer le petit déjeuner.

— Besoin d'aide madame ? l'interrogea Bella.

— Non, c'est bon Bella, merci.

La jeune femme quitta leur champ de vision, et les deux amantes restant seules avec Phileas endormi se posèrent alors des questions pour faire connaissance.

— Alors tu es une agente du *Service* ? demanda Chloé.

— Oui, hocha par l'affirmative l'agent *Quatre.* Depuis 2004. Et toi tu es une Reine du Club non ?

— Oui, la Reine d'Or, depuis 2007.

Les deux femmes se sourirent, et tirant un peu la couverture vers elles, se rallongèrent en se faisant face.

— Tu fais quoi à côté ? demanda Bella.

— Rien, je lis… Je profite de ma vie de Reine et je parcours un peu la planète quand je suis en vacances.

— Ouais, en fait c'est Phileas qui te paye ta retraite quoi ? sourit l'agent.

— Exactement.

— Haha, haha, fit moqueur l'homme du club.

Chloé et Bella le regardèrent, amusées, et se reconcentrant sur elles, reprirent leur discussion.

— Tu as déjà eu ce genre de relation ?

Chloé se mit sur le ventre et prit appui sur ses coudes en jouant avec ses doigts. Elle la regarda avec malice.

— Je suis bi depuis longtemps… Avec Adélaïde on a déjà fait plusieurs fois l'amour.

— D'accord.

— Pour toi c'est nouveau non ?

— Oui…

Bella prit la même pose que sa nouvelle maîtresse, et s'amusa à jouer elle aussi.

— Enfin… j'ai eu un rapport avec la directrice quand nous étions à Margate, et on a dormi ensemble nus tous les trois, mais je n'avais jamais connu ça vraiment.

— Et alors ? Ton avis ?

— Ben j'aime beaucoup…

Chloé et Bella se sourirent, et s'embrassèrent avec plaisir. Se laissant ensuite emporter par leur allégresse, elles se rapprochèrent et se caressèrent les seins, chacune titillant les tétons de l'autre avec simplicité.

— Je crois qu'on a tué Phileas, s'amusa Bella en se grattant le nez.

Chloé, qui était entre les deux se retourna et regarda le maître des Reines, de nouveau endormi.

— En même temps, vu ce qu'il a fait… faut bien lui reconnaître qu'il a fixé la barre très haute.

— J'avoue, fit Bella en se collant à Chloé.

Les deux jeunes femmes s'embrassèrent de nouveau, et leur étreinte s'intensifia… S'accordant un peu de plaisir, elles se touchèrent alors, et Bella gémit sous la masturbation que lui prodigua Chloé.

— Ça te plait ma belle ? lui susurra à l'oreille la Reine d'Or.

— Oui, continue…

Bella se laissa doigter par Chloé, appréciant le goût de sa langue lorsqu'elles s'embrassèrent, et jouit au bout de quelques minutes… Désireuse de lui rendre la pareille, elle en fit alors de même, jusqu'à ce qu'elle ait elle aussi un orgasme. Dix minutes plus tard, les deux amantes recommencèrent à discuter.

— Tu es célibataire ? demanda Chloé.

— Oui, bien sûr ! Sinon je ne serais pas venue. Et toi ? Tu ne l'es pas ?

— Si, si !

Les deux jeunes femmes se sourirent encore une fois, et entendant du bruit, se retournèrent pour voir arriver Adélaïde. Portant un plateau sur lequel reposait le petit déjeuner, toujours nue comme un ver, la jeune femme le leur amena au lit.

— Merci madame, s'exclama Bella joyeuse en lui déposant un bisou sur les lèvres pour la remercier.

— De rien.

— Merci, ma belle, rajouta Chloé.

Adélaïde s'installa près d'elles et ensemble elles commencèrent à manger.

— Tu me passes un peu de café Bella ? demanda Chloé.

— Bien sûr.

Bella servit une tasse à Chloé, et la lui tendit.

— Il dort profondément, observa Adélaïde.

— Malgré les pipelettes oui… lâcha-t-il dans un souffle.

— Tu es réveillé ? s'étonna la jeune épouse.

— Mmmh… non.

Les trois amies se regardèrent, étonnées, puis continuèrent à dévorer les tartines de pâte à tartiner au chocolat et de confitures, sans plus se soucier de lui.

— Il est quand même performant votre homme madame, chuchota Bella.

— Tu as vu ? Bon sang, il l'a fait combien de fois ? s'impressionna elle-même Adélaïde des exploits de son mari.

— Moi j'ai compté six, avoua Chloé. Sur cinq heures et avec trois femmes, je trouve ça très honorable.

— Mmmh, non, sept, s'exclama Bella en avalant ce qu'elle avait dans la bouche. La première sur moi, la seconde en vous madame, la troisième sur mes fesses après ma

192

sodomie, la quatrième en toi Chloé, la cinquième dans votre bouche madame…

— Dans ma bouche ? la coupa Adélaïde qui visiblement ne se souvenait plus de ce détail.

— Oui, après on s'est embrassé ? Vous ne vous en souvenez pas ?

— Ah oui, exact.

— La sixième ce fut au visage de Chloé, et la septième…

— Putain, comment on l'a achevé ! rigola Adélaïde, coupant une nouvelle fois son agent.

— Ouais, sauf qu'au visage ça a été assez spécial ! s'exclama amusée Chloé.

— Jamais arrivé ? demanda Bella en buvant une gorgée dans sa tasse.

— Si, mais là c'était ragoutant, surtout qu'après vous m'avez léchée…

— Oui, sourit l'agent *Quatre*… Mais bon, prise dans le feu de l'action tu comprends…

— Et la septième c'était quoi encore ? demanda Adélaïde, qui ne se souvenait vraisemblablement plus de grand-chose. Bella regarda au plafond et réfléchit.

— La septième… c'était quoi la septième… ? bon sang c'était… ah oui, c'était sur les seins de Chloé !

— Ah, ouais, c'est vrai, s'exclama celle-ci, qui se remémora le sperme chaud jaillissant sur sa poitrine.

— Et la huitième fois, en toi mais devant, déclara Phileas à Bella depuis sous son oreiller.

Les trois femmes regardèrent un instant leur étalon puis reprirent à nouveau leur conversation comme si de rien n'était.

— Ah ? Bon ben j'ai oublié des morceaux moi aussi, ricana Bella.

— On est dingue quand même, bon sang, à trois sur le même mec ! s'amusa Chloé.

— Ah, il était d'accord, rappela Adélaïde.

— Mais bon sang, comment vous est venue l'idée ?

— On discutait de ce qu'on désirait, et j'ai évoqué ce ménage à trois qu'on désirait tant depuis longtemps Chloé et moi… et comme on en avait parlé ensemble aussi Bella, je me suis dit, soyons fou !

Adélaïde mangea une tartine de confiture de fraise et esquissa un sourire complice.

— Tu as filmé beaucoup ? lui demanda alors la Reine d'Or.

— Boaf, je ne sais pas… On doit avoir trois quarts d'heure de film… mais bon, la maison est sous vidéo surveillance donc on pourra récupérer l'intégralité.

— Sérieux ?

— Oui, on enregistre tout sur notre serveur privé en bas à la cave… Au cas où.

— Mais où sont les caméras ? s'étonna Chloé.

— Ben elles sont discrètes, mais il y en a, regarde !

Adélaïde pointa du doigt un demi-globe au plafond.

— Cool !

— Ah ouais…

Les trois amies regardèrent ensemble la caméra, Chloé lui fit un coucou de la main, et rigolant avec une franche camaraderie de la situation, elles recommencèrent à manger et à boire.

— Et vous avez déjà essayé avec des sex-toys ? demanda Bella.

— Non, jamais… Pourquoi ?

— Ben je ne sais pas, l'idée de se faire pénétrer par une fille avec un gode-ceinture !

— Ouais, à voir…

Les trois maîtresses rigolèrent à nouveau, et une fois le petit déjeuner terminé, se décidèrent finalement à quitter la pièce et à aller prendre leur douche. Phileas appréciant le calme qui régna dès lors dans la chambre put enfin se rendormir. Il remarqua toutefois avant de sombrer dans les bras de Morphée que les discutions post-coïtal, s'il pouvait utiliser ce terme, de sa femme et de leurs compagnes avaient de quoi couper l'appétit… mais au moins elles semblaient bien s'entendre, c'était déjà ça.

Succombant donc à la fatigue inhérente à son manque de sommeil et à ses efforts de la nuit, il dormit profondément… Pour être réveillé deux heures plus tard. Épuisé, il émergea en douceur de son coma réparateur, mais ce ne fut pas de son fait ou de la nature. Ouvrant les yeux sous les effets d'une fellation, il découvrit Chloé et Bella, habillées et penchées sur lui tandis qu'espiègle, Adélaïde filmait. Jouissant en leur bouche, il apprécia le réveil, même s'il aurait aimé dormir plus. Supposant qu'avec elles dans les parages il ne pourrait plus retrouver le sommeil, il se leva ensuite pour aller prendre une douche. Une demi-heure plus tard, sur un dernier baiser, le couple et leurs deux maîtresses se quittèrent alors définitivement pour retourner à leurs occupations. Sur le chemin les menant au *Service*, Phileas et Adélaïde ne purent qu'être satisfaits de leur excellente soirée.

*

Benjamin Johns était assis devant son ordinateur, fatigué, las… Regardant fixement son écran, il était à la recherche d'informations sur le net. Il lisait les rapports envoyés par ses collègues depuis le Sud, il lançait des programmes de reconnaissance faciale ou de recherche de mots clés, il scannait les bases de données des journaux… C'était un travail éreintant et fastidieux, pourtant il devait le faire même si la directrice trouvait que c'était inutile. Cela faisait partie du métier. Cela ne servait peut-être à rien concrètement, mais c'était nécessaire, cela leur donnait des informations, des indices… et c'était à partir de là qu'ils les retrouveraient.

— Ça avance ? demanda Phileas en venant s'installer à côté de lui.

Bâillant, l'homme du club mit la main devant la bouche, épuisé.

— Boaf…

Johns se redressa sur son siège et se tint plus convenablement comme pour se réveiller.

— Maintenant qu'on sait où chercher cela va un peu plus vite, expliqua-t-il simplement à Phileas. Il y a eu une affaire dans le milieu des années 80. Un type aurait puni un autre pour son insolence en lui plaquant la tête contre un grill…

— Dru ?

— Lui-même… Il y a eu un autre cas en 87 où il aurait mitraillé toute la famille d'un épicier. Bien sûr il n'est pas nommé au cours de l'affaire, mais on décrit un homme lui ressemblant sur les lieux du crime peu avant et pendant les faits, et surtout il est sur la photographie de l'épicerie prise par les journaux après les meurtres.

— Cela ne peut pas être lui le responsable de la chute du Service en 67, il était beaucoup trop jeune, et il n'était pas encore si méchant, mais on peut quand même établir une courbe.

— Oui, confirma Johns en lançant un graphique sur son écran. À partir d'Harvard il devint violent et méchant… cela continue par intermittence jusqu'à la fin des années 80, soit dix ans de méfaits extrêmement violents et sanglants…

Tout en expliquant cela, le chef de la section de recherche et d'analyse lui montra du doigt les différents points référencés à travers le temps sur une courbe… Il y avait beaucoup de pics sur ce tracé.

— C'est donc bien à Harvard qu'il a révélé sa vraie nature, déduisit Phileas.

— Une vraie bête. Oh, et il était là à Tchernobyl ! rajouta Johns.

— Non ? fit incrédule l'agent.

— Si, si… j'ai des traces de déplacement d'hommes lui appartenant là-bas la veille, et des mouvements de fonds.

— Le salopard…

— Oui, oh oui… Ensuite au début des années 90 il disparaît définitivement de la circulation et on n'en entend plus du tout parler. Il s'évapore dans la nature.

— Une période précise ? lui demanda un créneau Phileas.

— Notre dernière trace remonte à 1992. Je dirais dans ces eaux-là.

Phileas mit son index sur sa bouche, signe qu'il réfléchissait activement, et après avoir retourné des dizaines d'informations dans sa tête, il reprit le fil de la conversation.

— Arthur Gates de la C.I.A. m'a dit qu'ils étaient certainement impliqués dans l'attentat au Rwanda en 94… Cela correspondrait.

Benjamin Johns regarda son écran songeur, puis regarda de nouveau Phileas pour lui donner son opinion.

— Si vous voulez mon avis, c'est la C.I.A. qui nous a fait couler en 67, l'*Organisation* n'y est pour rien… Celle-ci a quant à elle pour moi été imaginée fin des années 80 par Dru et il l'aurait alors rapidement bâtie dès le début des années 90. Il faut savoir qu'il parle extrêmement bien l'anglais, le français, l'italien, l'espagnol et le japonais, qu'il a un diplôme de commerce et qu'il est qualifié. Il est certainement très bon en affaire, et il avait déjà un bon réseau de petites frappes à ses ordres…

— Ce qui me gêne, avoua Phileas, c'est que lorsque j'ai rencontré Gates en Russie, il disait qu'ils ont retrouvé des traces de D.N.C jusqu'au début des années 80, mais Céline est née en 1987, et elle dit avoir inventé le terme.

— Non, fit Johns en secouant la tête, j'ai consulté les fichiers de la C.I.A., et la première trace de D.N.C dans leurs dossiers ne remonte qu'à 2003, il y a dix ans. Seulement cela revient souvent, et effectivement, eux ont déduit de ces affaires une corrélation remontant jusqu'aux années 80 avec un modus operandi avoisinant mais auparavant utilisant d'autres dénominations…

— Je vois… Tu pourras me recouper toutes les affaires de tous les services du monde et m'isoler les affaires dont on n'a pas eu vent ? Il faut qu'on récupère toutes les données qu'on peut trouver sur eux.

— C'est déjà fait Phil, et on a tout analysé, j'ai même demandé à la directrice si je pouvais envoyer des hommes sur place… On réussira bientôt à isoler toutes les actions de Dru dans le monde…

— Sérieusement ? ironisa Phileas. Ils sont censés être discrets non ?

— Oui, mais quand tu fais affaire avec tout et n'importe quoi tu laisses forcément de minuscules traces… l'*Organisation* a su rester discrète, car personne ne sait tout sur eux, car personne n'a toutes les informations. Seulement nous on sait qui il faut chercher. Un type qui achète de la drogue cela passe inaperçu, mais quand tu sais qu'il bosse pour eux, tu le suis et tu remontes à la racine sur tout ce qu'il fait du lever du soleil au couché du lendemain... Il suffit de savoir quoi chercher. Et nous on a presque toutes les clés en main. D.N.C, *Fantôme,* Dru, les comptes de *Skylight* découverts par Jarod... On a presque toutes les facettes de leur entreprise...

— Et on connaît aussi les noms de certains de ses membres...

— Oui, c'est cela. À partir de là et avec les bons outils, en sachant où chercher on réussira à retrouver toutes les informations les concernant... Ils ont beau avoir couvert leurs traces pendant des années, et avec succès je dois dire, on arrivera à les retrouver.

— Et à retrouver mes enfants, concéda son intérêt personnel Phileas.

— Oui, la priorité des priorités, avoua Johns, lui aussi faisant de cet objectif son but premier. Mais on pourra isoler de leurs mouvements, de leurs activités ou bien même de leurs conversations où peut se trouver leur base. Là-dessus *Huit* fait de l'excellent boulot d'ailleurs. Il surveille constamment la division en connivence avec la mafia russe, et dès qu'il entend une info intéressante il l'exploite.

— Oui, je sais... il faut juste espérer qu'on les retrouve vite. On a la certitude d'y arriver, mais pas dans combien de temps, déclara un peu défaitiste Phileas en se levant, prêt à repartir.

— C'est exact. Mais il a beau être facile de cacher deux enfants sur terre... Avec les bons moyens on y arrivera, sois sans crainte, se voulut rassurant Johns en se retournant vers lui. Surtout qu'en tombant sur un seul membre de l'*Organisation* on peut remonter jusqu'à eux.

— Exact, c'est cela qui fait la différence quand c'est une organisation mondiale comme celle-ci qui enlève tes enfants. Tu trouves le bon maillon et tu brises toute la chaîne.

— En effet !

Phileas laissa là Johns et s'en alla vers le bureau d'Adélaïde. Cette petite conversation lui avait redonné la pêche, mais il y avait toujours des ombres au tableau. Il voulait qu'elle contacte la base allemande pour savoir si Wanda s'y trouvait… Il n'avait pas de nouvelles d'elle et cela l'inquiétait.

Chapitre XXI

Câlin entre amis

Mardi 9 juillet 2013, 23h12.
Échauffés par la tension sexuelle de la salle maya, Adélaïde, Chloé, et Phileas se retrouvèrent dans le couloir menant à la salle égyptienne, et ne pouvant plus tenir, s'étreignirent avec passion à l'abri des regards indiscrets. Entièrement trempées et à demi nues dans leurs lingeries de Reines, les deux jeunes femmes se collèrent ainsi l'une à l'autre pour s'embrasser avec passion, et Phileas les serrant contre lui déposa des baisers dans le cou de sa femme puis de leur amie. Baladant en même temps ses mains sur leur corps pour les peloter sans vergogne, il entraîna l'intensification de cet échange vers des sommets foudroyants. Ce fut instinctif, passionnel et bestial. Chloé embrassa Phileas énergétiquement, puis ce fut Adélaïde tout aussi fougueuse. Alors qu'il les caressa toutes les deux en des endroits érogènes, il savoura de les avoir à lui, de pouvoir sans que cela génère de problème prendre en main la superbe poitrine de leur amie et de pouvoir glisser des doigts entre ses lèvres. La belle blonde s'accroupit ensuite pour dégager son boxer et entamer une fellation tandis qu'Adélaïde se laissa masturber et peloter le sein gauche. Il n'y eut aucun mot pour décrire la fougue qui les habitait. Ils étaient heureux, euphoriques, passionnés, follement amoureux… C'était

comme si Chloé était la partenaire qui leur avait toujours manqué, comme s'ils n'étaient tous deux devenus plus qu'une seule et même personne, et que leur amie était leur âme sœur. Ils étaient tous les trois en osmose parfaite, sans complexe, sans gêne… et qu'Adélaïde ne s'offusque pas que sa meilleure amie avale l'intégralité du sperme de son époux en était un signe flagrant. Il n'y avait plus de barrière entre elles, entre eux trois même, ils étaient devenus un couple d'un homme et de deux femmes éperdument amoureux… et la passion que donnaient Adélaïde et Chloé à leur étreinte conforta Phileas dans cette déduction, elles étaient bien amoureuses, sans incommodités.

Chloé se laissa dévêtir de son soutien-gorge, et plaquée contre le mur par Adélaïde, se laissa sauvagement faire l'amour par son amie. Elle l'aimait, elle aimait son mari… elle voulait vivre avec eux. Tout repartit de plus belle. Adélaïde retira sa guêpière et collant sa poitrine à celle de Chloé, la masturba tout en l'embrassant. Phileas ne voulant pas en perdre une miette vint alors derrière sa femme pour en faire de même avec son sexe, et la passion renaissant rapidement en son propre bas ventre, prit violemment Adélaïde par derrière puis Chloé contre le mur… et quand il éjacula en elle, offrant à cette dernière une jouissance qu'elle n'avait que trop rarement connue, la belle brune à la bague au doigt goûta à une fleur parfumée et juteuse de l'amour de son mari, et s'extasia de ce délicat met, qu'elle partagea dans un passionné et intense baiser lesbien… Cela continua encore et encore, et alors que leur frénésie sexuelle ne semblait pas pouvoir s'arrêter, Phileas prenant Chloé sur le sol pendant que celle-ci goûtait sa femme tandis qu'ils l'embrassaient, les seuls mots qu'ils murmurèrent furent prononcés…

— Je t’aime… je t’aime…

Chloé souffla ces mots, amoureuse et en totale dévotion à Phileas… Celui-ci ne répondit cependant pas tout de suite… il attendit d’abord les mots de sa femme, qui entre deux baisers qu’il lui donna, le sexe émoustillé, concéda finalement à lâcher prise.

— Moi aussi… moi aussi mon amour… déclara-t-elle à son amante.

Adélaïde se soulagea de ce poids, et Phileas dès lors confiant, se risqua à le faire également. Il ne savait pas si c’était vraiment de l’amour, mais en tout cas c’était sincère, comme pour elles, alors il se pencha sur le corps de Chloé qu’il prenait avec ardeur, et l’embrassa amoureusement.

— Moi aussi je t’aime ma chérie… je t’aime de tout mon être…

Chapitre XXII

La douleur d'un père

Mercredi 10 juillet 2013, 14h26.

— Et maintenant rien. On attend d'avoir plus d'éléments, plus d'indices, plus de preuves, s'exclama Phileas en regardant ses beaux-parents. C'est décevant mais on n'a pas le choix, il faut que l'on soit patient.

Brigitte et Robert soupirèrent, et laissant de nouveau leur chagrin les assaillir, fermèrent les yeux, regrettant leurs petits-enfants perdus.

— On peut avoir la bonne information dans deux heures comme dans trois ans, avoua avec peine Adélaïde. Mais le mal étant fait, on ne peut qu'attendre…

La jeune femme annonça cela avec une forte déception. Malgré tous ses secrets, malgré la réalité de ses mensonges… Elle parlait de la perte de ses propres enfants tout juste âgés de cinq mois… c'était une horreur qu'elle ne souhaitait à personne, même pas à des gens qu'elle détestait. Elle était amère.

— Il n'y a pas moyen d'être aidé par la police ? demanda Robert les yeux encore rouges. Malgré le fait que vous soyez agents secrets… on ne peut pas demander de l'aide ?

Phileas et Adélaïde regardèrent le père de celle-ci dans le blanc de l'œil. C'était pénible à voir, cela faisait mal au cœur de constater à quel point un homme si fort et doux pouvait sembler totalement démuni, meurtri par la perte.

— Nous avons des alliés… Le commissaire Jacques Darignac est un ami de longue date de Phileas, ils étaient à l'orphelinat de Paris ensemble, s'exclama Adélaïde. Avec son concours, on a lancé des avis de recherche dans tout le pays… On a aussi informé Interpol de leur disparition… Ne vous inquiétez pas de ce côté-là. Même si nous devons rester discrets, nous avons assez de cartes en main pour mener des recherches optimales. Leurs photographies circulent partout.

Robert acquiesça de la tête en essayant de ravaler son chagrin, et fit un bisou sur le front de sa femme.

— Ne t'inquiète pas chérie, ils nous les retrouveront, laissa-t-il filtrer entre ses lèvres.

Adélaïde regarda ses deux parents, totalement perdus, et ne put s'empêcher de se sentir coupable. Elle leur avait apporté cette peine… Et pourtant elle n'était pas responsable de tout ça… Elle était une victime, tout comme eux. Encore une fois elle se le répétait… Mais alors pourquoi se sentait-elle si mal ? Parce qu'elle se reprochait toujours d'avoir manqué de vigilance durant ce fameux instant fatidique ? Ou comme Phileas regrettait-elle d'avoir joué de malchance au moment des faits ? De ne pas avoir su quoi faire tout de suite ? Elle ne savait pas… et en regardant ses deux parents pleurer ainsi, elle ne sut d'ailleurs pas quoi faire à cet instant non plus. Elle voulut se joindre à eux pour pleurer avec eux, elle voudrait les réconforter comme ils le faisaient avec elle petite fille, mais à dire vrai elle en avait assez des larmes et du chagrin. Depuis qu'ils savaient le nom de Dru, en fait, elle revivait. Elle n'était plus triste ni aussi abattue qu'au moment de l'enlèvement, car il y avait un nom sur cette ombre malveillante. Elle reprenait même de la joie de vivre vu qu'elle savait qu'elle les retrouverait. Et elle en était sûre ! Ils étaient vivants et en bonne santé et elle savait dans quelle direction chercher... Ce n'était donc bien plus qu'une question de temps.

Mais cela restait très dur, elle l'admettait. C'était viscéral, cela la prenait aux tripes, cette douleur qui ne partait pas, qui lui nouait constamment l'estomac. Il n'y aurait jamais de mots. Elle avait mal et parfois cela la prenait plus fort... Et de voir ses propres parents qui avaient toujours été forts devant elle, qui avaient toujours été un modèle de bravoure... de les voir dans cet état, c'était indéfinissable. C'était la dure réalité qui l'assaillait et qui en rajoutait une couche. Et elle était responsable de leur condition. Adélaïde se mordit la lèvre et regarda Phileas. Il devait être dans le même état d'esprit. Elle savait qu'il regrettait éperdument que l'arme qu'il avait volée n'eût pas assez de balles pour qu'il puisse arrêter la voiture qui les avait enlevés... Et pourtant il s'en sentait coupable. Pourquoi n'arrivaient-ils pas à simplement accepter l'idée qu'ils n'y étaient pour rien ? À cause des actes qu'ils avaient commis et qui avaient conduit à cela ? Pourtant ils n'avaient aucunement influencé sur le libre arbitre des ravisseurs ? Et puis même, Dru était un assassin, il avait tué *D* et un nombre incalculable d'autres personnes... c'était un monstre, il l'était déjà avant qu'ils ne se lancent à sa poursuite... Ils n'étaient pas responsables...

— Vous savez, Dru était un monstre bien avant qu'on ne se lance à sa poursuite, déclara Adélaïde comme pour se justifier. Si cela n'avait pas été nous qui nous serions dressés contre lui cela aurait été d'autres personnes... C'est horrible, mais rien n'est imputable à quelqu'un d'autre que lui… Il est mauvais, malsain, pervers, sadique et affreux…

— Je ne te suis pas, fit Brigitte.

— Ce que je veux dire, c'est que c'est lui le monstre… on s'est retrouvé sur son chemin et on l'a poursuivi, ce que n'importe qui aurait fait… malheureusement cela s'est retourné contre nous.

— Votre père était à la D.G.S.E ? fit Robert à l'intention de Phileas.

— Oui, répondit l'agent.

— Que dit-il de tout ça ? Comment réagit-il ?

Phileas inspira et soupira avec lassitude.

— J'ai été enlevé à mes parents… C'est une longue histoire, mais j'ai retrouvé mon père en avril 1997. Il ne savait même pas que j'existais. Mon grand-père a séquestré ma mère et m'a placé en orphelinat… Quand papa m'a découvert, il a été fou de joie. Il a aussi été fou de joie de découvrir qu'il avait une petite fille… Ensuite, quand Adélaïde et moi on est sorti ensemble, il fut plus que ravi que je fonde une famille… et ce fut pareil quand les enfants sont nés, il était empli de bonheur comme vous pouviez l'être…

Phileas baissa les yeux au sol et repensa à cette nuit où il avait vu son père pleurer seul dans son coin.

— Il a beaucoup perdu dans sa vie, et cette perte l'a abattu… Mais il garde force et courage. Il garde espoir, il a confiance, il se donne corps et âme dans les recherches. Il a même recontacté de vieux amis pour tenter d'obtenir des informations… Comment réagit-il ? Comme vous monsieur. Car il sait ce qu'on peut ressentir Adélaïde et moi, car il sait quel genre de monstres retient ses petits-enfants, mais surtout, car il sait qu'on ne peut rien faire pour l'instant. C'est cela le plus dur. Se dire qu'il n'y a rien qu'on puisse faire en attendant d'avoir plus d'informations. Seulement cela demande du temps, et plus le temps passe, plus la douleur se fait ressentir, plus l'espoir se dissipe…

— Je sais ce que c'est aussi, avoua Robert. Se réveiller la nuit en espérant que ce ne soit qu'un rêve.

— Oui…

Phileas regarda son beau-père dans les yeux et confirma d'un regard.

— J'imagine à peine la douleur que vous avez dû ressentir. Je sais que mes enfants sont quelque part, vivants… Même s'ils sont avec cette ordure, ils sont vivants et en bonne santé… alors que vous…

— Quand Adrien… quand Adrien est mort, étouffa un sanglot Robert, j'ai fait des cauchemars jusqu'à la naissance d'Adélaïde, et encore pendant cinq ans après… Je n'en dormais plus, je pleurais, je rêvais sans cesse l'instant de sa mort que je ne pouvais qu'imaginer… Et c'est malheureux à dire, mais quand Adélaïde approcha de ses quatre ans, j'avais peur que cela ne se reproduise. Je la surprotégeais, je l'habillais toujours avec un bonnet et une écharpe… On la suivait dans ses moindres faits et gestes.

Adélaïde regarda son père, gênée… Elle se doutait de tout ça et comprenait mieux depuis qu'elle savait la vérité pourquoi ses parents l'étouffaient presque quand elle était en bas âge, mais de le voir pleurer en se remémorant ces événements… c'était émotionnellement lourd.

Brigitte serra fort la main de son époux et pleura en silence contre son bras.

— J'espère juste que Jean et Adrien ne subiront pas le même sort, déclara leur grand-père. Mon fils n'a pas souffert, mais je ne veux pas perdre aussi les petits, et surtout pas dans la souffrance…

— Nous l'espérons aussi, fit Phileas.

Robert sourit.

— J'ai apprécié qu'Adrien se prénomme ainsi… mon fils aurait été heureux de cette attention, sourit Robert.

— Je n'en doute pas.

Adélaïde se reblottit contre Phileas et ils regardèrent ensemble ses parents.

— J'aurais bien aimé le connaître, avoua la jeune femme.

Brigitte continua à pleurer et Robert la consola un peu quelques instants avant de reprendre sa conversation avec sa fille.

— Il était charmant, enjoué, toujours câlin, gentil… Il avait le cœur sur la main et était impatient de te rencontrer. Il n'arrêtait pas de dessiner la petite sœur qu'il allait avoir, tout fier, et en parlait sans cesse à tous ceux qu'il rencontrait…

Adélaïde eut les larmes aux yeux, et Phileas voyant son chagrin, la serra contre lui.

— Pourquoi bon sang ? Pourquoi faut-il qu'ils nous les aient pris ?

Adélaïde pleura tout comme sa mère et son père… Les pleurs reprenaient. La vie était si injuste avec sa famille… Quelle journée effroyable.

Chapitre XXIII

L'avenir à trois ?

Mardi 9 juillet 2013, 23h49.

Phileas, Chloé et Adélaïde se rhabillèrent, rassasiés. Ils étaient encore chamboulés, ils avaient encore l'esprit déconnecté, mais en tout cas ils avaient décidé d'en rester là, définitivement comblés. Phileas referma le soutien-gorge de Chloé, et en profitant pour lui caresser les bras, il lui fit un bisou dans le cou.

— Merci mon chéri, le remercia-t-elle affectueusement.

Les deux amants se sourirent, et Adélaïde attachant ses bas, ils décidèrent de l'aider.

— Tu es superbe tu sais habillée comme ça ? s'exclama Chloé à sa maîtresse.

— Merci.

Chloé lui rattacha un bas, et les deux amies ne désirant finalement pas s'arrêter en si bon chemin, elles s'embrassèrent tendrement une dernière fois comme le ferait un couple normal. Leur baiser terminé, Phileas préférant rester loin des autres gens décida de commencer à réfléchir sérieusement à la question.

— Et maintenant ? demanda-t-il.

— Comment ça ? s'étonna presque inquiète Chloé.

L'homme du Club s'assit au sol, bientôt suivi de sa femme et de la Reine d'Or qui vinrent se blottir contre lui.

— Tu veux faire quoi ? interrogea son amie Adélaïde comprenant la question de son époux. Tu viens t'installer chez nous ?

— Je ne sais pas… avoua franchement Chloé.

— Vivre à trois… s'exclama Phileas, c'est une vie différente.

— Surtout que Wanda vit chez nous, avoua Adélaïde, soucieuse du ressenti de sa belle-fille.

— Oh, cela ne lui ferait rien, je pense, elle s'en foutrait, confia Phileas, certain de l'attitude que prendrait sa fille, mais c'est pour le reste que je m'inquiète.

— De quoi ? demanda Chloé en le regardant, la tête reposée sur son torse.

— Est-ce un vrai engagement, ou simplement un coup de foudre passager ? les interrogea-t-il. Parce qu'il faut aussi garder la tête froide et ne pas s'emporter.

— Je suis d'accord… mais je ne sais pas, avoua Chloé.

— Moi non plus, reprit Adélaïde. Mais cela m'a plu et je veux continuer.

— Moi aussi je veux continuer. Je t'aime Phileas, et je t'aime Adélaïde. Je vous aime tous les deux…

Chloé ponctua sa déclaration d'amour par un tendre baiser à chacun… Elle le pensait vraiment.

— Qu'est-ce qu'on va faire donc ? demanda alors l'époux. Et Bella ?

— Tu as peur chéri ? lui demanda Adélaïde.

— Non… enfin je ne sais pas.

Phileas et Adélaïde se regardèrent dans les yeux… ils avaient tous les deux conscience que leur couple changeait, évoluait, et tandis qu'Adélaïde acceptait le changement, Phileas était lui beaucoup plus retissant.

— C'est marrant, plaisanta Chloé, quand je pense que cela aurait pu se faire beaucoup plus tôt…

— En tout cas je ne regrette pas.

— Moi non plus, reprirent simultanément les filles.

L'homme du club sourit, et avoua se complaire de la situation. Au-delà du fantasme de faire l'amour avec deux femmes, il aimait sincèrement Adélaïde, Chloé était leur meilleure amie, et elles étaient vraiment toutes les deux très belles… Il avait beaucoup de chance de les avoir… alors de les avoir dans son lit ensemble et sans complexe, c'était un cadeau du destin.

— Pour Bella, reprit Chloé… Si elle est motivée pour entretenir notre relation, elle pourrait venir emménager chez moi ou moi chez elle, et vous deux vous resteriez chez vous. Phileas réfléchit de nouveau à la situation. Les plans sur la comète qu'elles faisaient l'inquiétaient. C'était agréable, ils se plaisaient tous les quatre, mais de là à faire leur vie ensemble il ne savait pas…

— Tu doutes ? demanda Adélaïde à son époux, devinant presque ses réflexions.

— Vous vous voyez dans un ménage à trois ou à quatre permanent ? Honnêtement… Autant j'ai très envie de continuer à entretenir régulièrement cette relation, autant je pense qu'il faut garder un certain statu quo, au moins le temps de voir comment cela évolue.

— Je… annonça presque triste Chloé.

— Ce n'est pas contre toi Chloé, ni contre Bella, c'est juste que…

— Ne t'inquiète pas, chérie, s'exclama immédiatement Adélaïde en coupant son époux. Il avait déjà du mal à m'accepter chez lui, et ce fut pareil avec Wanda !

— Tu es sûr Phileas ? fit timidement Chloé.

— Je ne sais pas… j'aime ma vie avec Adélaïde… Elle est simple mais elle me plait comme ça. Cette nouvelle vie m'exciterait, mais c'est radicalement différent…

La conversation se tut d'elle-même, les deux jeunes femmes prenant enfin le temps de réfléchir… Chloé regardant le sol à proximité, Adélaïde observant un défaut inexistant dans le nylon de ses bas, elles firent face à leur projet, plein d'illusions et de faux espoirs… Se voyaient-elles assumer au grand jour leur part homosexuelle ? Et vivre en ménage à trois ou à quatre le reste de leur vie ? Face à leur famille… ? Les deux amies prirent le temps de reconsidérer tout cela sérieusement, mais n'eurent toutefois pas trop le temps de peser le pour et le contre, car des pas se firent entendre.

— QUI VA LÀ ? héla haut et fort Phileas.

L'écho de son appel résonna dans les couloirs, et tandis que les pas approchèrent, une voix s'éleva en retour.

— Cavalier Thomas monsieur. Un client demande à voir la Reine Méphala.

Phileas acquiesça de la tête en voyant arriver le Cavalier en redingote, une bougie à la main. Celui-ci les regarda tous les trois, et distinguant l'objet de ses recherches, lui adressa un sourire.

— J'arrive Thomas, fit la Reine en se redressant.

Adélaïde fit un baiser de la main à ses deux tourtereaux et partit avec le Cavalier, le tenant amicalement par le bras tout en discutant avec lui jusqu'à ce qu'ils rejoignent la salle des sens. Restant seuls, le maître des Reines et la Reine d'Or se regardèrent alors, et portée par le silence et leur passion, Chloé se mit à califourchon sur Phileas pour l'embrasser. Il se laissa faire... Elle l'aimait, il ne lui viendrait donc pas à l'esprit de la repousser... et puis il fallait avouer qu'il n'était pas contre quelques câlins de plus. Ils firent donc une nouvelle fois l'amour... mais avec une telle passion, avec un amour si profond... on aurait presque pu croire sur l'instant que c'était eux deux qui étaient mariés. Phileas n'hésita d'ailleurs pas à la serrer dans ses bras pour augmenter la romance de cette étreinte... et la vision de la jeune femme, leur meilleure amie, la bretelle gauche du soutien-gorge tombante, assise en petite tenue à califourchon sur lui et en toute complicité avait de quoi ravir... Si, il l'aimait aussi en fait. Pas autant qu'Adélaïde, mais il l'aimait énormément cette petite blonde au sourire respirant l'innocence. ... Qu'allaient-ils faire ? Il ne le savait pas vraiment mais l'avenir le leur dirait... En attendant, il apprécia avec malice d'éjaculer en elle et de voir son visage se complaire de la sensation procurée. C'était jouissif et savoureux à voir. Bon Dieu, il avait le droit de se faire la meilleure amie de sa femme, autant de fois qu'il le voulait, et en plus en même temps... C'était le Ritz !

Chapitre XXIV

La bonne pioche

Dimanche 7 juillet 2013, 14h48.

Benjamin Johns regarda la directrice *Méphala* assise en face de lui, puis l'agent *Six* installé à ses côtés. Ils lui faisaient tous les deux face depuis l'autre côté de la table, le regardant d'un œil ferme, les bras croisés. Ils en avaient certainement assez de toutes ces réunions, de toute cette attente, et il les comprenait. Comment pourrait-il en être autrement franchement ? Ils devaient être à bout, agacés d'être uniquement nourris de faux espoirs, fatigués de vivre dans cette tourmente… Mais cette fois, il en était certain, cela changerait. Ce qu'il allait leur annoncer était différent. S'étant quelque peu attardé sur l'homme du Club des Damnés, Johns se replongea dans les yeux de la jeune directrice et affrontant son regard perçant, se décida à abréger leur peine.

— Nous avons de sérieuses raisons de penser que Dru pourrait être actuellement en Italie… déclara-t-il.

À ces mots, Adélaïde le regarda dans le blanc des yeux. Elle avait le visage impassible mais son regard trahissait une demande sincère et suppliante de la véracité de ces dires.

— Qu'est-ce qui vous fait dire ça ? demanda-t-elle pour ne rien montrer de son état et ne pas se hâter.

Ajoutant à la simplicité de sa question, la directrice du *Service* dévisagea toujours son agent avec sévérité. Il avait demandé une réunion d'urgence pour s'adresser à elle, Phileas, et les agents impliqués dans l'affaire, et contrastant donc avec la petite étincelle qui venait de se rallumer dans ses yeux, et qui brillait avec de plus en plus d'éclat, elle se montra inflexible et cinglante en écho à son exaspération.

— Une trace écrite fournie par des agents à Rome, annonça Johns en reprenant un peu d'assurance face à sa supérieure… Ne sachant plus où chercher, ils ont consulté les permis de construire sur trente ans dans toute l'Italie. Une villa a été construite par un Eugène Timothy Dru dans la ville d'Amelia, à 100 kilomètres au nord de Rome.

Adélaïde ferma les yeux… et cria intérieurement de joie et de soulagement à ces mots. Ça y était… Enfin.

— Mon Dieu, souffla-t-elle presque soulagée.

— Quand a été bâtie cette maison ? demanda Phileas.

— En 1995, répondit Johns. Une grande villa un peu à l'écart de la ville. On peut même en récupérer les plans de constructions à la mairie.

— Céline ? fit Phileas en regardant la jeune femme susnommée.

— Je ne sais pas, mais mon père disait quelques fois qu'il allait voir une Amélia en Italie… Cela ne m'étonnerait donc pas que ce soit elle, cette Amélia.

— Votre père a une certaine dose d'humour, en effet, formula Phileas.

Inspirant et expirant un grand coup, l'homme du club réfléchit d'ailleurs à la question. C'était leur meilleure piste actuellement, et surtout la seule. Et puis tout cela avait du sens, construire une villa en Italie correspondait au personnage, et ses relations avec le gouvernement du pays confirmaient une aisance de la langue mais aussi une implication voulue évidente dans la direction qu'il prenait, ce qui pouvait bien n'être que simplement affectif et personnel.

— D'accord, concéda l'agent en se renfonçant dans son siège. Alors ? Que fait-on ?

Tournant la tête vers son épouse, Phileas regarda Adélaïde dans les yeux sans rien prononcer. Les deux parents communiquèrent comme par télépathie, les mots n'étant plus nécessaires entre eux depuis longtemps, et ne s'échangeant que des regards chargés d'expression ils décidèrent de la manière à suivre, puis ensemble ils regardèrent Johns, Céline et les autres agents.

— Nous allons attaquer sa villa, déclara la jeune femme, intransigeante. Je veux cent à deux cents agents prêts à partir dès que possible.

— Bien, confirma Johns au nom de tous.

— Autant de monde ? s'exclama Céline.

— Je ne veux laisser aucune alternative à votre père et ses hommes, je veux une victoire sans équivoque, formula la mère en tournant la tête vers la fille de son ennemi.

Adélaïde jaugea la jeune femme, observant une possible réaction, puis regarda le reste de son assemblée et analysa les leurs. Ils semblaient tous toutefois conformes à ses attentes, enclins à la suivre jusqu'au bout.

— Il me faut des snipers, des grenadiers, des équipes d'assauts en trois vagues, des équipes de diversion...

Phileas envoya un message à *Gadget* et à la cheffe de la section de Nettoyage et de Camouflage pour leur énoncer les ordres.

— Je me chargerai de prévenir la division italienne, déclara-t-il ensuite.

— Bien, continua alors Adélaïde en se levant. Johns, je veux que vous m'imprimiez les plans de sa villa ou qu'ils soient prêts sur la table graphique de la salle de conférence trois dans dix minutes ! Cela vous laisse à tous le temps de prévenir vos familles que vous serez absents durant les quarante-huit prochaines heures, et cela vous laisse le temps de former les équipes avec les agents qu'on a ici et ceux d'Italie ! Rompez !

*

Dix minutes plus tard.
La cohue régnait au *Service*. À tous les niveaux, des agents couraient dans tous les sens, préparant le branle-bas de combat, passant des coups de téléphone et se répartissant les tâches pour ne pas être pris de cours. Une telle situation était d'accoutumée depuis la découverte de l'*Organisation*, avec la mort de *D* et l'enlèvement des enfants, mais jamais cela n'avait été pour une telle raison, un assaut d'envergure titanesque. Phileas et Bella entrèrent dans la salle de conférence accompagnés de leurs assistants, Corie et Lena pour lui, et Justin Higgins pour elle. Dans ces moments-là, leurs assistants avaient pour tâche d'assister au briefing et de prendre des notes pour établir une façade officielle. La tension dans l'air était presque palpable. Encore une fois, jamais une telle réunion n'avait été faite, jamais une telle attaque n'avait été ne serait-ce qu'imaginée, c'était une première… et l'alerte rouge qui illuminait les couloirs en écho à l'alarme qui y résonnait, donnant au *Service* des allures de vaisseau spatial se préparant à un conflit imminent, n'arrangeait rien. C'était la guerre !

— Bien, tout le monde est là ? demanda Adélaïde en regardant l'assemblée d'une trentaine de personnes réunies autour de l'immense table graphique.

Quelques têtes hochèrent, d'autres prononcèrent un discret oui affirmatif… oui, tout le monde était bien là.

— Bien, comme vous avez dû l'apprendre, des agents en poste en Italie ont découvert que Dru possédait une villa dans la ville d'Amelia. Des informations nous suggérant qu'il se trouverait sur place, j'ai décidé de prendre d'assaut sa demeure pour de un, récupérer mes enfants, et de deux, appréhender Dru.

Des mentons acquiescèrent, même celui de Céline, mais prenant le temps de leur laisser à tous vraiment assimiler la chose, Adélaïde marqua une pause de quelques secondes avant de reprendre.

— Nous donnerons l'assaut demain matin, en début de matinée, juste avant le lever du soleil, quand il fera encore assez sombre. Je veux qu'on l'attaque par le sol, avec des équipes venant de toutes les directions, et je veux une surveillance aérienne ! déclara-t-elle.

Elle fit un signe de tête à Johns, qui lança l'affichage des plans de l'immense villa sur la table graphique.

— La villa a trois niveaux, annonça-t-il en décomposant la demeure en trois plans distincts qu'il aligna côte à côte sur la table. Au rez-de-chaussée il y a des salons, des toilettes, la cuisine, un bureau et le garage, au premier étage il y a sept chambres, une salle de bain, des w.c. et une bibliothèque, et enfin au troisième une seconde salle de bain, quatre autres chambres et des terrasses.

— Elle est immense…

— Oui, en effet.

Johns déglutit et cibla un escalier à côté du garage.

— On pense qu'il dispose d'une cave à vin assez conséquente, ou tout du moins qu'il y a un niveau souterrain assez important, assez pour peut-être dissimuler un poste de sécurité d'où ses gardes centralisent sa protection. En tout cas je pense que la tâche sera difficile, et qu'il faudra donc avoir un effet de surprise de taille.

— Et même en tâchant d'être discrets, nous risquons de nous faire remarquer, confirma Adélaïde à ses agents, mais merci Google Earth[5], nous avons une image assez bonne de la propriété.

— Elle est comment ? demanda un agent.

Adélaïde se pencha sur la table et fit apparaître en grand une vue satellite de la villa, immense et entretenue, et de ses environs.

— La demeure en elle-même fait dans les 200 m² au sol, et elle est au centre d'un terrain boisé de 800 m² délimité par un mur de briques de 4 mètres de haut

— Cela va être tendu pour passer au-dessus, formula un agent.

— Oui, très, confirma Phileas, réfléchissant déjà à comment passer cet obstacle.

— L'endroit sera surveillé et gardé, rappela Adélaïde, donc notre attaque devra dans un premier temps consister à pénétrer sans se faire remarquer, et si cela échoue, à faire diversion d'un côté pour pénétrer de l'autre. Cette deuxième option est toutefois un cas d'ultime recours, je me suis bien fait comprendre ?

— Oui madame.

— C'est noté.

---

[5] —Google Earth @ Google 2013.

Adélaïde lut les confirmations sur les visages, et regarda ensuite son mari.

— Phileas ? Un avis ?

— Oui, fit l'agent *Six* en s'avançant pour s'exprimer à tous. Nous allons procéder ainsi, on attaque par les quatre côtés de l'enceinte, en plusieurs lignes. Première vague de soldats furtifs avec couteaux pour tuer les gardes qui font leurs rondes, épaulés de loin par des snipers en seconde ligne, puis en troisième, fantassins avec armes à feu équipées de silencieux pour compléter la marche.

— Bien, et le mur ? La sécurité, tout ça ? demanda un des agents qui fera naturellement partie de la première ligne.

— Franchement, on est mieux que ça, on peut y arriver sans problème.

Un agent posa un doigt sur la table graphique pour activer le segment où il était, et tapa rapidement une recherche.

— Le soleil se lèvera aux alentours de 5h55, déclara-t-il.

— On donne l'assaut pour 5h20, confirma Phileas en réponse à sa précision. Tous habillés du dernier modèle de combinaisons noires avec lunettes de visée nocturne. Pour ce qui est de la sécurité, on détectera les flux électriques pour déterminer où sont les appareils tels que caméras et capteurs pour les contourner.

— Bien, reprit un agent, et le mur ?

L'homme sourit, sachant pertinemment que la question avait déjà été évoquée, et attendit avec amusement que Phileas réponde, pour voir s'il avait une solution. Celui-ci un sourire aux lèvres regarda alors toute l'assemblée, qui le toisait avec humour, et tenta de répondre à leur attente satirique.

— Sustentation électromagnétique.

— Quoi ? s'étonna un autre agent en riant.

— Principe de la lévitation magnétique, déclara Phileas en parlant avec ses mains. On a travaillé sur un socle supraconducteur il y a quelques années, confessa-t-il ensuite… On l'installera au sol le long des murs, à un mètre je dirais, et en courant dans sa direction équipés de vos tenues qu'on aimantera, vous serez propulsés en l'air par la répulsion magnétique.

— Cela nous portera assez haut et dans la bonne direction ? demanda l'agent Brandson, frère de l'agent Brandson de la section de recherche.

— Nous ferons des tests avant l'assaut, suggéra *Outillage*, l'adjoint de *Gadget* responsable de sa section en son absence.

— Parfait, conclut Adélaïde. D'autres questions ?

— Qui fait quoi ? demanda un agent de la fameuse section d'assaut.

— Je vous laisse décider entre vous de votre unité, en sachant qu'il me faut les meilleurs en termes de rapidité et de discrétion en première ligne, et que les snipers s'imposeront d'eux-mêmes, je présume, lui suggéra la cheffe du *Service*.

— Permission de tuer ou juste d'immobiliser ?

Adélaïde regarda Phileas quelques instants, demandant comme d'un regard un second avis.

— Je ne veux aucun déboire, répondit-elle finalement de son propre chef à l'homme ayant posé la question en se retournant vers lui. Autorisation de tuer mais avec bon escient. La priorité c'est les enfants, capturer Dru, et vous protéger les uns les autres. Ensuite, que vous tiriez pour cela dans la tête ou dans la rotule, cela m'est égal. On ne sait pas pour quel motif ces gens bossent pour Dru, mais si cela se trouve, ils cherchent juste à avoir un boulot pour nourrir leur famille, alors tâchons de ne pas juger trop hâtivement.

— D'accord.

— La logistique se chargera de vous communiquer toutes les informations au fur et à mesure d'accord ? termina Adélaïde.

— Oui madame.

— Parfait. Alors allez vous préparer et vous entraîner. On part dans huit heures !

Chapitre XXV

BV-NX101

Dimanche 7 juillet 2013, 19h27.
Phileas rentra chez lui pour se reposer encore un peu avant de partir à l'assaut. Il était épuisé, à bout de force. Non seulement il était toujours fatigué de la nuit précédente, mais en plus il venait de passer plusieurs heures à travailler sur la logistique de l'attaque. Et cela avait été éreintant, il en était même à un moment donné presque tombé de sommeil. Il avait donc dit stop pour rentrer se reposer. Il ne lui faudrait pas beaucoup d'heures de sommeil pour être de nouveau d'attaque, et le peu qu'il aurait lui suffirait de toute façon. Et cela lui remettrait peut-être les idées au clair, car il appréhendait grandement leur plan. Ce n'était pas leur équipée qui l'inquiétait réellement, mais les retombées qui en découleraient si jamais ils échouaient. Dru était un malade, un fou furieux disposant d'un bras armé étendu à toute la planète... Si leurs enfants n'étaient pas là, les éliminerait-il sur-le-champ, furieux ? Ou d'un certain point de vue, pire, s'en prendrait-il au monde ? Phileas s'inquiétait, ce n'était plus que de la diplomatie, c'était devenu de la politique sur un échiquier représentant en grande partie l'avenir du monde... Il y avait de quoi avoir peur.

Tâchant malgré tout de ne plus y penser pour profiter de son repos, l'homme du club rentra chez lui en refermant la porte derrière lui. Las il jeta ensuite ses clés dans la coupelle prévue à cet effet et monta directement au premier étage. Quoique trempé par la pluie il était prêt à aller directement s'allonger quand il fut attiré par un bruit suspect provenant du bout du couloir. Complètement alerte et inquiet, il sortit son arme de son holster et se dirigea discrètement vers la chambre de Wanda, des gouttes dégoulinant sur le sol tout du long derrière ses pas. Sa fille semblait être revenue mais des plaintes se faisaient entendre, comme si on l'étranglait. Tout du moins c'est ce qui affola Phileas et fit battre son cœur à cent à l'heure. Pensant que tout avait pu arriver, il ouvrit d'un grand coup de pied la porte, arme en joue !

— Plus un geste ! vociféra-t-il prêt à tirer.

Se dégageant brusquement, paniqués, Wanda et Jarod se redressèrent dans son lit, pris de court, tentant maladroitement de cacher leur rapport sexuel.

— Papa ? s'exclama affolée la jeune Italienne en se recouvrant jusqu'au cou avec les draps, la voix saccadée trahissant à la fois un épuisement évident et une immense frayeur.

Phileas soupira de soulagement. Ce n'était que ça, bien. Il rangea son arme, rassuré sur l'état de santé de sa fille, puis sourit de manière entendue.

— Je vous laisse trois heures, après j'ai besoin de vous deux, lâcha-t-il approbateur.

— Je… bien, merci, prononça encore étonnée Wanda.

— Merci monsieur, rajouta Jarod en sueur, malgré tout un peu mal à l'aise d'avoir été surpris dans une telle situation.

— Soyez en forme, acquiesça Phileas.

Il les regarda une dernière fois, satisfait de la tournure des événements entre eux, et les laissant donner libre cours à leur amour, referma la porte derrière lui. Partant dans sa chambre il se déshabilla alors, envoya un message à Adélaïde pour qu'elle le réaffecte chez eux, et se coucha. Il était épuisé.

*

Trois heures plus tard.

— Papa ?

Phileas se réveilla en sursaut, paniqué.

— Ça va ça va, tout va bien papa, ce n'est que moi, le rassura immédiatement Wanda en posant sa main sur son épaule.

— Qu'est-ce qui se passe ? s'étonna l'agent.

— Papa, ça fait trois heures, reprit la jeune femme.

— Quoi ? Déjà ? constata amer le maître des Reines.

— Oui…

Il se redressa et regarda l'heure en baillant une main devant la bouche.

— Bon Dieu, je n'ai pas vu le temps passer, s'affola-t-il.

— Normal, tu dormais… tu veux qu'on te laisse te reposer encore un peu ?

— Non, non… on a un horaire.

Wanda s'assit sur le lit à côté de son père et Jarod entra dans la pièce en enfilant son tee-shirt.

— Pourquoi avez-vous besoin de nous ? demanda-t-il.

Phileas regarda l'homme qui venait de satisfaire sa fille.

— Nos agents italiens ont découvert une villa appartenant à Dru… On pense que les enfants seront peut-être là-bas.

226

— Sérieux ? Mais c'est génial ! s'embrasa Wanda, les yeux pétillants.

— Holà fillette, ne te hâte pas… On n'a aucune certitude, calma son ardeur Phileas.

— Personne n'a pu vérifier ? interrogea intrigué Jarod.

— Non, on n'a pas eu le temps, et cela serait dangereux de se montrer avant l'assaut, on pourrait être repéré. L'objectif est donc une attaque coordonnée, et on verra après ce que ça donne.

— C'est dangereux, s'exclama Wanda en se rendant compte des risques.

Phileas acquiesça.

— C'est risqué mais c'est notre seule chance.

— Bien, qu'attendez-vous de nous alors ? accepta Jarod.

L'homme du Club des Damnés expira en baissant les yeux sur son drap, puis releva la tête et les regarda tour à tour.

— Toi Jarod, j'ai besoin que tu coordonnes et analyses la situation de l'extérieur pour nous rappeler ce qu'on a oublié, et nous informer de ce qu'on ne voit pas. Je veux que tu sois l'équipe logistique de secours.

— Moi tout seul ? s'étonna le jeune hacker.

— Oui, tu en as l'étoffe et les capacités, le conforta Phileas.

— D'accord… je ferais de mon mieux.

— Et moi ? demanda alors Wanda.

Phileas tourna la tête vers sa fille et la regarda dans les yeux.

— Toi Wanda je te veux à mes côtés.

*

Lundi matin, 00h30.

Tarmac de départ de l'avion-cargo affrété pour le raid sur la villa du docteur Dru.

— … Morts ou vifs, c'est clair ? rappela Adélaïde en faisant fit du vent glacé qui gelait son visage.

— Oui madame, répondit un des agents.

— Bien, et je veux la plus grande discrétion, leur rappela-t-elle du doigt, je ne veux aucune bavure, je veux du propre, du subtil, et du professionnel ! Aucun dommage collatéral quel qu'il soit. Bien compris ?

— Oui madame, formula un autre membre de l'équipe d'assaut.

La toute puissante directrice du *Service* regarda la soixantaine d'agents lui faisant face, dont sa belle-fille et la fille du docteur Dru, et leur lança son regard le plus noir. Elle était en train de faire un dernier briefing avant le départ pour être sûre que tout ait été bien planifié, et elle en profitait pour être bien certaine que tout se passerait comme elle l'entendait, proprement.

— Nous rejoindrons à peu près quatre-vingts agents là-bas et....

— Dites, je m'excuse madame, mais ce ne serait pas un avion qui vient vers nous ? la coupa soudain un agent en pointant du doigt plusieurs points lumineux dans le ciel, droit devant lui.

— Euh… fit un autre à côté de lui.

L'ensemble des agents regarda dans le ciel et Adélaïde se retourna pour regarder également.

— Si… et il arrive vite, répondit l'agent *Deux*.

— C'est normal ? demanda Bella.

— Non, je ne crois pas, répondit Phileas.

— C'est un des nôtres en tout cas, s'exclama Adélaïde, ses jumelles nocturnes devant les yeux pour regarder au loin la carlingue. Il correspond aux avions de la section Afrique…

La totalité des agents présents s'étonna de cette révélation, mais avant même qu'ils n'aient eu le temps de décider d'une stratégie à adopter devant cette étrange apparition, l'avion-cargo toucha la piste d'atterrissage et se posa non loin, puis vint s'arrêter à seulement une centaine de mètres d'eux. Tous surpris ils allèrent à sa rencontre, armes en joues, incertains de sa cargaison et de son but. C'était une venue pour le moins inopinée et trop anormale étant donnée la situation… ils préférèrent donc d'instinct être trop prudents que pas assez.

— Tenez-vous prêts, fit discrètement Adélaïde en longeant l'appareil.

Ils s'avancèrent tous en formation de commando en encerclant l'avion, se mouvant comme un seul corps prêt à faire feu au moindre souci. Lorsque la passerelle arrière de l'appareil s'ouvrit soudain… et que *Gadget* en sortit calmement, les mains dans les poches.

— C'est bon, ce n'est que moi, leur hurla-t-il. Vous pouvez baisser vos armes.

Adélaïde et les autres le regardèrent, et rassurés quoique surpris de son arrivée, s'avancèrent vers lui et montèrent dans l'avion.

— *Gadget*, qu'est-ce que vous faites ici ? demanda surprise la jeune directrice en rangeant son arme de poing dans son holster.

— J'avais un colis à livrer à votre mari madame…

Adélaïde fronça les sourcils. Elle s'apprêta à rétorquer, contrariée, mais son époux arriva à ce moment-là et l'interrompit dans son élan.

— Annoncez la couleur, demanda-t-il en les rejoignant.

Gadget, embarrassé, regarda l'agent puis sa directrice. Se doutant du malaise provoqué par sa venue pour le moins surprenante, il chercha un signe d'approbation de la part de leur supérieure quant à la suite des événements… Et quoiqu'il fût teinté de colère et d'agacement, la jeune femme lui adressa un hochement de la tête pour leur accorder une entrevue… mais il se doutait bien que cette prise de liberté serait sermonnée en temps et en heure.

— Bien. À partir de vos plans, plus quelques modifications maisons, annonça *Gadget* à Phileas en le regardant tout sourire.

— Faites-moi le topo, s'émerveilla alors l'homme du club.

Gadget l'emmena plus en profondeur à l'intérieur de l'avion, laissant Adélaïde et les autres agents à l'entrée, et souleva une bâche qui s'avéra recouvrir une magnifique voiture.

— La BV-NX101. Modèle basé sur une grosse berline noire cinq places, mais sans banquette ni portes arrières. Elle est équipée de deux moteurs 16 cylindres pour quatre roues motrices, avec système de refroidissement par azote liquide bien évidemment. Donc comme vous pouvez le constater, nul besoin de grilles de ventilation et de radiateurs…

— Je vois, acquiesça charmé Phileas en regardant l'avant de la voiture dépourvue d'ouverture.

— L'espace ainsi gagné est récupéré pour consolider la structure interne en acier trempé qui renforce la solidité et améliore la capacité à emmagasiner les chocs. À cela on a rajouté des barres de renforts à l'intérieur de l'habitacle pour améliorer encore plus la résistance et éviter la compression. Ensuite comme vous pouvez le constater, pneus pleins 24 pouces sur vérins hydrauliques et phares remplacés par une ligne d'optiques stylisée de 15 cm de haut parcourant toute la calandre à l'avant et à l'arrière. On a supprimé tout ce qui était inutile, pas de plaques d'immatriculation, pas de parechoc, pas de coffre… Par contre elle est bien entendu équipée d'une boîte à sept vitesses, d'un radar de recul et d'une caméra arrière prévue pour compenser l'absence de visibilité intérieure. Sinon en autres options sécurisation du bas de caisse, GPS, ordinateur de bord… tout le toutim.

— Armes ? demanda Phileas.

— Bien sûr, ricana Temple.

Appuyant sur une télécommande qu'il dissimulait dans sa poche il fit sortir toutes les armes dont la voiture était équipée.

— Mitrailleuse lourde avec capacité de 2400 coups sortant par le toit et lance-missiles sortant sur les flancs devant les roues arrière. Ils occupent l'espace normalement pris par la banquette… Ensuite, E.M.P.[6] bien entendu, et ma préférée, une alarme sonore de 250 décibels, effet de nuisance garantie, détailla-t-il en montrant à chaque fois l'objet de sa description.

— J'aime !

— Après évidemment, reprit sa description *Gadget*, blindage de toute la carrosserie et des enjoliveurs lisses, vitres teintées noires pare-balles… Par ailleurs pour information la structure en acier trempé plein à l'intérieur

---

[6] —Pulsation Électro-Magnétique.

rend la voiture conséquemment très lourde, et l'absence de vide ne permettant pas la compression, une fois lancée elle devient instoppable… L'absence de contrecoup du choc est quasi totale.

— Vitesse maximum ? interrogea Phileas.

— On a arrêté les tests après 400 km/h. Cela devenait trop dangereux. Sinon elle a une accélération de 0 à 100 en quinze secondes.

— Et pour le freinage, c'est bon ? Optimal ?

— Je ne pense pas qu'on aurait pu avoir mieux, sourit le vieil homme. Il y a le système conventionnel frein moteur, frein à main et disques de frein sur lequel on a installé le système de répartition EBD. En plus de cela nous avons aussi développé un système de freinage par sortie de deux panneaux d'un mètre carré en acier blindé qui jaillissent grâce à deux vérins hydrauliques à la verticale de la carrosserie, et donc de la lancée, sur les côtés de l'espace arrière comme vous pouvez le remarquer.

Gadget réappuya sur la télécommande qu'il avait dans sa poche et les deux panneaux sortirent avec rapidité de la carrosserie.

— Capacité de freinage optimale, déclara-t-il.

— Parfait, acquiesça l'agent. Parfait.

— Bien sûr, sourit une dernière fois le vieil homme, il n'y a aucun signe de marque ou n'importe quoi de distinctif, les moteurs sont silencieux, l'habitacle est étanche, nous avons mis de la nitro pour avoir de la puissance en cas de besoin, et il y a la direction assistée. Oh, et elle résiste également aux lance-roquettes !

Phileas regarda la voiture, construite de rien et indestructible, et s'émerveilla de sa finition.

— Que du bonheur ! rigola-t-il.

Le chef de la section d'équipement technologique déglutit et répondit à sa bonne humeur par un regard complice.

— L'équilibrage a été dur mais on y est parvenu, rajouta-t-il en guise de complément d'information, et si vous voulez faire le plein, le bouchon se trouve à l'intérieur de l'habitacle, avec un réservoir protégé de 120 litres. Essence.

— D'accord.

— Enfin bien entendu, s'exclama le vieil homme pour être certain que cela soit clair, je vous rappelle qu'elle n'a pas été construite pour un usage quotidien. L'utilisation est prévue pour des assauts, pour filer droit, pour casser des murs ou bien encore pour des missions de récupération d'une personne. Elle n'a pas été construite pour être aux normes standards et légales et n'est donc pas faite pour être conduite comme une citadine. On ne respecte ni les dimensions, ni la puissance et encore moins les normes de sécurités.

— J'imagine bien, d'où le BV, acquiesça l'homme du Club de la tête.

— En effet.

Satisfait, Phileas s'avança vers la porte du côté conducteur pour l'ouvrir et voir comment était l'intérieur, quant à son grand étonnement, il remarqua qu'il n'y avait aucune poignée.

— Comment… ?

Gadget s'avança vers lui et pour répondre à sa question, appuya sur le bouton de sa télécommande, qu'il sortit de sa poche. La porte s'ouvrit alors automatiquement et d'elle-même pour qu'il puisse entrer.

— Basée selon vos ordres sur le concept de l'Audi D7 et de la GT 500 KR de 2008, avec en plus quelques courbes empruntées à la DBS 12 qui vous est si chère. Sans tuning ni rien, une simple balle noire fusant l'air.

— Elle est parfaite Wallace, un chef d'œuvre. Merci.

Phileas entra à l'intérieur et s'installant sur le fauteuil du conducteur, constata immédiatement son confort. Il était bien assis, détendu, à l'aise… C'était d'un relaxant affligeant, du travail d'orfèvre. L'habitacle était d'ailleurs tout aussi luxueux que son siège, et relativement spacieux malgré la présence des barres de renfort. L'ensemble était même plus que digne d'un grand modèle de collection… c'était vraiment un bijou de mécanique.

— Ceinture de sécurité remplacée par un harnais pour les chocs, lui montra *Gadget*. Mais rassurez-vous, si vous percutez quelque chose à pleine vitesse vous ne ressentirez rien, même un mur de béton ne vous arrêterait pas. Par contre si on vous percute à l'arrêt vous serez un peu secoué…

— J'imagine. Autre chose ?

Gadget réfléchit rapidement à ce qu'il avait déjà énoncé.

— Non, je crois que c'est tout.

— Parfait, s'exclama alors Phileas en sortant du véhicule qui se referma de lui-même. Je veux que vous la chargiez dans le cargo en partance pour l'Italie, on risque d'en avoir besoin si ça ne se passe pas comme prévu.

— D'accord.

Leur aparté terminé, Temple fit rentrer les armes et les panneaux et prit le volant. Phileas se dirigea alors d'un pas résolu vers Adélaïde et leurs troupes. Les observant de loin, l'homme du club ne put qu'en écho à ce qu'il venait de voir se féliciter de leurs équipements. En noir de la tête aux pieds ils étaient assortis à la BV-NX101, revêtus des dernières innovations du département technologique en matière de combinaison, la tenue BS — MF 27. Tout en Kevlar et pièces de métal disposées aux points vitaux et stratégiques, elle était recouverte de latex liquide effaçant leur signature thermique et était souple, isolante, ignifugée et lisse. Munie d'une cagoule intégrale tout aussi solide et passable en capuche lorsqu'on ouvrait la fermeture éclair du cou, on pouvait aisément se servir d'une paire de lunettes nocturnes, d'un casque de protection supplémentaire, d'un masque à oxygène, ou encore même d'un kit de communication autre que celui déjà présent dans la doublure intérieure. Mais le petit plus était surtout le harnais qui allait avec. Fixé avec les mêmes attaches qu'un parachute, tout aussi noir et résistant que la combinaison en elle-même, il était entre autres équipé d'une ceinture comportant des dizaines de poches fermées disposées sur de minuscules roulements à billes. Placé sur un système de rail souple, cela permettait lorsqu'on déverrouille la sécurité de les faire coulisser le long de la taille afin d'accéder très rapidement à n'importe quel outil. Et la ceinture était équipée en outils… Renfermant entre autres vaccins, poisons, cordes, jeux de passe-partout, lampes, munitions, armes blanches, couteau de l'armée suisse, provisions et eau, il y avait de quoi faire… Et il n'y avait pas que la ceinture. Le harnais était également muni de trois holsters pouvant accueillir divers calibres d'armes sans pour autant gêner son porteur dans la fluidité de ses mouvements, et ses diverses attaches possédaient de petites poches qui contenaient entre autres choses un téléphone multifonction intraçable, de petites grenades, des traceurs, et enfin des capsules d'adrénaline croisée avec un composé chimique assez puissant pour décupler la force et supprimer la sensation de douleur. Ce dernier atout était d'ailleurs une fierté du *Service*, utilisable par exemple pour soulever de gros gravats afin de dégager des victimes… En résumé la BS — MF27 était une combinaison intégrale prévue pour faire face à presque toutes les situations. Elle était cool, branchée, et sophistiquée. Il y avait même un bouton d'urgence pour activer un signal GPS en cas de soucis… et équipée en plus de chaussures sécurisées adhérentes aux surfaces lisses, et renforcée aux phalanges par du plomb, elle permettait en plus un combat rapproché sans risque, et surtout extrêmement avantageux !

Phileas regarda donc leur attirail à tous et sourit. Chacun portant au minimum trois armes à feu sur lui, qu'ils soient snipers ou combattant de terrain, et ils avaient assez de matériel pour défier une armée de cinq mille hommes. Les BS — MF27 étant par ailleurs malgré leurs équipements relativement discrètes physiquement, et surtout très légères, il était sûr de la bonne réussite de leur attaque. Avec la nouvelle BV en plus, ils étaient prêts pour récupérer leurs enfants… Si cela se passait bien, dans moins d'une demi-journée ils pourraient à nouveau les serrer dans leurs bras.

Chapitre XXVI

L'assaut

Lundi 8 juillet 2013, 4h12 du matin.

L'avion-cargo immatriculé *F — COCX* transportant Adélaïde, Phileas et leurs hommes se posa sur une ancienne base militaire américaine aujourd'hui désaffectée, située à un peu moins de cinquante kilomètres de la ville d'Amelia. Le transport se passa sans encombre, il n'y eut aucun incident d'aucune sorte avec les tours civiles de contrôle et la surveillance militaire des airs. Ils firent le trajet pour ainsi dire comme une lettre à la poste, à l'insu de tous, et le stress, la peur ou l'inquiétude ne firent même pas partie du voyage. Tous les agents étaient confiants, certains, déterminés, et lorsque l'avion atterrit ils déchargèrent leur matériel sans heurt. Tout était vraiment réglé comme une horloge, signe d'une organisation et d'une assurance sans faille, preuve d'une expérience et d'un professionnalisme incontestable malgré l'illégalité de leur entreprise... Et rejoints une dizaine de minutes après l'atterrissage par les troupes italiennes embarquées sous bonne couverture dans cinq bus de voyage, ils placèrent à l'intérieur de ceux-ci l'équipement et les armes, et complétant le convoi, prirent la direction de la demeure de Dru. À précisément 5h08, après n'avoir croisé qu'une seule voiture sur le trajet, sous l'apparence donc discrète et banale d'un convoi de touristes partant en vacances à travers l'Italie, une armada d'assaut du *Service* arriva à une centaine de mètres de la cible pour l'offensive finale. Les choses commencèrent alors vraiment. Descendant discrètement de leurs véhicules dans la nuit encore noire par groupes de six, suivis silencieusement par la BV-NX101 pilotée par Phileas, les premières unités de terrain équipées d'armes munies de silencieux partirent en repérage tout autour de la maison, se déversant dans les environs comme les tentacules d'une pieuvre. Au nombre de cinq, elles se positionnèrent alors aux points les plus stratégiques et établirent le quadrillage de la zone. La seconde vague descendit ensuite des bus pour aller placer le matériel de coordination comprenant les ordinateurs, les radars et les brouilleurs, tandis que la troisième vague partit quelques instants plus tard installer aux points les moins surveillés de chacun des quatre flancs du mur d'enceinte les bases électro-conductrices. C'est cette dernière escouade qui avait la tâche la plus sensible durant la phase de préparation. Chacun des socles pesant près de trois cents kilogrammes il fallait être six agents minimum pour les transporter, et la discrétion étant de mise, il fallait tâcher d'être silencieux et invisibles. Mais ce fut fait, et si cela se passait comme lors des tests effectués à peine quelques heures plus tôt, ils passeraient au-dessus du mur d'enceinte sans problèmes… même si l'atterrissage devait être maîtrisé à la perfection.

— « *Tout est okay madame* », chuchota une voix à travers l'oreillette d'Adélaïde.

— Bien, parfait, répondit-elle.

La jeune femme regarda l'écran d'ordinateur installé sur la table dépliable devant elle et satisfaite de la bonne marche de l'entreprise, hocha de la tête.

— L'image satellite fonctionne et les GPS détectent les ondes des téléphones, nous avons une carte précise de leurs déplacements et des vôtres messieurs-dames, signala-t-elle avec professionnalisme à ses troupes.

— *« Bien reçu. »*

— *« Compris. »*

— *« Six au rapport. Je me tiens au volant de la 101 pour créer une entrée en cas de soucis »*, formula Phileas.

— Okay. Toutes les unités Une, tenez-vous prêtes, déclara-t-elle ensuite fermement en faisant quelques pas dans leur direction.

— *« Groupe A, formé. »*

— *« Groupe C également. »*

— *« Idem groupe D. »*

— *« Pareil pour le groupe B. »*

Adélaïde expira d'appréhension. Elle dirigeait toutes les opérations depuis un Q.G. mobile installé à deux cents mètres de la propriété. Il en avait été décidé ainsi pour lui permettre d'avoir une vue plus globale des opérations et pour éviter qu'elle ne soit au front. En y repensant, elle n'avait même pas protesté contre cette mesure mise en place pour la protéger… alors qu'il s'agissait de ses enfants à elle. Enfin bon, regardant au loin la demeure, elle consulta sa montre. Il était 5h19. C'était l'heure.

— Bien, déclara-t-elle pour tout le monde en relevant les yeux vers la cible, assaut dans dix secondes… neuf, huit, sept, six, cinq, quatre…

— *« Attendez ! »* s'écria soudain un agent.

— Quoi ? demanda-t-elle alerte.

— *« Il y a un problème, je perçois une activité ! »*

La jeune femme revint hâtivement vers l'ordinateur et se pencha contrariée sur l'écran pour consulter les signaux GPS.

— Activité confirmée madame, s'exclama l'un des agents assis à ses côtés et chargé de la coordination.

— Rapport ? lui demanda-t-elle alors.

— Une voiture vient de sortir du garage et se rend vers l'entrée de la demeure… Quelqu'un sort pour monter à bord.

— Bon sang ! À toutes les unités, stand-by, personne ne passe le mur ! réagit instinctivement la directrice du *Service*. Unités B et C, quittez vos postes pour venir me déplacer la base de transport situé près des grilles d'entrées, il faut effacer notre présence !

— *« Bien compris madame ! »*

Adélaïde scruta au loin ses hommes se hâter pour aller faire disparaître le socle puis regarda en direct sur la vue satellite un homme monter à l'intérieur de la voiture, avant de voir avec panique celle-ci se diriger vers les grilles d'entrée.

— Allez, allez, s'impatienta-t-elle anxieuse, allez, plus vite, plus vite…

Alors que la voiture avançait inexorablement vers sa destination future, Adélaïde apercevait la douzaine d'hommes soulever avec peine le socle et tenter de courir avec de l'autre côté du mur d'enceinte… mais le timing semblait trop juste...

— *« Bon Dieu, ça pèse une tonne… »* chuchota une voix.

— *« Bon sang... »* rajouta une autre.

Les voix se turent… Adélaïde baissa les yeux vers l'écran puis releva la tête dans la direction de leurs halètements… et souffla de soulagement lorsque les grilles s'ouvrirent pour laisser sortir la voiture à peine quelques dixièmes de seconde après que l'unité B soit sortie de son nouveau champ de vision.

— *« On n'est pas passé loin de la catastrophe »* s'exclama Phileas en soufflant de soulagement pour tous.

— Oui, en effet, se rassura Adélaïde. Bien, la voiture s'en va. Équipes concernées vous passerez le mur depuis le nouveau point s'il est sûr pour rattraper l'horaire, et je veux qu'une équipe prenne un des bus pour la suivre et…

— *« Ce n'est pas nécessaire madame »* la coupa la voix de Jarod dans son oreillette. *« J'ai repéré la signature de son GPS, je le suis pour vous jusqu'à sa destination en utilisant le second satellite. »*

— Parfait Jarod, merci, le remercia la jeune directrice.

— *« De rien, je reste en ligne… »*

— *« Phileas aux unités et à M ! »* reprit toutefois rapidement Phileas sur un ton sec, *« Contre ordre, je veux qu'une partie d'entre vous aille immédiatement me suivre cette voiture ! La BV a isolé un échantillon de conversation grâce à sa parabole d'écoute intégrée et l'homme qui vient de sortir est Dru ! Je répète, il s'agit de Dru lui-même ! Ordre prioritaire de le filer ! »*

— Quoi ? s'époumona Adélaïde, le rythme cardiaque tout d'un coup accéléré.

— *« Bien reçu monsieur, unité Sept avec moi, on se replie au bus »* s'exclama la voix d'un homme.

— *« D'accord »* confirma une autre voix.

— *« Tu m'as bien entendu M. »*

— *« Reçu. »* acquiesça un autre agent.

— *« Bien, je vais me charger de la coordination de l'unité Sept. »* déclara alors Jarod.

— Phileas, tu en es vraiment sûr ? redemanda Adélaïde la voix perdue dans le flot de la conversation, inquiète des implications de cette information.

— *« Oui c'est bien lui, la voiture est formelle »* lui réaffirma son époux.

— Alors unité Sept vous n'avez pas intérêt à me le perdre sinon je vous expédie en Sibérie ! annonça catégorique la jeune femme dans son oreillette. C'est bien compris ?

— *« Bien compris madame. Reçu cinq sur cinq. »*

Alors que les bruits de déplacement de ses agents se rendant aux bus se firent entendre dans le système de communication, Adélaïde regarda la voiture partir au loin. Ses feux arrière rouges illuminèrent la nuit avant de disparaître… Le cœur battant la chamade, elle eut l'impression qu'il lui filait entre les doigts… Elle ne dit cependant rien et resta silencieuse… elle s'occuperait de lui après avoir repris ses enfants. Rien ne se passait vraiment comme prévu mais elle se tiendrait au plan initial.

— Assaut dans dix secondes, décompta-t-elle de nouveau, ferme et résolue. Dix, neuf, huit, sept…

Décompte zéro.

La première vague d'attaque passa par-dessus le mur et atterrit au sol avec brio comme à l'entraînement. Armes tranquillisantes ou létales en main et guidés à travers leurs oreillettes par les agents surveillant la zone avec le satellite, ils se débarrassèrent sans bruit des gardes qu'ils trouvèrent sur leurs chemins, les endormant ou les abattant jusqu'à sécuriser un périmètre. Ouvrant ainsi le champ à la seconde escouade, ceux-ci s'installèrent à divers endroits stratégiques du jardin pour se tenir prêts à tirer en cas de besoin.

— *« Sniper 1 installé. »* confirma une voix.

— *« Sniper 3 aussi. »* valida une autre.

Adélaïde hocha de la tête à chaque confirmation, et se satisfit de la bonne marche de l'assaut.

— Équipe une, toutes les caméras sont installées ? demanda-t-elle.

— *« Affirmatif. »*

— *« Oui »*.

— Bien, alors commencez à rentrer…

La jeune directrice écouta le faible bruit que faisaient ses agents dans son oreillette, et regardant sur l'écran, visualisa leur avancée pas à pas.

La villa était éclairée, signe qu'il y avait de l'activité. Mais contrairement à ce qu'ils pensaient il n'y avait pas tant de gardes que cela. C'était surprenant… Mais tout se passait bien c'était l'essentiel. Ils gagnaient du terrain et approchaient à grands pas de la maison, tout était donc pour le mieux… quand une alarme se mit soudain à retentir !

— *« Et merde… »* annonça dépité un agent.

— *« Attention derrière toi ! »*

La mission propre et sans une goutte de sang bascula en à peine quelques secondes en un conflit digne d'une guerre de gang. De violentes séries de coups de feu se firent entendre et des explosions retentirent avec fracas.

— *« J'y vais »* s'exclama alors vigoureusement Phileas en démarrant en trombe.

Le bruit des percuteurs, les hurlements de douleur et de panique sous la pluie de balles… Adélaïde exaspérée retira son oreillette avant de devenir sourde, et prenant avec énergie son UMP 9, son Walther PPK et son Colt rangés dans ses holsters, elle courut vers la propriété de Dru le fusil mitrailleur dans les mains.

— CONTINUEZ À COORDONNER LES UNITÉS ! hurla-t-elle furieuse à ses hommes.

— BIEN MADAME ! lui cria un agent.

La jeune femme fonça tête baissée, prête à se battre, mais contre toute attente la bataille se déroula extrêmement vite ! Les lumières de la demeure s'allumèrent complètement et s'en déversa des dizaines de soldats armés dans la propriété. Mais la réplique du *Service* était conséquente. Phileas ne se gênant pas le moins du monde pour la belle peinture de la BV—NX101, partit au bout de la rue, et revenant en accélérant il tira deux roquettes dans le mur d'enceinte avant de défoncer le reste des débris pour pénétrer dans le domaine. Adélaïde sprintant avec une rapidité et une endurance qu'on ne lui connaissait guère le suivit de peu, et enfilant la cagoule de sa tenue pénétra dans la propriété par l'ouverture qu'il venait de pratiquer, prête à tirer sur tout ce qui n'était pas habillé comme elle. Ce qu'elle vit à l'intérieur l'impressionna toutefois grandement et força son respect, à tel point qu'elle n'eut aucun besoin de se servir de son arme. La formation de ses agents avait tenu et était efficace. Les snipers étaient couchés au sol à bonne distance et abattaient leurs cibles tandis que les agents munis d'armes de poing avançaient pas à pas... mais ce qui fit vraiment constater à Adélaïde alors qu'elle reprenait son souffle qu'ils gagneraient très rapidement le conflit, et sans perdre un seul homme, c'était de voir ce que faisait Phileas. La sortie de la mitrailleuse lourde enclenchée, il fustigeait de ses balles dans un bruit assourdissant tous ceux que l'ordinateur de la voiture constatait ne pas porter de tenue BS... Et il en abattait, il en abattait beaucoup. Il faisait tellement le ménage que l'assaut tourna court et que les échanges de coups de feu se terminèrent en moins de trois minutes, chronomètre en main.

— Bon sang, quelle boucherie... fit alors Adélaïde en enlevant sa cagoule. Des blessés ? demanda-t-elle ensuite en remettant son oreillette.

— « *Quelques-uns chez nous, mais aucun mort* » souligna un agent.

La jeune femme regarda le champ de bataille qu'ils venaient de causer, effarée. Tout avait dégénéré en si peu de temps... Il y avait des cadavres partout. Éclairés par les lumières de la bâtisse et du jardin, elle ne voyait pour ainsi dire à perte de vue que des corps sans vie jonchant le sol... Et le soleil se levant bientôt illuminerait tout ça aux yeux de tous, tandis que la chaleur et le vent feraient le reste, propageant l'odeur de mort qui suintait déjà... Cela serait dans le journal et cela créerait du grabuge, obligatoirement. Bon Dieu, c'était la merde pensa-t-elle.

Les membres du *Service* quittèrent leurs positions en enjambant les dépouilles, vérifiant au passage l'absence de vie, et se réunirent en un bloc pour faire le point. Phileas coupant le contact sortit alors de la voiture.

— Formation bêta Sept ! vociféra-t-il fermement, haut et fort.

— Hein ? s'étonna Adélaïde.

Sans qu'elle ait eu le temps de demander quelle était la nature de cette formation ou bien même de rouspéter, les agents sans se poser de questions se murent vivement en cercles concentriques autour d'elle, si bien qu'elle se retrouva instantanément protégée par une trentaine d'hommes tandis que le reste des troupes se posta devant la résidence ou organisa des rondes dans la propriété pour retrouver d'éventuels survivants.

— Rapport ? fit alors l'agent *Six*.

— Tous tués, total des corps, 67 au premier décompte, s'exclama un agent.

— Nom de Dieu, ils étaient combien ?

— On patrouille pour vérifier.

Phileas acquiesça et se doutant qu'Adélaïde, ou plutôt *Méphala* à cet instant, n'appréciait pas son comportement, se rendit à ses côtés.

— Ma fille ? Céline ? demanda-t-il toujours.

— Ici, tout va bien, s'exclama Wanda en arrivant, elle aussi dorénavant encadrée et protégée sur son ordre.

— Bien.

— Céline est retournée à l'extérieur sous escorte, elle se sentait mal, déclara un agent.

— J'imagine.

— Bon, c'est fini ? Tu es rassuré ? Ou tu veux aller passer un petit mois en Sibérie ? déclara Adélaïde énervée en croisant les bras.

Phileas soupira, sentant que cela allait chauffer pour ses fesses.

— Désolé, s'inclina l'homme du Club, mais je tiens trop à vous.

— On est grandes et je suis ta cheffe ! s'irrita Adélaïde.

— Et je suis mieux entraîné.

— Moi perso j'ai failli faire dans ma combinaison, s'exclama d'un rire nerveux Wanda, satisfaite de sa protection, j'ai une balle qui est passée à cinq centimètres de ma tête.

— *« Haha, j'aurais bien aimé voir ça »*, rétorqua son amant.

246

— Tais-toi Jarod, rouspéta la jeune italienne.

— *« Reçu. »*

Phileas expira une nouvelle fois, contrarié, et regarda sa femme qui n'en démordait pas.

— Je te laisse cheffe, lâcha-t-il vaincu.

— Bien, s'exclama-t-elle satisfaite.

Reprenant les rênes de l'assaut et encore irritée qu'il continue à la traiter de la sorte, Adélaïde mena de nouveau la danse et ne pouvant plus tenir en place, les lieux désormais sécurisés, elle entraîna son époux et sa belle-fille et s'enfonça sous bonne escorte à l'intérieur de la villa pour trouver le fruit de sa chair. La demeure était conforme à leurs plans, spacieuse, bien agencée… c'était une belle villa, il fallait le reconnaître. Mais la jeune femme s'en moquait, et l'agitation la gagnant de plus en plus, elle n'attendait plus qu'une chose, trouver ses enfants.

— Entrée sécurisée madame.

Ils s'enfoncèrent dans les corridors.

— Le père de Céline a des goûts étonnement bons, s'exclama un agent en constatant sa décoration.

Les agents de têtes continuèrent à sécuriser les différentes pièces, armes en joue, suivant le protocole, et indiquant à leur cheffe que la voie était libre, s'apprêtèrent à monter à l'étage pour ouvrir la marche.

— On peut être un sale con ou s'appeler Mussolini et aimer les bonnes choses, rétorqua un autre agent en admirant certains tableaux.

— Oui…

— Bon sang, on a fait un massacre dehors…

— Je dirais du nettoyage, plaisanta un autre.

— Chut ! les interdit net de parler Phileas, sévère.

Les agents se turent, gênés, et l'homme du club tendit alors l'oreille, la main toujours en l'air... puis s'impatienta et quitta la formation.

— Que ?

— Jean ? Adrien ? appela-t-il par réflexe en montant.

— Monsieur, laissez-nous sécuriser ! le rappela un agent.

— Phileas ! tenta de le retenir Adélaïde alors qu'elle s'élança elle aussi à sa suite, guidée par son désir de mère de les retrouver.

Il avait beau les entendre, le maître des Reines ne répondit toutefois pas... Il était impatient, trop excité.

— Phil... laisse les sécuriser...

Phileas arriva en haut des escaliers, et l'arme au poing, ouvrit du pied toutes les portes dans l'espoir de trouver ses enfants. Il en avait soudain assez, il voulait les voir, cela faisait trop longtemps qu'on les leur avait enlevés. Il ne pleurait peut-être plus mais ils lui manquaient toujours autant... et il n'en avait rien dit mais il craignait le pire... le bruit dehors avait dû les réveiller s'ils étaient là. S'il n'y avait pas de pleurs, il n'y avait que deux solutions possibles... Frappant d'un coup sec la porte d'entrée d'une des chambres, le père meurtri eut presque pour ainsi dire violemment et en pleine figure la réponse à ses interrogations, et abattu, l'estomac retourné, il se laissa aller au désespoir... leur chambre était vide.

Entrant à l'intérieur, suivi de peu par sa femme, sa fille, et leurs agents, il regarda alors amer la pièce en silence.

— Désolé, fit à son intention un agent, comprenant la signification de cette découverte.

— Ce n'est pas grave, ce n'est pas grave... ce n'est que partie remise, annonça Phileas sans conviction.

L'homme du club souffrit grandement. C'était la chambre de leurs bébés. Décorée avec soin de façon joyeuse et enfantine, comme s'il s'était agi d'une authentique chambre décorée par des parents aimants, elle était tout aussi belle que celle qu'ils leur avaient eux aménagée. Il y avait des jouets, des couffins, deux lits, un parc de jeu… Phileas et Adélaïde s'approchèrent amorphes d'une commode, leur animosité envolée en éclat, et saisirent les photos de leurs enfants trônant fièrement dessus.

— Ils ont grandi, constata avec amertume Adélaïde en se retenant de pleurer.

— Oui… ils ont de plus en plus tes yeux…

Phileas ferma les yeux et s'adossa contre la commode. Mettant ses mains sur le visage, il se battit avec force pour ne pas sombrer dans le chagrin. Ses enfants bonté divine. Jean et Adrien… ses deux petits bouts… Bon sang, comment en étaient-ils arrivés là ? Ils lui manquaient terriblement, c'était horrible…

— Monsieur… on sait où se trouve Dru, allons récupérer vos enfants, lui rappela un agent en s'avançant vers eux.

Phileas retira ses mains de sur son visage et releva la tête vers les troupes.

— Oui, vous avez raison, reprit-il convaincu mais les yeux rouges, viens chérie, on y va.

Prenant sa femme par la main ils quittèrent la pièce, emportant avec eux les photos récentes de leurs enfants.

Au moins pensèrent-ils le baume au cœur, ils avaient retrouvé leur trace et ils savaient qu'ils étaient bien traités… c'était déjà ça. C'était maigre mais c'était tout ce qu'ils avaient.

— « *Jarod à Méphala.* » annonça la voix du jeune américain dans leurs oreillettes.

— J'écoute, s'exclama Adélaïde.

— *« Il semble que Dru se dirige vers Rome... »* prononça l'homme prévoyant leur demande.

— Bien, on arrive Jarod, ne perdez pas sa trace… Adélaïde à tous les agents présents sur Amelia, remballez tout.

Chapitre XXVII

Skylight

Lundi 8 juillet 2013, 07h54 du matin. ROME.
L'agent éclaireur passa entre les fougères et se retourna pour vérifier qu'il n'avait pas été suivi. Certain que ce n'était pas le cas, qu'il ne s'était pas fait remarquer, il escalada alors les quelques rochers présents sur son chemin, monta encore parmi les buissons denses et épineux sur une cinquante de mètres, coupa quelques lierres et branches qui le génèrent, et discrètement, arriva finalement en haut de la colline.

— Il faut qu'on fasse diversion madame, s'exclama-t-il en revenant de son inspection des lieux.

Adélaïde ne répondit pas. Tandis que le soleil s'élevait dans le ciel, elle continua quelques instants à observer au loin à six cents mètres dans la vallée la base de *Skylight* à travers ses jumelles.

— Je suis d'accord. Sur le flanc est, cela devrait être une bonne chose, confirma-t-elle.

— Bien, à toutes les unités, déclara alors Phileas dans son oreillette, nous allons faire du grabuge à l'Est pour distraire l'ennemi, donc préparez-vous à attaquer du côté ouest au même moment, le terrain y semble plus propice à votre intrusion.

— « *Compris monsieur* », déclara un agent pour approuver.

Phileas regarda Adélaïde puis l'immense entreprise en face d'eux. Cerclée d'un gigantesque mur d'enceinte en briques terminé par des barbelés, l'usine était d'apparence anodine, délabrée et vieille, mais en regardant bien on distinguait outre les caméras, quelques miradors bien armés…

— Nous vous donnons dix minutes pour vous y rendre. Les snipers postés dans les alentours, tout est bon pour vous ? reprit Adélaïde.

— « *Oui madame, tout est okay.* »

— « *Oui.* »

— « *Oui.* »

— Bien.

La jeune femme regarda son époux et ils acquiescèrent mutuellement de la situation.

— Diversion flanc est, attaque flanc ouest, vingt snipers disséminés aux alentours pour abattre tous les agents ennemis au moment de l'assaut, grenades, armes de poings, on oublie quelque chose ? demanda-t-elle.

— Mettez tous bien vos casques et vos cagoules hein, rappela Phileas au cas où à l'intention de tous, il ne faut pas qu'on puisse vous reconnaître, mais surtout il ne faut pas qu'on puisse vous abattre.

— On a investi combien si je puis me permettre dans ces combinaisons intégrales ? demanda alors un agent de coordination en regardant dans ses jumelles.

— À peu près trois cents fois vingt mille…

— « *Outch* », lâcha une voix dans leurs oreillettes.

— Oui, alors faites bien attention de vous en servir, je ne veux aucun mort…

— Le périmètre est sûr mais vu les installations, je dirais qu'il doit y avoir près de huit cents agents de *Fantôme* à l'intérieur, supposa l'agent. Ils seront bien armés et prêts à nous recevoir.

Phileas et Adélaïde, surplombant du haut de la colline le futur champ de bataille se regardèrent à nouveau, appréhendant tout de même un peu… et montrant un signe de faiblesse devant ses agents, la jeune femme se rendit jusqu'à son mari pour se blottir une dernière fois dans ses bras.

— Tout va bien se passer chérie, tout va bien se passer…
Phileas caressa les cheveux de sa femme et la serra contre lui.

— Tu verras, c'est bientôt fini.

— Je l'espère, souhaita de tout son cœur Adélaïde, je l'espère… J'ai déjà dû résister et prendre sur moi pour attendre que les lieux soient sécurisés avant de retourner toute sa demeure ! Là je ne pourrai pas, si près du but je ne sais pas si je pourrais.

— Il va falloir qu'on se montre patients, réfléchis… Je sais que c'est dur de se dire qu'ils sont à portée de main, juste là… mais il ne faut pas se hâter.

— Oui…
Les deux amants s'embrassèrent puis se détachant l'un l'autre, regardèrent Wanda arriver.

— Alors ? demanda Phileas.
Wanda s'avança vers eux avec deux autres agents, tous les trois des fusils mitrailleurs en main.

— Rien de ce côté-ci papa, c'est sécurisé.

— Okay. Et Céline ?

— Hors course monsieur, confirma un de leur collègue, elle est restée au bus avec des agents. Elle ne se sent pas prête.

— Bien, mettez vos cagoules alors, on va lancer l'assaut.

— D'accord.

Les trois nouveaux venus obtempérèrent et le reste du corps de commandement en fit de même, sauf Phileas, Adélaïde et le coordinateur de terrain, qui lui resterait à cette position pour tout surveiller.

— Cela va bientôt faire dix minutes…

Phileas acquiesça de la tête, et attendit que le laps de temps donné soit complètement écoulé et que tout le monde soit en place… Une fois prêt, il se prépara pour l'assaut. Cela promettait d'être épique.

— Comment va-t-on les distraire ? demanda d'un coup l'agent de coordination.

— Oh, sourit amusé Phileas en ouvrant une caisse qu'il avait à ses pieds, je vais leur présenter mon fidèle destrier, Captain Bazooka !

En sortant un lance-roquettes, il se mit en position et pointa sans sourciller le flanc de la vallée à l'Est à cinquante mètres du bâtiment. Esquissant un sourire, il tira alors une roquette qui explosa sur sa cible dans un bruit fracassant.

— Mmmh, j'aurais tiré plus à droite, s'exclama un agent à travers sa cagoule.

— À droite ?

Phileas chargea une autre roquette dans le bazooka et tira une nouvelle fois, plus à droite.

— Mouais, à gauche maintenant ? demanda le coordinateur.

Phileas réitéra la manœuvre et visa cette fois plus à gauche.

— Voilà… là on l'a la Sainte Trinité, sourit l'agent coordinateur.

— Parfait ! ricana Phileas.

— Vous n'êtes pas croyable, plaisanta Adélaïde en balançant de la tête.

254

Les agents rigolèrent de leur petite plaisanterie, puis redevenant sérieux, regardèrent dans leurs jumelles les conséquences des tirs. L'assaut était donné, l'alarme sonnait déjà à plein régime. La guerre ouverte débutait.

— Cela commence à s'agiter, on a fait du remue-ménage, déclara calmement et observateur l'agent de coordination.

— Oui, confirma l'homme du club. Des hommes sortent des baraquements armés jusqu'aux dents.

— J'aperçois la voiture de Dru garée près de l'escalier menant au bâtiment principal, faudra la garder à l'œil, fit Adélaïde.

— Yep.

La cheffe du *Service* regarda à l'Ouest. Ses agents étaient entrés en défonçant le mur avec la 101 au moment où leur première roquette était partie du Nord, laissant une trainée derrière elle dans le ciel. Ils prenaient au dépourvu et avec brio tous les agents ennemis, excellant dans leur tâche.

— L'attaque est coordonnée et efficace, les agents sortent intrigués par l'explosion et alertés par l'alarme et se font tirés comme des lapins par nos hommes, reprit satisfait Phileas. Cela se passe comme sur des roulettes.

Il admira encore quelques secondes la certaine beauté de leur attaque, puis résolu, retira ses jumelles de ses yeux.

— Bien, on y va, s'exclama-t-il fermement en parlant à Adélaïde, Wanda, et les autres agents qui devaient les suivre, c'est à nous de jouer.

Rabattant sa cagoule sur son visage et sa femme en faisant de même, l'agent *Six* mena la troupe. Ils passèrent derrière les arbres pour descendre la colline, se forgèrent un chemin parmi les fougères, et après une quinzaine de minutes à n'entendre que des coups de feu, des explosions de grenades et des cris dans leurs oreillettes et au loin, ils purent bientôt en voir le résultat. Phileas tenant deux Walther P99 en mains et portant son révolver *Rixe* en holster, Adélaïde en utilisant deux comme armes de poings et son PPK et son Colt fétiches également rangés, les autres agents eux armés de fusils mitrailleurs avec des saïs en plus pour Wanda, ils trottinèrent jusqu'au trou béant fait par la 101, et pénétrant dans l'enceinte, commencèrent à tirer en renfort ! Le spectacle était encore plus impressionnant et effrayant qu'à Amelia. Du sang, des corps étendus au sol à n'en plus finir, des douilles à terre à foison… C'était un carnage. Phileas et Adélaïde épaulés par leur unité et Wanda avancèrent parmi l'amoncellement de cadavres en tuant tous les ennemis présents sur leur route. Avançant d'un seul corps, se mouvant à l'unisson, ils créèrent une percée jusqu'à se frayer un chemin vers le bâtiment principal. Le but de leur équipe était simple, pénétrer, s'occuper de Dru, et récupérer leurs enfants. Le nombre de victimes augmentant à chaque coup de feu, ils jaugèrent sur leur trajet le nombre d'ennemis déjà morts à deux bonnes centaines. Avec soulagement ils ne virent cependant pour l'instant aucun de leurs hommes à terre…

Menant la danse pour protéger sa famille et par désir de leader, Phileas tira dans la tête d'un homme descendant les escaliers menant au chemin de ronde de l'édifice et entraînant leur unité, monta les marches et se faufila à l'intérieur tandis que le *Service* s'occupait de nettoyer.

— « *Dans même pas une heure, l'endroit sera investi par la police* », suggéra en rappel l'agent de coordination resté sur la colline et les observant avec ses jumelles.

— Bien reçu, on entre, déclara Phileas.

Il fit un signe à ses agents et une partie d'entre eux se détacha en deux équipes de deux qui avancèrent le long des murs pour sécuriser les lieux.

— Rien ici monsieur, fit un agent en regardant dans la première pièce.

Phileas acquiesça de la tête et ils continuèrent à avancer. Il s'agissait d'une bête entreprise de construction et de démolition. Une vieille usine, des locaux on ne peut plus élémentaires… Plus il avançait, plus Phileas sentait que ce n'était pas une vraie base d'opérations, mais une simple entreprise de couverture… Ce n'était même pas la partie immergée de l'Iceberg. Avançant donc pas à pas, ils sécurisèrent les salles se présentant à eux en espérant tomber sur la bonne.

— Bon sang, où est Dru ? s'exclama Adélaïde sachant pertinemment qu'ils perdaient du temps.

— Je ne sais pas…

— Par ici monsieur, les interpella alors un agent plus en avant.

Phileas, Wanda, Adélaïde et les autres agents se rendirent vers la pièce où il s'était arrêté et regardèrent à l'intérieur ce qui l'avait alerté. Ce qu'ils virent les étonna grandement.

— Aucun de nos agents n'est entré non ? s'étonna Adélaïde.

— Pas que je sache, rétorqua un éclaireur.

Phileas s'agenouilla et regarda de plus près les trois corps morts étendus au sol et criblés de balles.

— On a interrompu quelque chose… ou alors Dru couvre ses traces…

— Bon sang, vite, il faut se dépêcher ! s'exclama Adélaïde inquiète en repartant en arrière à vive allure.

Sentant que quelque chose n'allait pas, la jeune femme accéléra le pas pour revenir au plus vite à l'entrée du bâtiment.

— Qu'y a-t-il Adélaïde ? demanda Wanda.

— Je suis certaine que c'est lui qui les a tués ! Et ou bien il est en fuite, ou bien il est en fuite et il va tout faire sauter derrière lui !

— Bon sang…

Se rangeant à l'intuition de la jeune femme, les membres de leur unité revinrent tous en hâte vers la sortie du bâtiment, prêts à évacuer, quand soudain confirmant ses craintes une partie de l'édifice explosa et fit s'effondrer sur eux tout un pan de mur ! Ce fut très rapide, mais Phileas eut quand même le temps de se précipiter sur Wanda pour la couvrir, et les agents purent en faire de même pour protéger Adélaïde. Ils s'écrièrent tous de surprise, bénissant intérieurement l'instinct de leur directrice.

— « *Madame ? Tout va bien ?* » s'affola l'agent de coordination qui avait observé l'explosion avec ses jumelles depuis l'extérieur.

— Rapport ? demanda haletante et secouée Adélaïde à terre, choquée, en se redressant sur ses mains et en enlevant sa cagoule.

— J'vais bien, s'exclama un agent en en faisant de même.

— Mal à l'épaule, répondit Wanda.

— Écorchure sur le dos, j'ai morflé, annonça Phileas.

— Tibia cassé… se retenait de hurler un agent.

La jeune directrice regarda ses troupes. L'agent au tibia cassé se tenait la jambe et on devinait presque à travers sa cagoule qu'il fermait les yeux et se mordait la lèvre pour contenir sa douleur, alors que Phileas tâchait d'en faire fit en vérifiant l'épaule de sa fille.

— C'est bon, on est tous vivants, On va sortir, répondit-elle à l'agent à l'extérieur pour lui faire le topo.

— *« Bien reçu, vous m'avez fait peur. »*

— Et moi donc, reprit-elle. Vous pouvez crier, ça vous fera du bien, s'exclama-t-elle ensuite encore sonnée à son agent.

— Oui m'dame, mais je n'ai pas envie de signaler notre présence…

Adélaïde acquiesça et tandis que deux agents tâchèrent de lui faire une attelle, elle alla voir son mari.

— Bon travail chérie, lâcha Phileas en la regardant.

Adélaïde hocha une nouvelle fois de la tête, appréciant son compliment, et observa Wanda pour juger de son état. Ceci fait et remarquant qu'elle ne souffrait d'aucune blessure, une fois la jambe de l'agent solidement maintenue dans un cri de douleur épouvantable, les valides soutenant les blessés, ils sortirent pour tenter de regagner un point sûr.

— Trois hommes en couverture ! ordonna Phileas.

— Bien reçu…

Un trio d'agents se plaça en tête et dégageant le passage, ils descendirent l'escalier et se frayèrent un chemin jusqu'à la 101 où ils enfermèrent le blessé pour le protéger, et une fois celui-ci à l'abri, se remirent à l'attaque.

— Allez tous en renfort des autres ! s'écria alors Phileas.

— Quoi ? comprit immédiatement Adélaïde. NON !

Le voyant repartir, la jeune femme vociféra… il se la rejouait perso.

Laissant son unité en plan l'homme du club retourna sans se soucier de ses blessures jusqu'à la bâtisse. Remontant l'escalier, il entra pour tenter de finir d'explorer les lieux.

Il savait pertinemment qu'Adélaïde aurait été contre et que s'engager à plusieurs était un risque de perte inacceptable… alors il préférait y aller seul, idiotement, inconsciemment.

Dans ce cas-là ce n'était pas du courage, c'était de la ténacité mal placée, mais Phileas était téméraire. Retirant sa cagoule à la première insulte de sa femme, il continua à explorer les lieux, l'arme au poing, prêt à tirer sur tout ce qui bougeait... Il n'avait pas le temps de s'intéresser aux documents et ne s'en soucia pas, il n'était pas là pour ça. Il n'avait qu'un objectif en tête, Dru !

Les enfants n'étaient pas là, Phileas en était à présent convaincu. Il avait fait fit de cette petite sonnette d'alarme dans sa tête, espérant les retrouver, mais maintenant il ne se le cachait plus, Dru les avait dissimulés ailleurs. Alors il attraperait son ennemi pour savoir où ils étaient... Traversant le bâtiment, il fouilla chaque pièce, chaque recoin dans l'espoir de l'appréhender, jusqu'à accéder à une passerelle surélevée menant à une autre bâtisse. C'est là qu'il repéra au loin le docteur. Il le voyait clairement à l'intérieur par les fenêtres. Son sang ne faisant qu'un tour, Phileas accéléra le pas et sortit son révolver *Rixe*.

Au sol la bataille faisait rage. Les hommes de l'*Organisation* arrivaient par vagues de dizaines d'hommes, commençant à faire des blessés parmi les membres du *Service*. Mais tous les agents présents et encore en état de se battre le faisaient, au corps à corps ou l'arme au poing. Adélaïde, elle ne dérogeait pas à la règle et tirait sur tout ce qui n'était pas dans son camp, participant au massacre, alourdissant la nuisance sonore qui résonnait dans la vallée du bruit de son arme. Elle visa les têtes de ses ennemis, tuant sans remords ses adversaires, et aidant ses agents à se relever lorsqu'ils étaient à terre, dirigea l'attaque d'une nouvelle façon, divisant ses troupes en assaillants et en équipes chargées de rapatrier leurs agents à terre, blessés ou morts, en lieu sûr.

— Formation bêta 3 ! hurla-t-elle.

— *« Bien compris, Groupes A à C en attaque, groupe D en secours des blessés ! »* ordonna un agent.

— Phileas, si je te retrouve mort, je te tuerai à nouveau ! Pitié, t'as intérêt à survivre…

Adélaïde prononça cette phrase avec peine et panique tout en continuant à tuer un maximum de monde en avançant vers l'ennemi, prise comme tous de surdité dans le vacarme assourdissant de leur échange de coup de feu. Quand soudain se dressa devant elle un type plus grand d'au moins trois têtes et pesant le double de son poids. Une plaque d'égout utilisée comme bouclier pour se protéger de ses balles, il avança vers elle, certain de son importance. La jeune femme effrayée de ce monstre aux allures de Goliath voulut lui tirer une balle dans la tête, mais comme s'il s'était agi d'une mauvaise série B, son arme fut soudainement vide !

— Génial ! s'exclama-t-elle.

Elle évita de justesse un coup de poing des plus impressionnants en termes de puissance et de vitesse, et profitant d'être accroupie, assena à son adversaire un énergique et franc coup de poing dans les testicules. Il tomba à terre, les mains entre les jambes, terrassé par la douleur. Le combat fut plus rapide et plus facile qu'elle ne l'aurait imaginé. Sortant son colt de son holster elle lui tira alors une balle dans la tête pour achever son supplice et reprit le combat. Présentes non loin d'elle, Bella et Wanda se rapprochèrent ensuite instinctivement d'elle pour former naturellement un corps d'élite féminin et efficace, qui perça plus encore les lignes adverses.

Phileas entra dans la pièce et abattit sans sommation les deux gardes présents. Malheureusement Dru semblait tout aussi vif que lui, et s'enfuyant tête baissée par une porte, disparu de son champ de vision. L'homme du club le poursuivit rapidement. C'était la même situation que lorsqu'il tua *D…* mais cette fois Phileas n'avait plus de problèmes à courir après sa tentative de meurtre. Son cœur ne le lâcherait pas… Accélérant le pas, il gagna du terrain sur sa Némésis.

Les trois femmes liées par un même homme se placèrent dos à dos et firent un carton dans les lignes adverses. Il n'aurait manqué que la fille de leur ennemi pour compléter le carré gagnant… Mais ce n'était pas grave, la dévastation était malgré tout en marche. Des têtes éclatèrent en morceau, des membres furent détachés de leurs troncs sous l'effet des balles, des giclées de sang éclaboussèrent une assemblée de corps sans vie… C'était une boucherie qui n'effraya aucune d'elles. C'était une symphonie mortelle, une ode morbide à la victoire… C'était une bataille sanglante.

Phileas glissa sous un morceau de plafond écroulé et s'inquiéta de la destruction imminente des installations. Cela ne prendra plus longtemps, il allait falloir faire vite s'il voulait s'en sortir vivant. Ouvrant de la main deux portes battantes qui venaient de se refermer après le passage du docteur, il accéléra de plus belle.

Wanda, Adélaïde et Bella étaient allées très en avant parmi les agents de l'*Organisation*, signant de leurs balles bon nombre de morts... Mais elles étaient allées trop loin. Les troupes ennemies se refermèrent sur elles et la peur les gagnant, sentirent que la situation s'était retournée contre elles en seulement quelques secondes.

— Madame, il faut vous replier ! s'exclama Bella.

— Je ne vous laisse pas, ni vous ni Wanda !

— Replie-toi, on te suit… répondit alors la jeune Italienne. Adélaïde les regarda… et acquiesçant, commença à reculer suivie de ses deux comparses. Mais lorsqu'elle vit l'homme équipé d'un lance-flamme arriver, elle comprit que c'était déjà trop tard pour elles.

Phileas rattrapa Dru et lui sauta dessus. Sans crier gare il le molesta alors de plusieurs coups au visage en cognant du plus fort qu'il pouvait, et une fois certain qu'il le dominait sans qu'il puisse s'échapper, l'attrapa par le col pour le projeter dans une pièce, au calme.

Ce fut très furtif. Bella se fit brûler au troisième degré sur le quart du visage, sur toute la tempe droite et autour de l'œil. Elle tenta de se protéger de son bras mais celui-ci aussi prit feu à travers sa combinaison, qui bien qu'ignifugée ne réussit pas à la protéger contre la forte chaleur. Elle hurla de douleur, instantanément et irrémédiablement défigurée à vie ! Adélaïde criant de panique courut jusqu'à elle et tira vers son tortionnaire sadique. Cela n'eut cependant aucun effet, mais faute d'inattention une balle fusa sur sa joue, entamant sa cagoule et entaillant sa chair…

Phileas installa avec violence Dru sur une chaise, et le tint en joue à l'aide de son arme *Rixe*.

— Où sont-ils ? vociféra-t-il.

Wanda jeta avec rapidité et fluidité un de ses saïs vers l'œil droit de l'homme qui avait tiré sur Adélaïde, et saisissant le second, le lança vers la gorge de l'individu au lance-flamme. Elle fit mouche à chaque fois et les tua tous les deux. Courant ensuite vers Bella, rejointe de peu par sa belle-mère, elles lui retirèrent alors la cagoule pour qu'elle puisse respirer et la portèrent en retrait tandis qu'une équipe vint les couvrir. En quelques secondes tout était parti en lambeaux. Elles avaient failli y rester.

Phileas se calma, inspira et expira fortement, puis fixa son adversaire dans les yeux.

— Docteur Eugène Timothy Dru, fils d'Huguette et Jacky Dru, né le 23 mars 1953… Où sont mes enfants ?

Le docteur le visage en piteux état et du sang partout regarda Phileas sans rien dire, puis au bout de quelques instants, amusé, lui adressa un sourire certain.

— Pensez-vous vraiment que je vais vous le dire ? Pensez-vous que je vais vous aider, que je vais faire une bonne action avant de mourir ? Je ne suis pas comme vous mon cher, je suis ce que vous appelez un méchant…

Phileas le regarda, mélangé entre la colère et l'étonnement, et colla le canon de son arme sur son front.

— Dites-le-moi, sinon je vous tue ! hurla-t-il.

— Ben tiens, vous aurez beau faire ce que vous voulez, vous ne les retrouverez pas, vous pourrez me torturer, jamais mes hommes ne vous les rendront !

Phileas expira une nouvelle fois. Il était certain de la véracité de ses dires et conscient de ce que cela impliquait. Il savait pertinemment que l'*Organisation* était comme le *Service*, qu'elle survivrait à son chef…

— Je sais, c'est pour ça que je n'ai plus besoin de vous, déclara-t-il froidement.

Phileas appuya sur la gâchette. La balle *Rixe* quitta le canon, perfora le front du docteur, éclata son cerveau, et ressortit pour aller s'enfoncer dans le mur en éclaboussant le sol de son sang, de fragments de son crâne, et de sa matière cérébrale…

C'était fini.

*

Le combat était gagné. Tandis que les sirènes de la police se firent entendre au loin et que les membres du Service se replièrent, le sniper Timier rangea son arme dans son étui et descendit la colline d'où il surveillait les arrières de ses collègues. Tous les agents de l'*Organisation* étaient morts ou presque, et alors que sur la colline d'en face les agents de coordination démontaient le matériel, il fallait qu'il rejoigne la clairière près de laquelle ils avaient garé les bus pour aider à charger le matériel et quitter les lieux. Arrivant en bas aux abords de la route il se dirigea en marchant vers le point de départ. Quand il vit soudain passer une grosse voiture noire avec la vitre arrière ouverte. Avec horreur il vit alors bouche bée que Dru était à l'intérieur. Il le regarda fixement, incrédule… puis affolé il courut pour rejoindre les autres et les prévenir. Le canon d'une arme sortit de l'habitacle et l'abattit dans le dos.

*

Plus tard. Plus loin.

— … Oui monsieur. … Par chance il est mort avant. … Oui je suis quasiment certain qu'il était du *Service* vu la tête qu'il fit en me voyant. Je ne vois que cela. Que dois-je faire ? ... Bien, bien, au revoir monsieur.

Christian coupa l'appel, et se renfonça dans la banquette de la voiture. Regardant par la fenêtre, il souffla, songeur. Il avait beau maintenant être lui, il en avait tout de même peur. Mais bon, pour l'instant il était tranquille, il avait besoin de lui, il ne lui ferait rien.

Christian Rinatto était un des doubles du docteur Dru. Son chef était devenu une cible à cause de ce fameux *Service* qui résistait, il avait donc décidé de lancer un programme de sosies par chirurgie. Le résultat n'était pas parfait mais la ressemblance étant tout de même assez déconcertante pour tromper son monde, et ce fut utile. Car ce Phileas qui les ennuyait tant s'était montré implacable. Non seulement il l'avait retrouvé et était arrivé à sa villa à peine une heure après qu'ils déplacent les enfants, les croisant certainement d'ailleurs sur la route, mais surtout il avait été à deux doigts de l'avoir. Le docteur Dru n'avait réussi à s'échapper de l'usine que de justesse par un passage secret… et assurant son salut, heureusement qu'un sosie avait pris sa place dans le couloir pour se faire ensuite tuer. Nunéro 6 n'était ainsi plus. Gloire à l'*Organisation* !

Chapitre XXVIII

Pardonne-moi

Mercredi 10 juillet 2013, 14h57.

— Voilà, en tout cas vous savez tout, résuma Phileas une fois les larmes en partie séchées.

Son beau-père le regarda et acquiesça.

— Bien… cela fait beaucoup à encaisser, s'exclama-t-il en s'essuyant ses yeux. Et je dois dire que c'est tout de même un peu difficile à accepter.

Adélaïde souffla de désarroi et repensa aux jours précédents… Cette journée avait été mouvementée pour ses parents, mais pour elle ce fut toute la semaine, pour ne pas dire toute l'année. Et caressant sa joue encore balafrée de la balle qui avait manqué de la tuer, elle comprit parfaitement le choc que cela pouvait occasionner. Et pourtant…

— J'aimerais que tu me pardonnes papa, demanda-t-elle triste, que vous me pardonniez, que vous ne m'en vouliez pas…

Robert se retint de pleurer de nouveau. C'était tellement… ce n'était pas évident à entendre et à supporter, tous ces mensonges, toutes ces illusions. Cela lui nouait les tripes d'avoir été ainsi utilisé, nargué et bafoué par sa propre fille.

— Adélaïde, je… tenta-t-il de s'exprimer.

— Papa, je t'en prie, s'il te plait, dis-le-moi, reprononça la jeune femme d'une voix à demi étouffée par la peine. Je t'en prie, j'ai besoin de te l'entendre dire.

— Je...

Robert regarda ailleurs et ne réussit finalement pas à s'empêcher de fondre de nouveau en larmes... ni à empêcher sa colère de le submerger.

— Je pensais que vous mettriez ma fille à l'abri du besoin, pas que vous en feriez une trainée et que vous mettriez en danger mes petits-enfants, s'exclama-t-il abattu à l'intention de Phileas.

— Papa je...

— Monsieur, tenta de s'expliquer l'homme du club, ce n'est pas ce...

— Dis-moi que tu me pardonnes, papa, reprit alors Adélaïde en larmes, horrifiée par ces mots. Je t'en prie, on ne voulait pas faire de mal...

Robert ne prononça rien. Sans un regard vers sa fille il se leva pour aller vers sa chambre.

— Papa pardonne-moi je t'en supplie ! le rappela la jeune fille. Pardonne-moi !

Robert ne l'écouta plus. Il monta les escaliers en pleurant.

— Désolé, je ne peux pas... je ne peux pas... lâcha-t-il dans un sanglot.

Adélaïde mit les mains devant la bouche, tétanisée sur place en entendant ces mots... L'homme de la maison s'enferma dans sa chambre et ferma à double tour. La Reine et directrice du *Service* prit alors son visage entre les mains et pleura à chaudes larmes. Son père ne l'acceptait pas...

— Maman, dis-moi que toi au moins tu...

La jeune femme ne termina même pas sa phrase. Brigitte resombrant elle aussi dans les pleurs ne répondait pas. Se sentant démunie, abandonnée par sa propre famille, elle sortit rapidement en sanglots et se rendit à la voiture pour fuir ce cauchemar. C'était fini… elle n'y croyait pas.

Phileas désormais seul avec Brigitte mais n'ayant plus rien à faire ici se leva pour s'en aller.

— Je sais que vous m'en voulez, que vous êtes furieux tous les deux, s'exclama-t-il à sa belle-mère, mais n'en dites rien, et persuadez-le d'en faire autant.

— Pourquoi ? lui demanda en colère Brigitte. Pour couvrir vos méfaits ?

Phileas expira et la regarda droit dans les yeux, dur, sévère.

— Parce que leur rapt et notre combat n'auront plus aucun sens si on ne peut pas continuer. Notre cause est juste. Vous pouvez m'en vouloir et me détester, mais la cause est juste, et si vous en parlez, si cela s'ébruite, non seulement on sera en danger de mort mais en plus on ne pourra plus les combattre, alors ils pourront tuer les enfants sans remords. Les gens en ont marre de l'injustice, madame, ils ont besoin de nous.

Sur ces mots Phileas partit rejoindre sa femme dans la voiture. Soupirant en refermant la porte de la cuisine derrière lui, il apprécia avec soulagement que cela soit fini. Cela fut horrible, cela laisserait des séquelles aux trois Sureau, mais c'était enfin fait et ils avaient la conscience tranquille. Regagnant l'Aston Martin, il y entra et démarra le moteur. Fort heureusement ses beaux-parents n'avaient pas remarqué qu'à un moment donné ils avaient parlé de Dru au passé… Ils avaient fait cette bourde mais heureusement ils s'étaient rattrapés. Il ne fallait surtout pas qu'ils sachent qu'ils venaient de le tuer… Ils ne pourraient pas comprendre.

Phileas mit la marche arrière et recula devant la maison. Adélaïde et lui poursuivraient les restes de l'*Organisation*, recherchant leurs enfants jusqu'au bout du monde s'il le fallait, mais pour Robert et Brigitte il fallait que Dru soit encore vivant... Il fallait qu'ils aient l'espoir qu'en le retrouvant ils récupéreraient Jean et Adrien, qu'ils aient leur colère concentrée sur lui, sur un nom précis.

Phileas repassa la première et s'en alla au loin, Adélaïde quittant sa famille dans les pleurs.

Chapitre XXIX

Espoir

Mercredi 10 juillet 2013, 00h21.

Adélaïde surplombait la bibliothèque. La regardant depuis le passage menant à l'étage des loges, elle plongeait un regard éperdu dans les rayonnages, les yeux sans expressions, comme lasse et abattue.

La Reine Sublime passa à ce moment-là par là en se séchant les cheveux, et la remarquant ainsi accoudée à la rambarde, s'approcha d'elle.

— Adélaïde ? demanda-t-elle.

— Oui ? s'étonna la jeune femme en sortant avec surprise de ses rêveries.

— Ça va ?

— Oui, oui, bien sûr, j'étais perdue dans mes pensées c'est tout.

— Je…

Sublime expira et regarda ailleurs un peu mal à l'aise avant de reporter ses yeux sur la Reine Rouge.

— Je ne rêve pas, il se passe quelque chose entre Chloé et vous n'est-ce pas ? l'interrogea-t-elle.

— Que… ? se surprit la jeune femme.

— Adélaïde, reprit alors avec empressement Sublime, je te connais depuis longtemps maintenant… Tu as toujours voulu t'amuser, et malgré tes réticences, tu as toujours adoré te joind…

— Oui, je sais, la coupa-t-elle expressément de la main.

— Alors ? Vous êtes ensemble ? lui redemanda-t-elle.

— Je… on ne sait pas encore, mais bien que cela semble bizarre on dirait bien.

— Ah… annonça presque déçue la Reine Pourpre.

Croisant les bras, elle regarda de côté, amère.

— Qu'est-ce qu'il y a ? s'étonna en souriant nerveusement Adélaïde.

— Rien, rien.

— Ben si, dis.

— Nan, c'est juste que je suis un peu déçue… J'aurais bien aimé…

— Qu'on couche tous ensembles avec Phileas ? l'interrogea Adélaïde.

— Tu sais, se justifia immédiatement la jeune femme, on vit tellement de choses ici… On prend goût au sexe, à la luxure je dirais même. Ici on est des Reines, on est l'attraction, on est les déesses, et on est très bonnes amies… Bon sang, je couche avec des copines à mon boulot, rien que de le dire cela fait stupide, continua-t-elle nerveuse.

— Ce n'est pas stupide… Et je sais ce que c'est, avoua Adélaïde.

— Oui, peut-être, mais on en est arrivées à un point où cela ne nous dérange plus de coucher ensemble. Caroline et Camilla elles au moins sont franches avec elles-mêmes, elles sont homosexuelles, mais nous on est quoi ?

Adélaïde regarda autour d'elles et soupira avant de la regarder de nouveau dans les yeux.

— On est bi Sublime, simplement bi, répondit-elle.

272

— Et tu ne trouves pas bizarre que toutes dans notre cercle d'amies on le soit ?

Adélaïde se rapprocha de nouveau de la rambarde et regarda par-dessus la salle des livres en contrebas. Se détournant volontairement de son amie elle prit le temps d'y réfléchir.

— Parfois je me dis que ce n'est pas sain, que c'est une situation qui ne devrait pas être, mais c'est comme ça pourtant… Cela ne veut pas pour autant dire qu'on n'est pas saines d'esprit et équilibrées… Mais quel est le rapport avec Phileas ?

Sublime sourit brièvement, nerveuse encore une fois, puis se pencha par-dessus la rambarde pour regarder elle aussi en bas, sérieuse.

— Il est le seul homme qu'on n'attire pas… Et il sait tout de nous… parfois je me dis que j'aimerais bien qu'il soit notre meilleur ami, et notre complice.

— Tu fantasmes sur mon mari ? lui demanda avec humour Adélaïde.

— Je ne sais pas… Cela devrait pourtant être facile pour nous de trouver quelqu'un, on est belles, on a de l'argent… mais de savoir ce qu'il fait, de savoir le travail qu'il abat pour rendre le monde meilleur… cela force le respect, l'admiration… et on a envie de trouver quelqu'un d'aussi bien. Tu sais, même avant de savoir que vous étiez des agents secrets on le respectait, car il nous témoignait un égard qu'on reçoit que très peu.

— Je comprends. On a envie d'être meilleur quand on est à ses côtés, confirma Adélaïde.

— Et on a envie de vivre avec quelqu'un de meilleur, avoua Sublime. Ton mari a des défauts, mais il est exceptionnel, rajouta-t-elle en s'adossant à la rambarde. Ce qu'il a bâti ce n'est pas qu'un simple club où des filles viennent se déshabiller pour obtenir des informations, il a bâti un refuge où on se sent bien, où on est les Reines, un endroit où les filles qu'il tire de la rue ont une chance de reprendre un nouveau départ dans leur vie si elles le désirent... Et ce qu'il gagne en échange il le distribue à de bonnes œuvres...

— Je sais...

Adélaïde regarda son amie et devina la peine dans ses yeux. Ce n'est pas Phileas qu'elle voulait, mais un homme qui soit aussi bon que lui, aussi bien.

— Écoute, ce n'est que partie remise... Phileas aime autant le sexe que nous... peut-être qu'on aura l'occasion un jour de faire quelques petits jeux.

Sublime la regarda et sourit.

— Tu crois ? Tu accepterais ?

— Je ne sais pas, je ne saurais dire... mais pourquoi pas, je vous connais et je vous fais confiance.

— Tu es encore plus bizarre que nous, sourit Sublime.

— En tout cas toi je sais que tu en as envie ! Cela se voit dans ta façon d'être avec lui...

Sublime se mordit la lèvre et baissa la tête, non pas par honte qu'Adélaïde se doute qu'elle fantasme sur son mari, mais parce qu'elle était attristée de l'inaccessibilité de ses désirs intérieurs...

— C'est horrible d'avoir envie du mari d'une amie...

Adélaïde lui prit le menton en main pour la forcer à la regarder dans les yeux, lui esquissa un merveilleux sourire complice... et regardant à droite et à gauche pour être certaine qu'on ne les regardait pas, se rapprocha d'elle et plongea sa main dans sa culotte.

— Qu'est-ce que tu fais ? lui demanda surprise Sublime. Tu vas te toucher... ?

Adélaïde rigola de cette remarque, se masturber n'étant pas du tout son intention, et après avoir glissé un doigt entre ses lèvres, ressortit sa main pour la présenter à Sublime. Celle-ci écartant les lèvres, elle lui offrit alors une phalange imbibée de leur dernier ébat à déguster.

— En attendant…

Sublime ferma les yeux et suça son doigt le temps d'en retirer tout le liquide, puis prit plaisir à l'avoir en bouche avant de l'avaler.

— Allez, file maintenant, s'exclama la Reine de Sang.

Sublime remit une mèche de cheveux derrière son oreille, et souriante, comblée, s'en alla après lui avoir décoché un regard plein de reconnaissance. Adélaïde dorénavant seule se repencha alors sur la rambarde pour regarder les membres et les Reines qui lisaient sur les passerelles surélevées et au niveau du sol de la bibliothèque. La musique qui passait était *Alléluia* d'*Händel*… C'était beau, mélodieux, revigorant, un air galvanisant l'espoir pour la suite, entraînant les esprits vers la victoire… Adélaïde redevenue sérieuse se laissa émerveiller. Quelques minutes plus tard, Phileas rhabillé vint à sa rencontre.

— Adélaïde ? demanda-t-il en tant que maître des lieux.

— Oui ? répondit la jeune femme.

— Ça va ?

— Oui, ça va bien merci.

Phileas s'approcha d'elle et se pencha avec elle pour regarder la bibliothèque.

— Tout ce que tu as bâti… tu le sais que tu as apporté beaucoup à toutes ces filles ? parla la Reine en se remémorant ce que venait de lui dire Sublime.

— Je le sais oui, et aux Cavaliers…

— Combien en as-tu tiré de la rue ?

— Pleins, plus de la moitié... Hector était à la rue, abandonné et perdu, Basile avait été quitté et était prêt à sauter d'un pont... Caroline avait été jetée dehors par ses parents, Nadège avait été vendue à un proxénète... La liste est longue.

Philéas soupira en s'affalant sur la rambarde... Il repensa à la misère de leurs situations, aux visages tristes qu'ils affichaient en pensant ne plus savoir où aller ou encore ne plus savoir s'ils pourraient un jour de nouveau dormir dans un bon lit bien chaud. Ce n'était pas évident...

— Tu sais que la Reine Julie n'avait pas de main gauche ? Elle l'a perdue dans un accident... Je lui ai offert une greffe... C'est pour ça qu'elle porte toujours un gant. Et le Cavalier Rupert n'a plus de jambe droite. Il a une prothèse. Une voiture lui a roulé dessus.

— C'est moche, s'exclama Adélaïde.

— Ce qui est moche c'est de se dire qu'on ne peut pas aider tout le monde, et que certains ne prennent même plus la peine de penser qu'eux aussi sont humains, et qu'on devrait tous s'entraider... Ce qui est moche c'est qu'on n'ait pas retrouvé les enfants.

Adélaïde acquiesça.

— Je suis d'accord... Le Groupe Philanthropie est là pour ça... et le *Service* se doit de perdurer.

— Exact...

Philéas souffla de dépit et regarda une Reine prendre une édition d'Agatha Christie dans un des rayons, puis se décidant à évoquer le sujet qui l'intéressait, tourna la tête vers sa femme.

— Quand tout ça sera fini... qu'on aura récupéré les enfants, qu'on les aura vaincus définitivement... cela te dirait qu'on se remarie ? demanda-t-il.

— Qu'on se remarie ? reprit Adélaïde en se tournant vers Phileas pour le regarder.

— Oui… Une cérémonie officielle, avec une belle et longue robe.

Adélaïde esquissa un sourire, heureuse de cette proposition, et s'approcha de lui pour le prendre dans ses bras.

— Cela me ferait énormément plaisir, répondit-elle avec sincérité.

Phileas sourit et la serrant contre lui, apprécia sa chaleur.

— Dis… si tu es d'accord, commença alors au bout de quelques instants Adélaïde, quand on aura retrouvé les enfants, je sais que Chloé en a très envie mais qu'elle n'ose pas te le demander… mais tu…

— Je… ?

— Je lui ai dit que je t'en parlerais… elle aimerait que tu la mettes enceinte.

Phileas haussa les sourcils, interloqué.

— C'est sérieux ? Elle aussi ?

— Oui.

— Je vois… Et toi ? Tu en penses quoi ?

Adélaïde regarda distraitement de côté.

— Je… je ne sais pas… Si j'y réfléchis vraiment je me dis que je serais jalouse, mais je sais qu'elle veut un enfant, et vu notre relation j'aimerais la combler de tous ces désirs, qu'on ait un enfant ensemble mais… en tout cas je me suis promis d'y réfléchir sérieusement.

Phileas déglutit et prit sa femme dans ses bras.

— Tant que je n'aurai pas retrouvé Adrien et Jean, la question ne se pose pas.

Adélaïde confirma de la tête avant de se remettre dans ses bras.

— Oui, tu as raison… outch…

— Ça va ? s'inquiéta Phileas.

— Oui, oui, ce n'est rien, c'est juste l'éraflure due à la balle que j'ai prise…

— Okay.

Se resserrant fortement contre lui elle apprécia sa chaude étreinte puis se dégagea pour regarder de nouveau en direction de la bibliothèque d'un air perdu. Fixant le chœur de la cathédrale distraitement, elle souffla alors. La soirée se terminait bien et ils allaient bientôt repartir se coucher chez eux... Venir ici lui avait permis de se reposer et les événements lui avaient changé les idées, c'était une bonne chose et c'était ce qu'elle recherchait. Vivre sans son fils et sa fille était éprouvant et dur, mais elle tenait le coup. Ils les retrouveraient bientôt, ce n'était plus qu'une question de temps. Dru était mort, et l'*Organisation* aura beau perpétuer son œuvre, ils avançaient à grands pas jusqu'à eux. Ce n'était plus qu'une affaire de temps… il faudra qu'elle vive encore avec sa peine, qu'elle vive encore dans la peur, ses deux enfants lui manquant chaque jour plus encore, mais cela serait pour bientôt, elle en était certaine… Ils les reverraient bientôt.

— Je vais aller parler à mes parents demain, s'exclama-t-elle d'un coup, évasive mais résolue. Je vais tout leur dire… en espérant qu'ils me pardonnent.

Chapitre XXX

Célébration de la victoire

Jeudi 11 juillet 2013, 16h03.

— Où est Céline ? demanda Phileas en revenant vers la cantine.

— Elle est retournée chez elle, des affaires à régler, s'exclama Daniels en le regardant, passablement éméché mais enlacé avec une femme.

— Elle va mieux ? s'étonna l'agent.

— Oui, elle commence à remanger sans vomir, répondit l'assistant d'Adélaïde avant de se refaire embrasser par sa partenaire.

— Parfait… et merci pour les détails.

Quelque peu rebuté par ces propos mais quand même enjoué Phileas s'apprêta à rentrer dans la cantine pour retourner s'amuser, laissant à ses affaires le tout nouveau couple, quand soudain il revint sur ses pas, intrigué, et regarda plus attentivement la fille avec qui Daniels était.

— Corie ? lui demanda-t-il étonné en la reconnaissant.

— Oui monsieur ? se dégagea immédiatement surprise la jeune femme.

L'homme du club les regarda tout d'abord incrédule, mais s'esclaffa finalement de rire en admirant son assistante à moitié déshabillée dans les bras de celui d'Adélaïde. Lui aussi un peu éméché il fallait le reconnaître, il prit maladroitement le temps d'observer son soutien-gorge découvert sous un chemisier en soie, et satisfait de la prise du jeune homme, l'en félicita.

— Heureux veinard, amusez-vous bien ! fit-il en tapotant sur son épaule.

Phileas les laissa là continuer leur petit jeu de découverte et entra dans la salle avant d'en refermer l'accès. Prenant un nouveau verre de champagne sur une des tables, il se joignit alors jovial au reste de ses collègues pour célébrer leur victoire. Il avait tué Dru, et bien qu'ils n'avaient pas retrouvé leurs enfants, ils avaient de nombreuses pistes et ils avaient rayé pas mal de noms sur la liste des sbires de l'*Organisation*, ce qui était déjà énorme. Préférant donc ne pas songer à leur peine et aux morts, au nombre de sept dont un mystérieux cas à l'extérieur du complexe de *Skylight* et sur lequel ils devraient enquêter, ils avaient opté pour une petite fête particulièrement arrosée afin de célébrer tout ça. Et le moins que l'on pouvait dire est qu'ils en profitaient tous. Outre Daniels qui avait réussi à séduire sa superbe assistante et qui ne se gênait pas pour fricoter un maximum avec elle, Phileas remarqua bon nombre de couples se former... et voir Samantha Dan sur les genoux de Benjamin Johns le temps d'une soirée avait de quoi faire sourire.

Prenant donc part à la célébration rythmée par une musique endiablée et échauffée par l'alcool, le maître des Reines en fit autant que les autres et s'amusa. Il rigola avec ses compères, il invita des filles à danser, il blagua sur beaucoup de choses... À côté de cela il se bécota aussi énormément et sans aucun complexe avec Adélaïde. La fête effaçant officiellement la hiérarchie et les grades, il ne se gêna plus des formes et la prenait amoureusement dans ses bras pour avoir un câlin, la chatouillait quand elle passait près de lui, ou même l'embrassait langoureusement et avec passion lors de slows… et cela alla même plus loin. Alors qu'elle était assise sur ses genoux et discutait avec d'autres agents, il passa ainsi discrètement sa main dans son jeans sous son string pour lui caresser les fesses. L'attisant immédiatement par ce geste déplacé mais diablement excitant, ils avaient dès lors complices joués à un jeu coquin de caresses et de séduction durant plusieurs heures. Cela culmina tandis qu'ils mangeaient. Manquant de lui faire perdre ses moyens Adélaïde le masturba sous la table, la braguette ouverte et le boxer dégagé, avant de finalement le laisser en plan et de filer pleine de malice vers son bureau. Phileas frustré l'avait bien entendu rapidement rejointe, et la plaquant puis la bloquant avec énergie contre la porte, il l'avait alors bestialement embrassée et doigtée pour lui faire payer son affront. Leur étreinte redevenant cependant immédiatement romantique, ils s'étaient enlacés avec amour à l'intérieur de la pièce. Ce fut une accolade intense et langoureuse, chargée de désinvolture par des mains baladeuses, mais portés par le jeu cela remonta très vite en crescendo. La jeune femme piégée, rattrapée, et maîtrisée par son mari, lui fit presque forcée une fellation et avala goulument sa verge en lui caressant les bourses, mais experte en la matière et sachant très bien depuis le temps comment le faire défaillir, titilla de sa langue son gland pour bien l'exciter, puis baissant ensuite entièrement ses atouts et retirant son pantalon, monta sur lui pour s'empaler elle-même. Le prenant au dépourvu elle abusa alors avec plaisir de lui, le poussant au bout de ses forces, l'épuisant de son acharnement et de sa propre bestialité. À son grand étonnement dirigeant pour une fois les choses, elle s'était ainsi montrée dominatrice, retournant clairement la situation à son avantage ! Elle l'avait trompé, transformant son époux en simple objet sexuel, le rendant incapable de changer la donne, piégé de nouveau, et accédant rapidement au bonheur sous les va-et-vient frénétiques et répétés qu'elle occasionnait dans son vagin — et arrêtant soudainement ses hurlements de plaisir qui auraient pu ameuter tout l'étage -, elle le mordit férocement dans le cou. Lui arrachant par la même un cri, elle jouit alors haut et fort d'un intense orgasme qui s'était probablement fait entendre dans tout le *Service* ! ... Puis satisfaite et espiègle elle s'était rhabillée pour s'enfuir en courant. Adélaïde : 1 | Phileas : 0.

Laissé choir, tombant des nues et abandonné, l'homme du club comprit qu'il s'était littéralement et dans tous les sens du terme fait baiser.

Il se rhabilla donc dépourvu, le sexe endolori et toujours frustré, vaincu par sa femme, mais amusé et motivé il retourna à la fête pour se reprendre à boire et profiter jusqu'à plus soif ! Il l'aurait. Même si ce n'était pas dans l'heure il trouverait le moyen de se venger de sa femme !

Approximativement une heure plus tard.

Adélaïde portait toujours son jeans slim et son débardeur brun à large bretelle. Buvant avec plaisir et sans retenue avec les agents, elle était toujours comme une autre, normale, ne se souciant plus de la hiérarchie, dansant et rigolant à cœur joie avec tous ou dévorant du gâteau sans penser à sa ligne. Elle était en apparence heureuse, s'amusant comme une folle ! Elle essaya bien sûr de ne pas donner à son époux de quoi la piéger et s'arrangeait pour être entourée ou dos au mur, mais à part ça elle profitait pleinement de la soirée ! Le remarquant d'ailleurs à un moment donné bien gai, elle suivit son exemple, et quelques verres plus tard elle fut tellement éméchée qu'elle décida sur un coup de tête de se faire tatouer un symbole fort dans le dos. Relevant son débardeur, assise à l'envers sur une chaise, elle avait alors demandé à ce qu'on dégrafe son soutien-gorge pour lui faire un tatouage, et bataillant donc depuis dix minutes le dos nu dans un coin de la salle pour qu'on le lui fasse, entourée d'une vingtaine d'agents qui s'amusaient du spectacle, elle s'impatientait face au « tatoueur » de l'équipe.

— Allez-y John, n'ayez pas peur ! s'exclama-t-elle agacé.

— Mais madame… ce sera à vie.

— Je le sais ! Allez ! Sinon je vous vire !

— Mais enfin…

— Bon, John, vous n'êtes pas débile hein ? demanda Adélaïde alors que les agents rigolaient moqueurs autour d'eux.

— Euh… non, répondit l'agent slave.

— Alors vous vous doutez donc bien que je commence à en avoir plein le cul, que dans quelques instants je vais perdre patience, ET QUE SI VOUS NE ME FAITES PAS CE PUTAIN DE TATOUAGE JE VOUS ENVOIE COUPER DU BOIS EN COLOMBIE !

Le dénommé John fulmina en russe et finit par s'exécuter sous les rires de leurs collègues. Se fiant à ses exigences il commença alors à tatouer un magnifique Basilic aux prises avec un dragon orangé qu'il tuait de ses griffes.

— Pourquoi un Basilic madame ? Je comprends le dragon, qui représente l'*Organisation*, mais pourquoi un Basilic pour nous représenter nous ?

— Le Basilic incarne le pouvoir royal qui foudroie ceux qui lui manquent de respect, débita certaine de son sujet Adélaïde. Il est le Roi des Serpents, le symbole de Satan et la représentation du danger mortel que l'on ne peut éviter à temps, sauf si on est sous la seule protection d'un Ange divin… Nous sommes le Basilic de l'homme. Nous foudroyons du regard ceux qui manquent de respect à la vie, et nous sommes un danger pour tous ceux qui vont trop loin et qui ne pourront nous éviter avant de nous échapper… Nous sommes un Basilic et nous sommes un peu le mal par nos actions illégales…

Sur ces mots Adélaïde se tut et commença à faire des grimaces sous la douleur, faisant s'esclaffer encore plus ses agents, hilares de la situation et rigolant de ses petits cris dignes d'un rapport sexuel. Même Phileas eut l'impression qu'elle jouissait et s'en approcha étonné de reconnaître ces plaintes ! Mais il la regarda soulagé que ce ne soit que ça et, sans protester contre sa décision bien qu'il détestait les tatouages et qu'il fut déjà mélancolique de la beauté de son dos nu, il décida que ce n'était pas encore l'heure de sa vengeance…

Plus tard dans la soirée.

Phileas et une dizaine d'autres agents jouèrent. Il n'y avait pas d'autre mot. Lançant une gigantesque bataille d'eau, ils se poursuivirent dans tout l'étage avec des cruches pleines, arrosant leurs adversaires ou toute personne se retrouvant sur leurs routes. Ils ne se génèrent d'ailleurs pas pour démarrer un concours de tee-shirt mouillé, élisant leurs collègues aux plus beaux dessous avant de reprendre leur bataille… Phileas s'amusait comme un gosse. Il était revenu trente ans en arrière, dansant parfois des slows avec des filles comme un jeune écolier tout timide ou jouant à cache-cache avec des agents tout aussi infantilisés par l'alcool que lui… C'était incroyable à voir, effroyablement navrant et drôle à la fois. Une vingtaine d'agents aguerris et appartenant à un service des plus secrets et revenant d'un massacre épouvantable qui s'amusaient comme des lycéens, ou parfois dans le cas de Phileas comme des enfants de primaires… La situation fut d'ailleurs très bien résumée par une agente du service de logistique qui les surnomma avec véracité à la vue de leur grand âge mental.

— Attention revoilà Toto et sa bande !

Encore plus tard.

Adélaïde sans débardeur ni soutien-gorge, mais désormais un immense bandage faisant le tour de son buste pour protéger son tatouage, parla avec *Gadget* de la réincarnation. C'était une chose à laquelle le vieil homme croyait, et la discussion portant donc sur un sujet sérieux durant plus d'une demi-heure, il estima que même s'ils n'arrivaient pas à retrouver leurs enfants leurs âmes seraient sauvées, et donc qu'ils se retrouveraient. Cela emplit le cœur d'Adélaïde d'espoir, elle se sentit mieux, comme soulagée…

Une demi-heure plus tard, ils étaient tous les deux debout sur une table à danser le boogie-woogie avec d'autres pour relancer la fête.

Passé trois heures du matin.

Entre deux airs des années 90 Adélaïde s'effara de voir son époux toujours en train de se comporter comme un grand enfant. Hochant la tête d'embarras, elle fut terriblement honteuse. Mais elle n'était pas la seule en fait. Beaucoup de gens le lendemain feraient comme si de rien n'était, trop gênés. Entre les idioties et les câlins ambigus accordés à des collègues, bon nombre d'entre eux tâcheraient d'essayer de

regagner leur crédibilité dès la première heure le lendemain. Mais Phileas non. Lui il était fidèle à lui-même, ne se souciant guère de son image, et passa donc consciemment sa soirée à se lâcher. Il fit en riant des paniers avec des boulettes de papier dans des décolletés pour taquiner ses collègues, il s'amusa à écrire au marqueur sur certaines personnes, attablé avec sa bande il excella haut et fort dans l'imitation et l'usage excessif de répliques de films et de sketches, et il lança même une tarte au fromage sur une collègue trop idiote pour ne pas jouer avec lui ! Les seuls moments où il fut sérieux en réalité, c'est quand il partit ranger son arme *Rixe* dans un tiroir de son bureau, et quand il annonça à Bella, sortie exceptionnellement de l'hôpital, qu'il la trouvait toujours aussi belle. La jeune femme, en fauteuil roulant mais qui avait tenu à venir malgré la honte de son nouveau visage, avait d'ailleurs pleuré devant la sincérité de ses paroles...
Mais cela s'était arrêté là. À peine l'avait-il quittée qu'il était de nouveau revenu l'amuse galerie autoproclamé ! Il fallait toutefois avouer qu'il mettait incroyablement bien l'ambiance et qu'il n'était jamais lourd. Pour tout dire les gens s'amusaient vraiment et riaient même beaucoup autour de lui, le trouvant très drôle.

En résumé la célébration de leur victoire fut une soirée assez particulière mais salvatrice et pleine de bons souvenirs pour chacun. Elle fut uniquement entachée par un bip-bip caractéristique annonçant un SMS dans la poche de Phileas :
« Nous n'avons pour l'instant rien entendu de concret à propos de tes enfants, désolée. Emma. »

À l'image de ce message, les semaines voire les mois qui suivraient seraient encore difficiles pour Phileas et Adélaïde. Ils allaient devoir continuer à chercher leurs enfants sans savoir dans quelle direction aller, en faisant avec la douleur… Mais en attendant l'esprit était à la fête, et trouvant un instant Adélaïde penchée sur son bureau pour lui faire une crasse avec des punaises, prouvant qu'elle était loin d'être aussi sérieuse qu'elle l'avait laissé entendre à tous durant la soirée en s'effarant de son comportement, Phileas eut matière à vengeance. Se postant sans un bruit derrière elle il lui susurra calmement :

— Perdu…

Adélaïde fit un bon, paniquée.

— Non ! s'écria-t-elle affolée. Ça ne compte pas !

Phileas amusé la bloqua fermement, l'empêchant de fuir.

— Ne cherche pas, je t'ai eue ! s'exclama-t-il moqueur.

— Putain non, enfoiré ! ricana-t-elle dans un sourire nerveux.

— Taratata ! Accepte ta défaite !

Phileas l'immobilisa contre le bureau et déboutonna son jeans pour le lui abaisser, de même que son string. Se laissant finalement faire, car incapable de bouger, la jeune femme s'avoua vaincue dans un autre sourire nerveux et se pencha complètement.

Adélaïde : 1 | Phileas : 1.

— Et t'y vas doucement hein ?

L'homme du club déboutonna son pantalon. La bloquant toujours d'une main et saisissant son pénis bien raide de l'autre, il plaça son gland à l'entrée de son sexe.

— Ma parole ce que tu vas prendre ! annonça-t-il tout fier.

S'extasiant de sa victoire dans un sourire jouissif, Phileas s'enfonça d'un coup sec. Adélaïde vociféra de douleur, furieuse de son manque de ménagement. Ils étaient quittes.

Épilogue

Le vrai docteur Dru était là, assis dans son fauteuil dans sa forteresse, sa base secrète nichée au Venezuela. Un verre de vin rouge à la main, il méditait quant à la situation. Céline les avait rejoints, Clémentine était dans la nature… Il devait impérativement retrouver ses deux filles et les tuer avant qu'elles n'en disent plus encore à son sujet. Quant au reste… il devait se montrer plus vigilant, ce Phileas se montrait de plus en plus surprenant et le *Service* devenait un sujet de préoccupation non négligeable. Avalant une gorgée de son met, pour la première fois depuis des années son esprit d'ordinaire tranquille était de nouveau assailli par des craintes. Il allait vraiment falloir être plus attentif que jamais à ne laisser aucune trace derrière eux.

FIN

À suivre dans
Les Artificiers

9 791096 190270